LE SIXIÈME HOMME

DU MÊME AUTEUR

Le Sixième Homme, Gaïa, 2012.
Opération Fritham, Gaïa, 2013.

Cartes : © Anne Bordenave

Titre original :
Kullunge
© Forlaget Press, Oslo, 2008
publié avec l'accord de
Leonhardt & Høier Literary Agency A/S

© ACTES SUD, 2013
pour la traduction française
ISBN 978-2-330-01977-8

MONICA KRISTENSEN

LE SIXIÈME HOMME

roman traduit du norvégien
par Loup-Maëlle Besançon

BABEL NOIR

AVANT-PROPOS

Ce livre est un roman policier, et non un ouvrage documentaire sur l'archipel du Svalbard. Je me suis bien sûr inspirée des années que j'ai moi-même passées là-bas, mais j'ai adapté les détails aux besoins de l'intrigue, qui se situe au milieu des années 1990. Les noms, les lieux et les personnages sont fictifs. J'ai aussi pris de grandes libertés avec l'emplacement des mines de charbon autour de Longyearbyen – les anciennes comme les actuelles – et leur agencement intérieur. J'espère qu'on me le pardonnera car j'ai le plus grand respect pour les mineurs et leur travail.

Il est ici question de gens qui disparaissent, ce qui est tout de même étonnant, vu la taille de la communauté dans laquelle ils vivent...

Ulvøya, le 28 septembre 2008
Monica Kristensen

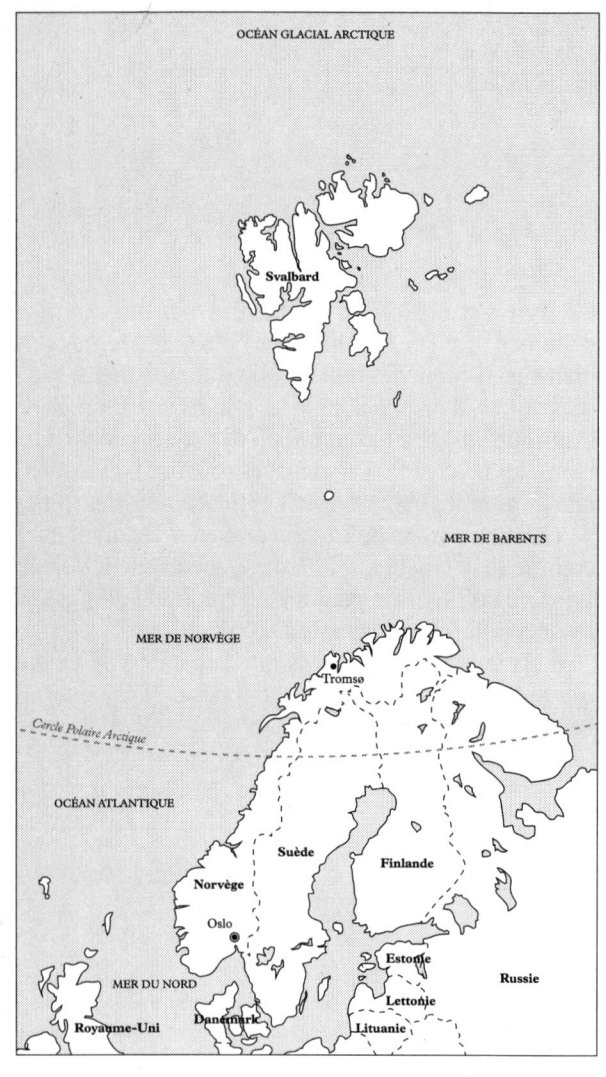

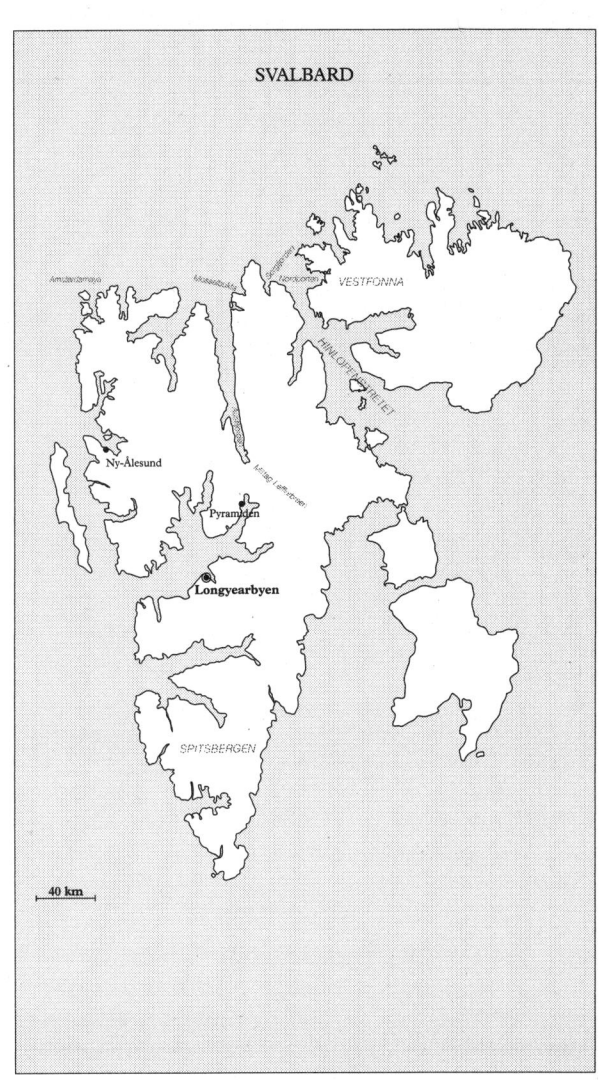

I

DES PAS DANS LA NEIGE

Jeudi 22 février, 13 h 30

Il se baissa derrière une grosse congère et avança avec prudence en glissant sur ses genoux. Derrière lui, d'autres amas de neige cachaient la route qui montait à Blåmyra, le lotissement où la compagnie minière logeait ses employés célibataires. De temps en temps une voiture passait, mais la lumière des feux n'éclairait pas jusqu'à lui. Aucun piéton ne s'était aventuré par ici durant la dernière demi-heure. Il était peu probable que quelqu'un le remarque, assis là où il était. Lui, en revanche, voyait bien.

Il faisait un froid mordant. Il resserra la capuche autour de son visage et rabattit la bordure en fourrure sur son front. Au bout d'un moment, l'espace devant lui s'anima. Des petites silhouettes pataudes couraient dans la neige tombée pendant la nuit. Il scruta l'aire de jeux et aperçut presque aussitôt ce qu'il cherchait. Ses yeux se rétrécirent de joie. Aujourd'hui encore, le petit ourson était sorti jouer dans la cour. Il descendait une pente en roulant sur lui-même et en un clin d'œil, il fut couvert de neige. Il se remit péniblement à quatre pattes, mais perdit l'équilibre et l'espace de quelques secondes il disparut de son champ de vision.

Deux lapins sautillants glissèrent jusqu'à lui. L'un était vert et avait eu une oreille arrachée qui lui pendait sur la joue. L'autre était bleu. Quand la petite troupe se précipita derrière le cabanon à l'autre bout de la cour, il la guetta de loin.

Quelques minutes après, il se rapprocha discrètement. Il savait qu'à cet endroit-là ils pouvaient passer par-dessus la clôture. Une congère suffisamment haute et dure s'était formée et permettait même aux plus petits d'escalader la barrière. Ils ne voulaient pas toujours, cependant. Parfois ils restaient à l'observer, le regard brillant et interrogateur, un peu comme s'ils ne comprenaient pas ce qu'il souhaitait quand il leur faisait signe d'approcher.

Se risquerait-il à leur donner à manger aujourd'hui ? Une orange, peut-être ? Non, il faisait trop froid. Le plus sûr était sans doute de s'en tenir aux bonbons. Ça, ils aimaient. Il retira un gant et fouilla dans ses grandes poches.

De l'autre côté du bâtiment, la directrice du jardin d'enfants grelottait en haut de l'escalier devant la porte d'entrée. Elle examinait d'un œil inquiet le chemin piétonnier qui passait devant le jardin d'enfants. On était fin février, le ciel était déjà nettement plus clair que quelques jours auparavant. Bientôt le soleil se montrerait pour la première fois de l'année. Les montagnes qui se dressaient autour de la petite ville arctique disparaissaient dans un monde merveilleux de nuages teintés de rouge et de jaune. Les maisons de Longyearbyen, elles, baignaient encore dans une profonde pénombre bleue.

Bien qu'elle soit transie dans son pull à grosses mailles, la directrice continuait à inspecter avec appréhension le chemin qui remontait jusqu'à la petite place tout éclairée. Des silhouettes entraient et sortaient des magasins d'un pas pressé, et quelques rares personnes s'arrêtaient pour bavarder. Dans l'air froid et silencieux, les sons lui parvenaient clairement, mais néanmoins étouffés, comme s'ils étaient emprisonnés dans une petite boîte.

Où était donc passée cette fichue gamine ? Avait-elle vraiment réussi à trouver le moyen de sortir ? La directrice n'arrivait pas à se défaire de l'inquiétude qui l'avait saisie, mais elle ne comprenait pas comment Ella aurait pu ouvrir la porte d'entrée : celle-ci était fermée par une clé en hauteur et hors de portée des petits doigts d'enfant. Non, elle finirait bien par se manifester, comme tous les autres avant elle cet hiver. Mais qu'il était agaçant de ne pas savoir où ils se cachaient, ces petits malins. Il était presque incroyable qu'ils aient pu dénicher un coin où se terrer. Pas effrayant. Elle n'irait pas jusque-là. Mais agaçant, oui.

La directrice se rendit compte que quelque chose, sous ses yeux, l'inquiétait. Sur le chemin, dans la direction opposée, vers le Polar Hotel, elle distinguait nettement une trace de pas. Ou plus exactement deux traces de pas. Une ligne toute droite de grandes empreintes laissées par des chaussures d'adulte. Et à côté, de toutes petites marques de semelles d'enfant qui s'entrecroisaient avec les grandes. Se pourrait-il que quelqu'un soit venu chercher Ella sans prévenir ? Dans ce cas, elle veillerait personnellement à ce que cela ne se reproduise pas et à ce que cette personne n'agisse plus de façon aussi inconsidérée. La directrice se montrait stricte sur ce point. Si quelqu'un d'autre que les parents était censé récupérer les enfants, elle exigeait que l'équipe en soit avertie suffisamment à l'avance.

Les deux pistes dessinées par les empreintes de pas enfoncées dans la neige fraîche semblaient paisibles. À l'abri du moindre souffle d'air, elles se découpaient dans les cônes de lumière des lampadaires. Le chemin, désert, passait devant le nouvel hôpital jaune clair tout illuminé qui se dressait juste en face du jardin d'enfants. À ce qu'elle pouvait voir, les traces longeaient le bord de la congère. Les flocons de neige, néanmoins, avaient recommencé à tomber doucement dans l'air silencieux. Des petites aiguilles de glace s'échappaient de la lumière bleue et tournoyaient, indécises, ici et là. Bientôt les empreintes auraient disparu.

La directrice soupira et regagna le vestiaire encombré de petits vêtements colorés jetés sur les étagères basses et les portemanteaux. On avait fait rentrer les enfants de bonne heure à cause du froid. La combinaison d'Ella n'était pas suspendue à sa patère, mais cela ne voulait pas forcément dire grand-chose. Quoi qu'on fasse, les enfants laissaient toujours traîner leurs affaires partout. Le bonnet d'ours marron aux oreilles en peluche qui appartenait à Ella n'était pas sur l'étagère. Ses bottines non plus. Ella était fière de son bonnet et de ses chaussures en cuir rose bordées de fourrure blanche. Elle était la seule à en avoir des comme ça. Une gentille mamie qui vivait dans le sud de la Norvège les lui avait offertes, et il ne lui viendrait pas à l'idée de les délaisser. La directrice pensa que, si elle trouvait le bonnet et les bottines, Ella ne serait sans doute pas loin.

Le jardin d'enfants se situait en centre-ville de Longyearbyen. Ceux qui vivaient ici disaient cela sans aucune ironie, seuls les touristes trouvaient amusant que l'on emploie les termes de Grand-place et centre-ville pour parler de la grosse poignée de bureaux, magasins, cafés et restaurants regroupés là.

Mais c'était les visiteurs qui ne comprenaient pas. Ils ne pensaient pas à tous les kilomètres de routes désertes qui séparaient les maisons les plus retirées dans la vallée de l'Adventdal des grues du Kullkaia, le quai réservé à l'expédition du charbon. Ils n'avaient pas conscience de l'obscurité qui entourait les habitations de Blåmyra et Skjæringa. Et ils avaient oublié les empreintes laissées par un ours polaire qui, sans bruit et presque invisible sur la neige, avait traversé la ville de son pas lourd pour rejoindre les fjords couverts de glace. Les habitants, eux, savaient que même dans les plus petits villages il y avait un centre où l'on pouvait s'autoriser à baisser la garde et se sentir en sécurité. Et dans ce centre, au milieu des lumières, le jardin d'enfants et l'hôpital étaient séparés par le paisible chemin piétonnier. Personne n'avait jamais vu de traces d'ours à cet endroit-là.

Le sentier s'étendait du Polar Hotel à la Grand-place où trônait la statue de bronze très réaliste d'un mineur avec un casque de protection sur la tête et une pelle à la main. Il se faufilait ensuite devant le nouvel hôtel Basecamp, coquettement revêtu de planches de bois flottants bruts de couleur grège, puis il reprenait ses aises entre la boutique Rabiesbua et un magasin de sport avant, enfin, de disparaître dans la Hilmar Rekstens vei, laissant les piétons sans même un bord de route où marcher en sécurité. Ces derniers étaient en effet utilisés par les motoneiges.

Le chemin était rarement emprunté, ou seulement par petits bouts, entre le bâtiment qui abritait la banque et la poste et le parking voisin, par exemple. Ou du parking près des bureaux du Næringsbygg jusqu'à la Grand-place. De plus en plus de gens prenaient leur voiture pour aller au travail. Bientôt, ceux qui possédaient un chien et les joggers seraient les seuls à marcher.

La nuit polaire n'était plus comme avant. Autrefois, il arrivait que l'on croise d'autres habitants le long des routes et que l'on papote un peu. Tout le monde savait qui sortait, où chacun allait, et globalement tout ce qui se passait. Il était désormais plus difficile de se tenir au courant. La nuit polaire avait repris possession des abords de la ville.

"T'as trouvé Ella?" L'assistante maternelle responsable des plus grands était en chaussettes et elle ne l'avait pas entendue entrer dans le vestiaire.

La directrice hésita. Elle ne voulait pas affoler ses employées inutilement. "Il y avait des empreintes de chaussures d'enfant juste devant l'escalier, mais elle ne peut pas... même si elle avait réussi, je ne sais comment, à ouvrir de l'intérieur, elle n'aurait jamais pu refermer derrière elle de l'extérieur. La clenche est trop haute. Un adulte, en revanche, bien sûr..." Elle posa sur l'assistante un regard découragé. "Tu as fait le tour de toutes les pièces? Et les toilettes, tu as vérifié?

— J'ai cherché partout. J'ai même appelé son père sur son portable, mais il n'a pas répondu. Il est sans doute au fond de la mine.

— Tu l'as dit à Tone?" La directrice jeta un coup d'œil furtif autour d'elle.

"Non, elle est à l'intérieur avec les petits. Elle a l'air tellement bien, pour une fois. Je n'ai pas eu le cœur de lui annoncer que sa fille s'était encore éclipsée en douce. Elle était complètement paniquée l'autre jour quand elle a disparu."

L'assistante ramassa une moufle par terre et la mit sur l'étagère. "D'après toi, où peuvent-ils bien se cacher ? Je ne comprends pas, j'ai l'impression qu'on a fouillé partout, même dans le placard à balais."

Elles échangèrent un long regard.

L'homme derrière la congère était à peu près sûr que personne ne le voyait. Il pensait aux enfants et à leurs joues rouges, le nez et les joues rouges, et leurs petits reniflements quand ils aspiraient les deux gouttes d'humidité sur leur lèvre supérieure. Les mouvements maladroits dans leur combinaison et les yeux brillants qui l'observaient sans détour et avec curiosité, comme si rien ne le distinguait des autres adultes qu'ils rencontraient. Il mourait d'envie de serrer leurs petits corps contre lui, mais il n'osait même pas tendre la main pour toucher leurs visages enthousiastes.

Les gamins étaient ravis d'avoir des bonbons, mais impossible de les convaincre d'enjamber la clôture. Et il ne voulait pas prendre le risque de s'introduire subrepticement dans la cour. Derrière les fenêtres éclairées du jardin d'enfants, il apercevait des silhouettes qui allaient et venaient. Peu auparavant, une des femmes était longuement restée derrière un rideau à regarder dans sa direction. Il n'avait pas bougé d'un pouce en espérant se confondre avec la pénombre derrière la congère.

Il ne s'était rien passé. Aucune porte ne s'était ouverte à la volée en claquant contre le mur extérieur.

Aucune voix furieuse en provenance de la maison ne l'avait interpellé à travers la cour en lui demandant ce qu'il faisait là.

Les heures s'écoulaient. L'homme derrière le tas de neige avait froid mais ne remuait que de temps en temps, avec précaution et lentement. Puis soudain il ne fut plus là.

La directrice enfila des vêtements chauds et ses bottines puis sortit dans l'escalier à l'arrière du bâtiment. Elle avait devant elle la cour avec les toboggans, les balançoires et le portique. Une luge oubliée gisait dans la pénombre bleue près de la clôture donnant sur la route. Pas d'Ella à l'horizon. Elle appela doucement son nom, d'un air presque embarrassé. Et si des gens passaient dans les parages ? Que penseraient-ils en la voyant crier comme ça ? Sa voix, cependant, ne portait pas. C'était comme si, à mi-chemin, elle renonçait à continuer et s'enfonçait dans la neige fraîche.

Le cabanon était dans l'obscurité. Un vieux crochet rouillé bloquait la porte. Ella n'aurait jamais réussi à le remettre toute seule. Et si un des enfants l'avait enfermée à l'intérieur ? Et que personne ne l'ait entendue appeler à l'aide ? Quand la directrice descendit les marches d'un pas rapide, elle avait cessé de songer à tous les effrayants "et si…" possibles.

De leur trou dans la neige, les enfants observaient la directrice. Ils gloussaient, mais tout bas, en étouffant leurs petits rires derrière leurs moufles épaisses. Ils aperçurent d'abord les énormes chaussures qui descendaient lourdement les marches. Puis la directrice traversa la cour en de longues enjambées qui crissaient dans la neige et se dirigea vers le cabanon. Elle portait sa longue doudoune marron. Pourquoi donc allait-elle là-bas ? Magnus sortit la tête du trou pour mieux voir ce qu'elle fabriquait, mais Kalle le tira brutalement en arrière. Ils se taisaient maintenant et chacun grimaçait pour indiquer aux autres de faire attention.

Peu de temps auparavant, l'assistante maternelle avait crié aux enfants de rentrer, il faisait trop froid pour rester dehors. Mais ils avaient encore les poches pleines de bonbons qu'ils n'avaient pas mangés, et c'était Kalle qui avait suggéré de se réfugier dans le trou sous le bâtiment. Alors que les enfants avaient progressivement regagné leurs sections, la petite bande s'était cachée. Ils rampaient maintenant à travers l'étroit tunnel dans la neige. Ils se doutaient que c'était probablement eux que la directrice cherchait. Mais elle ne les trouverait pas. Les adultes étaient tellement bêtes. Les enfants ne savaient pas quel mot choisir pour le dire. Les adultes ne comprenaient jamais rien. Quand on pense que la directrice ne les croyait même pas capables d'ouvrir la porte d'entrée !

"Les nuls", chuchota Kalle, qui allait bientôt avoir six ans. C'était lui qui connaissait tous les mots cool. "Quelle bande de nuls. Ils sont vraiment trop nuls." Il avait perdu les deux dents de devant et zézayait un peu sur certaines lettres, ce qui lui donnait un air moins dur et moins adulte qu'il l'aurait souhaité.

Le quatuor continua à ramper à reculons jusqu'à la grande cavité sous le jardin d'enfants. Ils essayaient de ne pas faire de bruit, mais leurs combinaisons frottaient sur la neige. Et ils ne pouvaient pas s'empêcher de se chamailler alors qu'ils descendaient sous le bâtiment.

"Mais euh, pousse pas !

— C'est toi qui pousses. Et puis en plus tu m'as donné un coup de pied.
— C'est même pas vrai d'abord ! C'était…"
Les bruits s'atténuèrent puis s'évanouirent.

Comme la plupart des maisons de Longyearbyen, le jardin d'enfants était édifié sur des pilotis enfoncés à plusieurs mètres de profondeur. Il n'y avait que deux méthodes de construction possibles au Svalbard : soit on laissait les maisons à même le sol évoluer au gré du gel et du dégel de la couche supérieure du permafrost, soit on les bâtissait sur des poteaux suffisamment longs pour atteindre la partie qui ne fond jamais. La première méthode était plus adaptée aux maisons en rondins : le bois étant souple, il travaillait avec les saisons. L'autre méthode était celle utilisée pour les maisons en dur, afin d'éviter que les murs ne se fissurent. Pour peu que les constructions sur pilotis soient correctement orientées par rapport aux vents, elles avaient l'avantage de laisser passer la neige, qui s'engouffrait sous la maison pour ressortir de l'autre côté. Mais le jardin d'enfants n'était pas assez surélevé. Lors des hivers très neigeux, les congères s'amassaient autour du bâtiment et formaient une grotte invisible.

La directrice autorisait les enfants à s'amuser sous la maison. Il faisait sombre là-dessous, il y avait plein de gravillons et cela sentait le fer et la terre. L'espace était exigu et bas de plafond, en tout cas pour les adultes. Comme la plupart des enfants accueillis dans la structure de Kullungen avaient des parents qui, d'une façon ou d'une autre, travaillaient pour la compagnie minière Store Norske Spitsbergen Kulkompani, elle avait aménagé des passages entre les rangées de piliers, afin que les petits puissent jouer à être au fond d'une mine de charbon. La SNSK avait offert des lampes pareilles à celles qui se trouvaient dans les galeries et aussi un peu de matériel ; le tout était placé à intervalles réguliers. La directrice estimait avoir obtenu une représentation réaliste grâce à laquelle les petits pourraient en apprendre un peu plus sur l'industrie minière. Les jeux sous la maison n'avaient cependant lieu qu'en été et à l'automne. En hiver, les couloirs étaient bouchés par la neige. Du moins la directrice le croyait-elle.

Certains enfants, en effet, avaient découvert qu'à cette époque aussi il y avait de grosses cavités sous la maison. S'ils se faufilaient dans l'excavation qui ne manquait pas de se former sous l'escalier de la cour, ils dévalaient ensuite une petite rampe débouchant dans une grotte sombre et basse dans la neige tassée. Ils avaient compris comment creuser des petits trous du côté du chemin piétonnier. Ces derniers laissaient filtrer les rayons de lumière émis par les lampadaires et leur permettaient aussi d'espionner les gens qui passaient – ou en tout cas d'essayer de deviner à qui les chaussures appartenaient.

Mais ce jour-là, ils avaient autre chose en tête. "Faut pas que tu grimpes sur le tas de neige à côté du cabanon. Tu vas tout gâcher", dit Kalle en colère à l'un des jumeaux. "Répète après moi : Je jure que je passe plus au-dessus de la clôture." Kalle parlait un dialecte chantant et indéfinissable, un mélange des langues du Trøndelag et du Nord, comme la plupart de ceux qui avaient grandi à Longyearbyen.

Le petit garçon de trois ans hocha la tête, au bord des larmes. "Je voulais juste prendre le chocolat, je voulais pas…" Il renifla et s'essuya sous le nez avec sa manche.

"Bon d'accord." Kalle se détourna avec un air de grand. "Mais si tu recommences, j'arrache l'autre oreille de ton bonnet lapin.

— Eh, t'es trop méchant, merde!" Magnus se doutait vaguement qu'il devait y avoir une raison pour laquelle il éprouvait le besoin de se démarquer aussi souvent – du moins quand il l'osait – de l'autre garçon de son âge.

"Et toi, t'es pas obligé de dire des gros mots! s'écria Ella avec indignation.

— Grrr!" Les trois garçons se retournèrent vers elle en grognant vu que, quand même, c'était une fille. "Chut! Ingrid peut nous entendre, taisez-vous tous les trois."

Comme d'habitude, Kalle avait le dernier mot. Il plongea les mains dans les poches de sa combinaison. "Vous avez eu quoi, vous?" Trois caramels et un petit sachet de bonbons furent posés par terre. Sous son œil vigilant, les autres étalèrent eux aussi leur butin sur la neige. Ils partagèrent équitablement et se dépêchèrent de fourrer les sucreries dans leur bouche. Durant un moment, il régna entre eux une relative entente pendant qu'ils mastiquaient consciencieusement.

"Tu crois que c'est le sixième homme qui t'a poussé tout à l'heure?" demanda Ella à Kalle.

"Le sixième homme ça existe pas, d'abord." Kalle lui lança un regard sévère. "Y a que les rigolos qui y croient. Les ch-charlots!" Le père de Kalle, porion dans les mines de charbon de Svea, travaillait pour la compagnie depuis plus de vingt ans.

"C'est quoi le sixième homme? demanda le jumeau en jetant un coup d'œil inquiet autour de lui.

— On dit que c'est celui qui suit les gueules noires au fond de la mine mais personne sait qui c'est", expliqua Kalle d'un ton hautain. Le jumeau n'avait pas l'air de comprendre. "Les gueules noires. Les mineurs, quoi. Eh ben quand ils extraient le charbon tout au fond de la mine… eh ben, il fait sombre. Plus sombre qu'ici, peut-être. Eh ben, alors, si… eh ben s'il y en a un qui se retourne pour voir ce que font ses copains… alors il voit qu'il y a un homme en trop. S'ils sont cinq, eh ben il a l'impression qu'ils sont six en train de piocher le charbon. C'est ça le sixième homme. Et y a que les gens comme le père d'Ella, les nouveaux arri… les… les petits nouveaux, qui croient aux fantômes."

Ella baissa les yeux. Elle aurait voulu défendre son père, mais elle ne savait pas vraiment quoi dire. "Mon papa, en tout cas, il croit au sixième homme. Lui, il l'a vu, d'abord", finit-elle par déclarer. Kalle ne prit pas la peine de répondre. Il y eut une pause.

"Y a quoi sous la maison si on continue plus loin?" demanda soudain Magnus. Il avait déjà terminé ses bonbons.

Kalle haussa les épaules, mais Ella fut piquée par la curiosité. "On y va?" Elle se mit à plat ventre dans la neige et s'engagea dans une petite ouverture qui s'enfonçait dans l'obscurité. Les autres enfants se penchèrent en avant pour regarder, et Magnus rampa lentement à sa suite. Peu après, ils entendirent un glapissement d'Ella. "Au secours, ça s'est éboulé. J'ai de la neige qui m'est tombée dans le cou. Hou là là, dis donc! Venez voir le trou! Il est super grand!"

Mais Kalle tira Magnus par la jambe en criant qu'ils devaient retourner vérifier si la directrice était rentrée.

"J'ai froid, pleurnicha le jumeau. Allez, viens!"

Kalle se glissa en premier hors du trou et veilla à ce que personne ne les remarque par la fenêtre. Il monta l'escalier sur la pointe des pieds et frappa quelques coups à la porte. À l'intérieur, le deuxième jumeau poussa le banc devant la serrure et grimpa dessus de façon à pouvoir tourner la clé. Il eut un peu de mal à garder le pêne en position ouverte, mais y parvint et repoussa le banc à sa place. Un coup sur la porte annonça à Kalle que tout était prêt dans le vestiaire.

Sous la maison, Ella dut entreprendre de faire demi-tour dans l'étroit tunnel. Elle se mit à transpirer, elle avait chaud, et elle était triste que personne ne l'ait attendue. Quand, enfin, elle réussit à se hisser dehors, les autres étaient rentrés depuis longtemps. Et elle oublia de refermer à clé.

De l'autre côté du jardin d'enfants, sur le chemin, des grosses chaussures en cuir se mirent en mouvement. Elles tapèrent un peu du pied sur le sol car l'homme qui les portait était resté immobile un moment à écouter les enfants sous la maison. Il sourit tout seul. Un sourire mélancolique, presque beau dans un visage aussi laid.

II

PORTÉE DISPARUE

Jeudi 22 février, 16 h 10

"Je suis bien au bureau du gouverneur*?"
L'irritation était perceptible dans la voix de la femme au bout du fil.
"Euh… oui, oui. Knut Fjeld à l'appareil, le policier de garde. Désolé, mais je suis chez moi, en fait, en train de me préparer à manger. Le standard est fermé, donc…
— Oui, je sais qu'il est fermé, sinon mon appel n'aurait pas été transféré chez vous. C'est bien le numéro d'urgence de la police?"
Il avait manifestement affaire à une femme qui savait ce qu'elle voulait.
"Tout à fait. Pardon. De quoi s'agit-il?
— Eh bien…" La femme soupira. "Voilà, c'est un peu compliqué… ça va vous sembler…" Elle hésita.

---

* Chargé de l'administration publique de l'archipel, le gouverneur dépend du ministère de la Justice norvégien. Il cumule les fonctions de préfet, chef de la police et notaire. Le bureau du gouverneur, qui emploie une vingtaine de personnes, est divisé en trois sections : la police (dont font partie les services de secours et de sauvetage), l'administration et les services chargés de la protection de l'environnement *(Toutes les notes sont de la traductrice)*.

"Mais nous avons pensé que nous ne pouvions pas faire autrement, qu'il fallait vous appeler."

C'est bon, vas-y, accouche ! pensa Knut qui s'était réjoui de passer une longue soirée à se tourner les pouces sur le canapé devant la télé. Mais il se tut. Le silence, souvent, incitait les gens à parler.

"Je m'appelle Ingrid Eriksen et je dirige le jardin d'enfants de Kullungen. Et il s'avère que… euh… que nous ne trouvons plus un des petits. La mère travaille chez nous. Cet après-midi, quand elle a voulu récupérer sa fille, celle-ci s'était volatilisée. Nous avons cherché partout. Et ses vêtements ne sont pas là, eux non plus. Ses bottines, son bonnet, sa combinaison et ses moufles, tout a disparu."

Knut se passa une main dans les cheveux. Il ne savait pas vraiment quoi répondre. Pour lui, il devait y avoir une explication parfaitement logique à cette disparition, il ne voyait pas comment il pouvait en être autrement. Il n'y avait pas d'enlèvement d'enfants au Svalbard. Il avait beau réfléchir, aucune histoire de ce genre ne lui revenait en mémoire.

"Bien sûr nous ne croyons pas que… je veux dire… Longyearbyen est une petite ville et nous connaissons absolument tout le monde ici. Nous ne croyons pas à un acte criminel. Le problème, c'est que… il fait tellement froid. En dessous de -20. Je n'ose pas imaginer… Et si elle était partie toute seule et avait dévalé une pente ou s'était perdue ?

— Se peut-il qu'elle ait réussi à sortir du jardin d'enfants sans l'aide de quelqu'un ?" Les idées de Knut commençaient enfin à s'organiser. "Est-elle en mesure de s'habiller seule ?

— Oui, bien sûr, elle va bientôt avoir six ans. Mais nous fermons toujours les portes d'entrée à clé. Les verrous sont trop hauts pour que les enfants puissent les atteindre. Et puis, pourquoi aurait-elle décidé tout à coup de s'en aller ? Aucun enfant ne l'a jamais fait jusqu'ici. Ce sont toujours les parents qui viennent les chercher, ou alors une autre personne, mais dans ce cas il faut nous prévenir. Nous avons des règles bien établies et nous sommes très à cheval sur ce point. Mais…

— Mais ?

— Il est possible que son père soit passé la prendre sans rien dire.

— Si c'est le père qui a récupéré la petite, on ne peut pas vraiment parler de disparition, non ? La mère a vérifié qu'ils n'étaient pas chez eux ? C'est qui les parents, d'ailleurs ?"

Ingrid Eriksen émit un nouveau soupir.

"Nous avons appelé sur leur ligne fixe et son portable – nous ne sommes tout de même pas complètement idiotes. Le père s'appelle Steinar Olsen. Il travaille comme ingénieur à la Store Norske. C'est sa fille Ella qui a disparu. Après Noël, vous êtes intervenus à plusieurs reprises chez eux, à cause de violentes disputes, vous ne vous souvenez pas ?"

Manifestement, personne à Longyearbyen ne pensait que le secret professionnel et le droit au respect de la vie privée étaient aussi appliqués en interne au bureau du gouverneur. Pour la directrice du jardin d'enfants, comme pour la plupart des gens vivant ici, il semblait évident que tous, au bureau du gouverneur, connaissaient en détail toutes les affaires traitées par le commissariat. Knut avait bel et bien déjà croisé Steinar Olsen, mais dans un contexte officiel et non lors d'une intervention de la police à son domicile.

La directrice poursuivit : "Malheureusement tout cela n'a rien changé. Pas plus tard qu'hier, il était tellement saoul qu'il a cassé des meubles et il est tombé dans l'escalier – sans que vous en soyez avertis. La fois précédente, ce sont les voisins qui ont appelé. Tone, elle, est bien trop loyale pour vous contacter. Et puis elle a honte aussi. Nous avons essayé de lui faire comprendre que toutes ces disputes et cette violence nuisaient à leur fille. Hier, elle lui a annoncé qu'elle voulait divorcer. Résultat : son mari est devenu violent et l'a menacée, c'est pourquoi elle est persuadée que Steinar est passé prendre Ella cet après-midi sans la prévenir. Pour lui faire peur.

— Tone Olsen demande donc l'assistance de la police pour aller chez eux, si je comprends bien ? Pour calmer le jeu avec le père ?

— C'est exactement cela, oui, répondit la directrice visiblement soulagée, et n'hésitez pas non plus à lui parler un peu durement.

— Nous n'avons pas pour habitude de menacer les gens, ce n'est pas notre travail, dit Knut, mais je peux toujours lui expliquer ce qu'il encourt s'il est poursuivi pour enlèvement."

Il espérait que la directrice du jardin d'enfants n'avait pas entendu le long soupir qu'il venait de pousser en raccrochant le téléphone.

Malgré le froid, les deux femmes l'attendaient près de l'escalier du jardin d'enfants quand Knut s'engagea sur le chemin piétonnier avec la voiture noire du bureau du gouverneur. C'était strictement interdit et le policier jeta un coup d'œil rapide en direction des bureaux du *Svalbardposten*. Tout le monde savait que le rédacteur en chef du canard local guettait souvent derrière les rideaux de la fenêtre donnant sur la place le sujet susceptible de donner lieu à un éditorial sarcastique. Mais il n'aperçut aucune lumière derrière les carreaux, ni aucune ombre.

Knut descendit de voiture. Il était facile de reconnaître laquelle des deux femmes était la mère de l'enfant disparue. Les yeux rougis, elle lançait des regards furtifs par-dessous le bord en fourrure de sa capuche.

"Rien de neuf?

— Non, rien." La réponse venait de la femme la plus grande, la directrice du jardin d'enfants. Knut ne se souvenait pas de l'avoir déjà vue, et pourtant il se doutait que c'était sûrement le cas. Avec un peu moins de deux mille habitants, Longyearbyen n'était pas ce qu'on pouvait appeler une grosse ville.

Elle tendit la main avec un petit sourire. "Ingrid Eriksen. Nous n'avons jamais été présentés, mais bien sûr je sais qui vous êtes."

Knut ouvrit les portières et la directrice du jardin d'enfants grimpa à ses côtés. Elle semblait plus optimiste qu'au téléphone. Quant à Tone Olsen, recroquevillée sur la banquette arrière, elle répondait du bout des lèvres à ses questions.

"Quand avez-vous vu Ella pour la dernière fois? Vous souvenez-vous?"

Elle renifla.

"Vers 14 heures, quand les petits sont rentrés.

— Vous lui avez parlé? A-t-elle dit quelque chose qui ait pu vous laisser penser que son père viendrait la chercher?

— Non… non. Elle m'a juste fait un bisou. Elle avait les joues glaciales et de la neige sur son bonnet.

Je lui ai demandé d'où elle sortait, mais elle a filé dans la salle de jeux des grands sans me répondre."

La directrice intervint : "Elle est rentrée très tard, bien dix minutes après les autres. Elle était la dernière. Je l'ai même cherchée de l'autre côté du bâtiment, celui qui donne sur le chemin piétonnier. C'est bizarre, mais…" Elle lança un regard furtif derrière elle, sur le visage apeuré de Tone Olsen, et comprit que ce n'était pas le moment de parler au policier de cette étrange manie qu'avaient certains enfants de disparaître, ces dernières semaines.

Knut prit de nouvelles libertés avec le code de la route et continua sur le chemin piétonnier jusqu'au tout nouveau Polar Hotel. Quelques touristes en grosse combinaison de ski ou emmitouflés dans d'épaisses doudounes marchaient le long des talus laissés par les chasse-neige. Les promeneurs, cependant, ne s'aventuraient pas loin, et ils ne croisèrent pas un chat en montant à Blåmyra, le quartier où vivait la famille Olsen. Malgré la nuit polaire et bien que, même à midi, le soleil reste au-dessous de l'horizon, il faisait quand même relativement clair – une lueur bleue onirique qui flottait au-dessus des glaciers. Knut roulait en feux de croisement, et quand ces derniers se posaient sur les talus au bord de la route, des ombres noires se dessinaient sur la neige blanche. Il voyait finalement mieux hors du faisceau lumineux que dans celui-ci.

"Vous ne croyez quand même pas que quelqu'un…" Ingrid Eriksen s'adressait maintenant à Knut ; elle parlait bas et le ronflement du moteur couvrait presque sa voix. "Ça paraît tout de même assez improbable que des gens avec un tel penchant puissent venir à Longyearbyen sans que vous le sachiez, non ?"

Knut secoua la tête.

"Le bureau du gouverneur n'enquête pas sur les gens qui viennent au Svalbard. Vous pensez vraiment qu'on le faisait ?

— Vu tout ce qu'on lit dans les journaux, on est forcément un peu inquiet. Mais ce n'est pas possible. Ce genre de chose peut se produire sur le continent, mais pas ici." La directrice tourna la tête et jeta un coup d'œil derrière elle, mais Tone Olsen ne les écoutait pas. Le visage crispé, elle était perdue dans ses propres pensées.

Knut longea la rangée de petits logements accolés les uns aux autres dans la rue 230, celle où vivaient Steinar Olsen et sa famille. Ils habitaient la maison tout au bout, sur la droite.

"Sa voiture n'est pas là", constata Tone Olsen en scrutant la rue par la fenêtre qu'elle avait baissée.

À côté du petit appentis qui s'avançait entre chaque maison, il y avait une place de parking. Knut se retourna mais ne vit qu'une motoneige. "Il se gare ici d'habitude ? Vous n'avez pas de garage ?"

Elle secoua la tête et leva les yeux vers le premier étage. "Et ce n'est pas éclairé dans le séjour."

La directrice regarda Knut, l'air soucieux. "Il n'a décroché ni sur son portable ni sur le téléphone fixe de la maison. Nous ignorons dans quel état il se trouve."

Avant même que Knut ait eu le temps de répondre, Tone Olsen avait ouvert la portière arrière, bondi hors du véhicule et monté l'escalier en courant. Elle empoigna la clenche. La porte n'était pas fermée à clé. Elle disparut à l'intérieur.

Ils attendirent près de la voiture, guettant tous les deux d'éventuelles voix ou autres signes de vie à l'intérieur, mais aucun son ne leur parvint. "Nous ferions mieux d'y aller, je pense." Knut grimpa l'escalier en deux longues enjambées puis poursuivit son ascension vers le premier étage.

Tone Olsen s'était précipitée dans le séjour sans prendre la peine d'enlever ses bottines, laissant derrière elle des petits paquets de neige qui fondaient maintenant sur le sol. Elle s'assura que personne ne se cachait derrière le canapé, revint rapidement sur ses pas, partit dans la cuisine, dévala l'escalier et poussa la porte des deux chambres à coucher, vides toutes les deux. Des vêtements, une brosse à cheveux, une serviette-éponge et d'autres bricoles traînaient sur les lits. Elle et sa fille avaient dû se presser pour arriver à l'heure au jardin d'enfants et semblaient avoir quitté la pièce en toute hâte. La directrice était restée au premier étage, mais Knut tentait de suivre la mère dans ses recherches fébriles. Pour finir, Tone fut bien obligée de se rendre elle aussi à l'évidence : ils n'étaient pas là. Elle remonta l'escalier d'un pas lourd et lent et demeura dans le séjour, les bras ballants.

"Vous lui avez parlé ce matin ?

— Non, mais je savais qu'il devait monter à la Mine 7. Ils ont des problèmes là-bas.

— Il n'a rien dit de spécial en partant ?

— Non. Ella et moi avons quitté la maison avant qu'il se lève. Il n'a pas entendu le réveil sonner et je me suis bien gardée de le réveiller." Tone Olsen détourna les yeux, la mine amère.

"Mais vous ne voyez rien qui puisse indiquer qu'il serait passé ici après avoir éventuellement récupéré Ella au jardin d'enfants ?

— Non, mais… je n'ai pas fait très attention à la façon dont c'était rangé ce matin. Je veux dire, on vit ici. Ce sont toujours un peu les mêmes affaires qui traînent. Les vêtements d'Ella… non, vraiment, je ne sais pas."

Et pourtant, quelque chose l'avait interpellée dans la petite chambre de sa fille, mais quoi ? Elle n'arrivait pas à mettre le doigt dessus. Un sanglot lui échappa. Elle était tellement persuadée qu'Ella se trouvait avec son père et qu'ils seraient là. Tout ce qu'elle avait redouté, c'était qu'il ait bu et qu'il veuille reprendre la dispute de la veille.

Elle tourna les talons et se rendit dans la cuisine, où la directrice se tenait près du plan de travail.

"Ils sont peut-être venus ici." Elle s'effondra sur une chaise devant la table. "Je ne me rappelle pas avoir laissé la cuisine dans cet état ce matin. En tout cas, quelqu'un a mangé des tartines après notre départ."

Knut regarda autour de lui. Il y avait des tranches de salami et du pâté de foie à côté de l'évier, et une tartine à moitié entamée sur la table à côté d'un verre qui contenait encore un peu de lait.

"Vous êtes sûre que rien de tout ça n'était là quand vous êtes parties ?"

Tone Olsen avait mis ses deux mains sur son visage.

"Je ne crois pas, non… et Steinar ne boit pas de lait." Elle geignit doucement. "Qu'est-ce qu'il a fait ? Où l'a-t-il emmenée ? Oh ! Si seulement je la retrouvais, je promets que jamais plus je n'engueulerais Steinar. Mais comment le lui dire puisqu'il n'est pas là ? Qu'est-ce qu'on va faire ? Vous croyez qu'on peut passer une annonce à la radio ?"

Ingrid Eriksen vint poser une main sur son épaule. "Ce n'est pas ta faute, Tone. Surtout, ne commence pas à culpabiliser !

— Peut-être devriez-vous envisager de porter plainte ? suggéra Knut. Mais réfléchissons d'abord aux endroits où votre mari est susceptible d'avoir emmené Ella. Se peut-il qu'ils soient au Kafé Busen ou au Kroa ? Ou bien qu'ils aient rendu visite à des amis ?"

Il repoussa et réprima toutes les pensées effrayantes qui pouvaient lui venir à l'esprit. Il valait mieux qu'il s'exprime calmement, sinon la mère de la petite risquait de s'effondrer. Il se tourna vers la directrice du jardin d'enfants. "Ça vous embêterait de nous donner un petit coup de main ? Vous pourriez appeler tous les cafés et leur demander si Steinar Olsen et Ella font partie de leurs clients ce soir, pendant que Tone et moi nous établissons une liste des amis de la famille ?"

Anne Lise Isaksen, nommée gouverneur intérimaire depuis le début de l'année, venait juste de terminer son repas quand Knut l'appela. Elle était allongée sur le canapé, la tasse de café à portée de main sur la hideuse table basse en pin jauni. On retrouvait le même type de meubles dans beaucoup d'appartements de Longyearbyen. Il était bien sûr possible d'en acheter d'autres sur le continent, de facture plus récente, et de veiller soi-même au transport, mais cela revenait presque deux fois plus cher, et la plupart des gens qui emménageaient au Svalbard en abandonnaient rapidement l'idée. Ils se contentaient de ces meubles en pin qui avaient le mérite d'être résistants et pratiques. De toute façon, personne ne s'installait ici définitivement. La durée des contrats de travail se limitait d'ordinaire à deux ou quatre ans.

Elle feuilletait distraitement un magazine en écoutant la voix au téléphone. Mais peu à peu la situation lui apparut sérieuse. "Un des petits du jardin d'enfants a disparu ? demanda-t-elle incrédule. Mais bon sang, il fait un froid de canard ! Imagine qu'elle se soit perdue ou bien qu'elle soit tombée dans une congère et qu'elle n'arrive pas à s'en extraire toute seule."

Knut essaya de lui expliquer le contexte, la dispute entre les parents la veille au soir et la conviction de Tone Olsen que c'était le père qui était allé chercher leur fille. Mais Anne Lise Isaksen l'interrompit : "Pouvons-nous vraiment prendre le risque de perdre du temps ? Et si la petite a vraiment disparu et que ce n'est qu'un hasard si vous ne trouvez pas Steinar Olsen ?" Elle s'était levée et se tenait maintenant debout au milieu du séjour. "Je te laisse une heure. Si la fillette n'est pas retrouvée d'ici là, nous devons donner l'alerte."

Steinar et Ella Olsen ne se trouvaient dans aucun des cafés de la ville. Par précaution, la directrice appela aussi les hôtels et les pubs. Mais personne n'avait vu le père et la fille. Réflexion faite, elle téléphona aux deux autres employées du jardin d'enfants pour les informer des derniers événements. Elles se répartirent la liste des parents et commencèrent à donner des coups de fil à droite et à gauche avec un nouvel espoir à chaque fois, comme si le prochain appel qu'elles passeraient allait tout à coup mettre fin à cette situation irréelle. Ingrid Eriksen sentait presque le goût des mots dans sa bouche : "Merci, quel soulagement ! Non, on était un peu inquiets, vous comprenez. Comme personne n'avait dit à Tone qu'Ella rentrerait avec vous. Ce n'est qu'un malentendu. Merci." Mais il n'y eut aucune conversation de ce genre. Rien qu'une certaine confusion, de la curiosité et des questions inquiètes. Ella n'était rentrée avec aucun de ses petits camarades.

Knut commençait à s'impatienter. Évidemment que la fillette ne tarderait pas à être retrouvée. Personne ne disparaissait au Svalbard. L'hiver, à l'exception du vol quotidien qui reliait l'archipel au continent, ils étaient pour ainsi dire coupés du reste du monde. Ils savaient donc parfaitement qui habitait Longyearbyen, quels étaient les visiteurs et qui quittait les lieux. Mais, en même temps, il ne put s'empêcher de penser qu'ils avaient déjà tenu exactement les mêmes propos au bureau du gouverneur et ce, quelques mois auparavant seulement. Et ils avaient fini avec un cadavre sur les bras.

III

LES OMBRES DE LA MINE

> *Dans les mines noires du Spitzberg,*
> *là où le soleil ne pénètre jamais,*
> *là où seule règne l'écrasante obscurité*
> *installée là pour l'éternité.*

Mercredi 3 janvier, 8 h 20

De bonne heure ce matin-là, Steinar Olsen se présenta au bureau du personnel, nerveux et conscient que c'était une occasion qu'il ne devait pas laisser passer. C'était son premier jour de travail comme ingénieur à la Store Norske Spitsbergen Kulkompani, à Longyearbyen.

"Vous n'aurez qu'une seule chance de faire une bonne première impression, vous savez", lui avait déclaré le responsable du personnel d'une voix aimable, sans comprendre à quel point ses paroles effrayaient le nouvel ingénieur. Mais les gens de la Store Norske ne pouvaient pas savoir pour la fin calamiteuse de son précédent poste à Tromsø. Il s'était évidemment bien gardé de le leur dire lors de son entretien d'embauche – et ce n'était pas non plus les gens de la municipalité, sur le continent, qui risquaient d'ébruiter l'affaire.

L'homme en face de lui, dans le grand bâtiment bleu sur les quais, avait juste voulu se montrer agréable. Il était censé lui faire visiter la Mine 7, avant qu'il ne se mette réellement au travail le lendemain, mais au tout dernier moment, il reçut un appel et Steinar Olsen dut emprunter une voiture et se rendre là-haut tout seul. Il fallait qu'il aille sur le carreau, à l'entrée de la mine, lui expliqua l'homme. Celle-ci n'était pas bien difficile à trouver, il lui suffisait de suivre l'unique route qui sortait de la ville – qui s'appelait en outre la route de la Mine 7 – et de continuer dans le sens inverse des camions transportant le charbon jusqu'à ce qu'il aperçoive des portes gigantesques. Il pouvait difficilement se tromper.

La route en lacets était à pic et chaque virage serré. Elle grimpait à flanc d'une montagne verglacée. Pour peu que la voiture se déporte du mauvais côté, elle ne s'arrêterait qu'une fois au fond de la vallée juste en dessous. On distinguait nettement sur la petite glissière de sécurité en aluminium les traces de frottement laissées par différents véhicules. Une couche de neige fraîche avait recouvert la glace. Steinar roulait à 30 kilomètres à l'heure et s'arrêtait presque complètement dès qu'il croisait un des énormes camions de la mine. Au seul carrefour de la montée, il partit dans la mauvaise direction : il transpirait des mains en faisant demi-tour sur une aire de croisement ridiculement petite.

Le bâtiment par lequel on pénétrait dans la Mine 7 était adossé à la montagne. Il se gara devant des baraquements et courut à petits pas sur le sol verglacé rendu gluant par la poussière de charbon et les gravillons.

Les portes de la mine étaient immenses, sûrement deux fois plus grandes que celles d'une maison ordinaire. À l'intérieur, d'autres portes, de taille normale celles-ci, permettaient d'accéder à un gigantesque hall. Celui-ci n'était guère plus qu'un hangar d'où partaient les Jeeps qui transportaient les hommes au fond. Le tapis roulant qui acheminait le charbon à l'extérieur était situé ailleurs ; cette entrée-là était réservée au personnel et au matériel.

Le hangar, d'un côté, était bordé de baraques de chantier de plusieurs étages. Tout en haut de celles-ci, un homme à une fenêtre surveillait l'ensemble des activités. Il avait les écouteurs de son casque remontés sur son front et, quand il vit Steinar se diriger d'un pas hésitant vers les bureaux, il lui fit signe de partir dans la direction opposée.

Le nouvel ingénieur était en retard. Quand il arriva en courant dans le vestiaire, l'équipe de jour s'apprêtait déjà à rejoindre le véhicule qui l'amènerait au fond. Un groupe d'hommes en tenue de travail, aux visages inexpressifs et aux yeux vigilants, passa devant lui dans l'embrasure de la porte, sans croiser son regard. Le chef d'équipe, à la traîne, était pressé. "Lars Ove et Kristian vont t'emmener sur le chantier d'exploitation. Ils te feront visiter et pourront répondre à tes questions", lui lança-t-il avant de disparaître. Bien qu'il soit hors de sa vue, Steinar entendait encore sa voix par la porte entrouverte. "Kristian, trouve-lui des vêtements et l'équipement de sécurité. Donne-lui un casque bleu, pas un blanc. Et pas de blagues. Vous savez ce que je veux dire." Et puis, à l'intention du nouvel ingénieur : "Bienvenu parmi nous. J'espère que tu te plairas ici. Ça devrait…" Le vrombissement d'un moteur assourdissant que l'on venait de démarrer couvrit sa voix.

Steinar Olsen regarda autour de lui dans la pièce sale où deux murs étaient occupés par une rangée de vieux casiers métalliques et un autre par une enfilade de lavabos. Il y avait des caisses remplies de casques et de bottes sous un miroir couvert de taches. Une autre armoire, plus large et moins haute que les casiers, contenait des "AUTOSAUVETEURS – MASQUES – BATTERIES – LAMPES FRONTALES" à en croire le bout de papier collé dessus.

Deux hommes étaient assis sur un petit banc en bois au milieu du vestiaire. Ils devaient montrer les lieux au nouveau et le mettre au courant non seulement des consignes de sécurité mais aussi des règles tacites à respecter dans la mine. "Faites en sorte qu'il se sente le bienvenu dans l'équipe", leur avait dit le porion d'un air chichiteux. Mais les deux hommes avaient d'autres projets en tête. Ils finissaient tranquillement leur cigarette, un couvercle en métal plein de cendres et de mégots posé entre eux.

"Bonjour", dit le nouvel ingénieur sans quitter le pas de la porte.

Les deux mineurs se levèrent lentement, laissant le nouveau venu mariner sur le seuil. En tant qu'ingénieur, il n'aurait pas d'influence directe sur leur quotidien. Quand le porion leur avait demandé s'ils voulaient bien lui faire visiter les lieux, il n'avait pas vraiment été accueilli avec enthousiasme. "Et pourquoi nous et pas quelqu'un qui bosse dans les bureaux ou le chef ou…" avait rechigné Lars Ove. Le porion avait ravalé son irritation et répondu calmement que, comme ils le savaient certainement, ils avaient un gros problème au niveau du convoyeur au fond du chantier et que le chef et lui seraient retenus là-bas toute la matinée. "Qu'est-ce que ça peut bien m'foutre", avait répondu Kristian, qui concluait ainsi la plupart des discussions.

Pour se moquer un peu – mais surtout parce qu'ils étaient connus pour faire le coup aux nouveaux quand ils s'en sentaient l'envie –, les deux anciens avaient retiré les barrières qui bloquaient l'accès à une mine depuis longtemps désaffectée. Celle-ci avait beau être fermée depuis de nombreuses années, quelque chose en elle continuait à attirer les gens – quelque chose de vieux et d'effrayant qui émanait de l'obscurité ou dans l'aspect menaçant de ses galeries basses et non sécurisées. Les deux guides avaient pensé rouler un bout dans la vieille mine de charbon, histoire de voir si le nouvel ingénieur s'apercevrait que l'endroit ne ressemblait pas à une exploitation moderne. À ce qu'ils savaient, il était à Tromsø avant de venir au Svalbard et avait bossé sur le tunnel qui devait traverser l'île de part en part. Apparemment un truc s'était mal passé.

Pour commencer, ils se conduisirent plutôt bien comparé à d'habitude. Ils se présentèrent, souhaitèrent la bienvenue au nouveau et l'équipèrent d'une combinaison, de bottes de sécurité et d'un casque avec lampe, avant de fixer la batterie à la ceinture autour de sa taille et de lui donner un masque antipoussière, une bonbonne d'oxygène et un autosauveteur. Mais quand ils sentirent que le nouveau se détendait, ils entreprirent de lui flanquer une peur bleue en lui indiquant tout ce à quoi il devait veiller. Ils proféraient leurs avertissements d'un ton grave, laconique, et échangeaient des regards entendus en secouant la tête comme s'ils taisaient certaines informations. Pour finir, ils lui parlèrent de la Jeep, un véhicule ouvert spécialement conçu pour la mine dans lequel il fallait s'allonger à plat sur le dos pour ne pas se cogner la tête dans le matériel, les câbles et les pierres qui saillaient du toit. Mais tout ça, bien sûr, il le savait déjà ? Le nouveau se contenta de hausser les épaules. Anxieux, lui ? Non.

Pendant environ dix minutes, ils roulèrent normalement, assis droits sur leur siège, dans la grande galerie d'accès qui menait à l'intérieur de la montagne. Celle-ci était le nerf vital de la mine. La bonne hauteur de plafond, le soutènement aux poutres de bois dressées le long des parois et l'endroit suffisamment éclairé permettaient de voir devant soi et sur les côtés. Puis ils approchèrent de la taille numéro 12. C'était là que l'embranchement qui permettait d'accéder à la mine désaffectée apparaissait au détour d'un petit virage. Le trou béant de l'ancienne galerie s'ouvrit devant eux, noir et incroyablement bas. Les chefs se doutaient bien que la vieille mine servait un peu à tout, bien que la direction ait formellement interdit à quiconque d'y pénétrer. Mais depuis toutes ces années qu'ils travaillaient pour la Store Norske – six pour Kristian et neuf pour Lars Ove –, ils n'avaient jamais entendu parler d'une personne blessée dans un éboulement.

Le véhicule à large plateau, qui roulait au ras du sol, s'engagea dans l'entrée étroite en basculant doucement de droite et de gauche sur le mur* irrégulier. Une ampoule solitaire pendait au-dessus de l'entrée de

---

* Dans une galerie, le toit est la partie qui se trouve au-dessus de la veine de charbon et le mur celle en dessous ; il est par conséquent possible de marcher ou rouler sur le mur.

la galerie, mais l'intérieur de celle-ci baignait ensuite dans l'obscurité. Seuls les feux du véhicule éclairaient, juste devant eux, les parois rocheuses noires couvertes d'entailles dues à l'extraction du charbon. Le nouvel ingénieur sourit nerveusement aux autres avant de s'allonger au fond du véhicule, la nuque posée sur un appuie-tête.

Kristian l'attrapa par l'épaule et, pour couvrir le vrombissement du moteur, lui cria : "Maintenant tu vas comprendre pourquoi on se bat pour des salaires plus élevés. Y a pas pire comme boulot dans le monde du travail norvégien. Ça, on me le fera jamais croire. Et pendant ce temps, les chefs, qui restent bien au chaud dans leur bureau, gagnent deux fois plus que nous."

Le nouvel ingénieur n'avait entendu parler d'aucune lutte pour des salaires plus élevés au sein de la compagnie, mais il hocha la tête, blême. Après presque un an de chômage, il était content d'avoir enfin trouvé un boulot et les avantages offerts par celui-ci lui convenaient. Toutes ces questions étaient cependant le cadet de ses soucis à ce moment-là. Ils continuaient à progresser dans la galerie, de plus en plus basse et de plus en plus étroite. Bientôt les ailes du véhicule, qui avançait toujours péniblement en tanguant de droite à gauche, raclèrent la roche. Des petits morceaux de charbon leur tombèrent dessus. La poussière tourbillonnait dans la lumière de leurs lampes frontales. Le nouvel ingénieur toussa et farfouilla maladroitement à la recherche du masque qui devait l'empêcher d'aspirer la poussière de charbon.

Lars Ove, qui était allongé à la place du conducteur, les dirigea vers un embranchement. Ils réussirent de justesse à passer entre la paroi et une vieille remise en bois. La Jeep avança encore un peu, puis s'arrêta. Lars Ove se mit au point mort. L'engin, immobile, ronronnait doucement, tremblant comme un animal. Les deux anciens se laissèrent glisser de leur siège et se retrouvèrent sur le sol, à genoux, la tête courbée sous le toit.

Ils firent signe au nouveau. Le type leur semblait déjà bien flippé, ils allaient pouvoir lui annoncer qu'ils lui avaient joué un petit tour. Mais l'ingénieur les prit de vitesse. "Je ne vois aucun signe d'activité, ni le moindre matériel, un convoyeur ou ce genre de choses", constata-t-il en scrutant autour de lui dans la lumière des phares. Puis soudain il s'accroupit par terre en entendant un bruit de pierres qui s'effondraient du toit quelque part dans le noir. Son intention n'était pas spécialement d'insinuer que les deux anciens s'étaient trompés de chemin, ce qu'il voulait c'était sortir de là au plus vite.

Kristian tourna la tête afin d'éclairer quelques mètres devant eux avec sa lampe. Le faisceau lumineux tomba sur un éboulis de pierres qui obstruait presque entièrement l'ouverture. "Non, tu as raison, dit-il, on voulait juste te montrer l'endroit où un de nos copains a trouvé la mort. On ne passe pas un jour au fond sans y penser."

Lars Ove se retourna, stupéfait. Qu'est-ce que Kristian chantait là? Il n'y avait eu aucun accident dans la Mine 7 depuis des années, le dernier remontait au début des années 1980, quand Per Leikvik avait été enseveli sous un éboulement. Contre toute attente, il avait survécu, même s'il fallait bien avouer qu'il n'était jamais redevenu lui-même. Il ne remettrait plus les pieds dans la mine, disait-on, et c'est pourquoi on l'avait embauché comme homme à tout faire au jour.

"Et ça peut se reproduire, poursuivit Kristian. Faut jamais sous-estimer la vieille mine, car elle prend toujours sa revanche.
— Allez viens, Kristian. On se casse d'ici." Lars Ove trouvait qu'ils avaient poussé la blague trop loin. Le nouvel ingénieur regardait les deux camarades d'un air perplexe. Il commençait à comprendre qu'ils s'étaient moqués de lui, mais ne voulait pas passer pour un froussard.

Tout à coup la lumière de la lampe frontale de Lars Ove s'éteignit. "Merde ! jura celui-ci. C'est bon maintenant, ça suffit ! On l'emmène sur le chantier, tu sais bien que sinon le porion va avoir des preuves contre nous."

Mais son camarade, immobile, continuait à éclairer l'intérieur du grand trou noir béant devant eux. "Écoute-moi ces craquements. C'est la montagne qui veut nous avertir. Elle est vivante, tu comprends." Il se retourna et éclaira le visage blême de Steinar Olsen. Les trois hommes restèrent un moment sans rien dire. Le moteur ronronnait doucement à quelques mètres d'eux, mais ils entendaient aussi d'autres bruits : le ploc ! de l'eau qui coule lentement le long des murs et s'échoue sur le sol, les craquements secs de la montagne ou ceux bien nets des pierres qui se détachent et tombent.

"Y en a qui disent qu'il existe des failles naturelles dans la roche et que certaines d'entre elles sont tellement larges qu'on pourrait se glisser à l'intérieur. Personne ne sait où elles mènent, mais il paraîtrait que des gens ont vu des ombres à l'intérieur et qu'ils ont entendu des bruits." Il s'ensuivit un nouveau silence. "Mais bon, ce que j'en sais, moi…" Kristian avait fini par se lasser, lui aussi. Il était temps qu'ils sortent de la vieille mine avant qu'il ne commence lui-même à croire à ses propres histoires.

Steinar était le plus près de la Jeep. Au moment où il se tourna vers celle-ci, la lumière de sa lampe frontale balaya le chemin par lequel ils étaient arrivés. Un cri inquiet lui échappa. Du doigt, il montra la paroi. "C'est… c'est quoi?" Kristian lui attrapa le bras et Lars Ove le bouscula pour passer, se précipita vers la voiture et grimpa dedans en se laissant tomber à la renverse à la place du conducteur. Les deux autres eurent à peine le temps de se jeter à l'arrière du véhicule et de s'allonger qu'il avait déjà enclenché la marche arrière.

"Attention!" Le cri d'alerte venait une fois encore de Steinar Olsen. Il était trop tard : Lars Ove fonça dans le mur derrière lui dans un bruit sourd et l'arrière de l'engin resta coincé sous le toit. Mais pas longtemps. Le véhicule se dégagea dans un rugissement du moteur, accompagné du bruit du métal qui racle la pierre. Au même instant, des pans de la paroi rocheuse se détachèrent et dégringolèrent sur eux. Kristian, qui était installé tout au bout, n'eut rien, cependant, en tombant, une pierre au bord tranchant entailla profondément le front de l'ingénieur.

Et, évidemment, il fallait qu'ils manquent de chance en ressortant : le porion se trouvait justement sur le carreau au moment où ils débarquèrent à toute vitesse. Celui-ci se précipita vers eux en se demandant ce que c'était que ce cirque! Il écarquilla les yeux en apercevant l'éboulis de pierres dans la Jeep passablement cabossée et le nouvel ingénieur qui avait au front une coupure qui pissait le sang.

"Qu'est-ce qui s'est passé?" Le porion comprit qu'il avait enfin quelque chose de concret contre les deux anciens. "Bon, on verra ça plus tard. Et toi, avec la coupure au front, je ne me trompe pas, t'es bien le nouvel ingénieur? Et c'est ton premier jour de boulot? Eh bien, bravo! Faut que tu ailles chez le médecin tout de suite. Je t'emmène. La voiture est devant le bureau." Sur ce, il tourna les talons. Steinar Olsen arracha le casque de sa tête ainsi que la ceinture contenant l'équipement et donna le tout à Kristian, qui s'empressa de lui chuchoter : "Putain, tu dis pas un mot, sinon…" Il n'entendit pas la suite. Il se hâta tant bien que mal de rejoindre le porion et sortit dans le froid d'un jour de janvier gris et neigeux en boitillant. Il se rendait compte seulement maintenant qu'il avait aussi reçu une pierre sur la jambe.

Avec les années, le tourisme et la recherche avaient fini par jouer un rôle prépondérant à Longyearbyen, mais la ville n'en demeurait pas moins une cité minière hantée par la peur. Le dernier gros accident au fond de la montagne remontait pourtant à des années auparavant et aucun habitant actuel n'avait vécu ou ne se rappelait les explosions effroyables des années 1940 et 1950, quand le sol tremblait et que de la fumée jaillissait des tours d'extraction, quand le message passait de maison en maison et que des ténèbres plus opaques que la nuit polaire s'abattaient sur la ville ; quand tant de familles perdaient l'un des leurs. Aujourd'hui encore, la peur subsistait dans l'ombre des étranges formations rocheuses. Et la superstition aussi.

Dans une maison délabrée de Sverdrupbyen, des gens avaient ainsi entendu des cris et de longs hurlements, d'autres avaient même perçu le cliquetis des harnais et les ébrouements des chevaux, ainsi que le pas lourd de leurs sabots sur le sol gelé. C'est en tout cas ce qu'affirmaient certains. Sans compter ceux qui imaginaient les histoires les plus incroyables dans l'unique but de se rendre intéressants auprès des visiteurs. Ce n'étaient pourtant pas les revenants du hameau qui entretenaient la peur durant les longs mois d'hiver, mais le souvenir jauni par le temps et maintes fois raconté d'un décès inattendu, d'un suicide passé sous silence dans une cabane isolée, ou encore de gens qui, par miracle, avaient réussi à se traîner chez eux après avoir été attaqués par un ours dont les griffes les avaient pourtant réduits en lambeaux.

Et puis il y avait tout ce que les travailleurs voyaient et entendaient dans la mine. À moins que ce ne soit l'ombre de leur propre peur ? Celle des éboulements de pierres, de l'odeur de la poussière de charbon, du fracas subit d'une explosion dans le noir ou la crainte provoquée par les galeries étroites. On évoquait rarement ces sujets-là une fois au jour. Ce que les travailleurs pensaient, ils le gardaient pour eux.

Or, l'histoire était là, impossible à nier. Le coup de grisou dans la Mine 2 en janvier 1952, qui causa la mort de six hommes. Six mineurs qui ce matin-là s'étaient levés et avaient jeté un regard vide, par la fenêtre, sur le paysage arctique ; six hommes en combinaisons sales, la tête pleine de rêves et de pensées qu'ils gardaient pour eux. Quelques heures plus tard, ils étaient ressortis de la mine sur des civières. Brûlés, broyés, en sang. Et morts.

Le coup de poussier en janvier 1920 dans la Mine 1A, qui se solda par la mort de vingt-six hommes et la fermeture de la mine. Ou encore, ce matin de novembre 1962, à l'aube, quand une explosion survint à Ny-Ålesund. D'abord le coup de grisou, puis la poussière de charbon qui s'enflamme. Dix hommes furent évacués du puits 4 de la mine Esther et onze autres restèrent au fond, dans le noir. Ils y étaient toujours, derrière des ouvertures murées.

La concurrence avait été rude entre les mines de Kings Bay à Ny-Ålesund et celles de Longyearbyen, les hommes politiques sur le continent estimant qu'il n'y avait pas de place pour deux cités minières sur l'archipel. Mais toute la population de Longyearbyen s'était montrée solidaire des hivernants de Ny-Ålesund et de leur lutte acharnée pour rester à cet endroit où ils s'étaient créé un foyer. Leur courage. Leur ténacité. En vain. L'accident de Kings Bay en 1962 engendra sur le continent un malaise qui ne voulut plus se dissiper ; le sentiment de culpabilité persista. L'année d'après, les mines de Ny-Ålesund furent fermées.

Par la suite, la sécurité s'améliora dans les mines de Longyearbyen et les grosses explosions cessèrent. L'équipement devint plus fiable, les règles à suivre plus strictes. Le travail de mineur n'en demeurait pas moins une profession à risques, car la montagne était imprévisible. Des gens mouraient encore dans le noir des galeries basses et la peur flottait autour des maisons de la petite ville polaire, jetant une ombre sur la vie quotidienne de ses habitants.

Le porion conduisit Steinar directement à l'hôpital. Il l'accompagna jusqu'à la réception au premier étage, mais repartit immédiatement. Il était manifeste que, pour lui, Steinar n'avait rien de grave. Il marmonna quelque chose à propos du bureau et promit de revenir dès que le médecin l'aurait vu. Après un bref examen, qui se résuma à un regard investigateur de la part de Berit, l'infirmière à la réception, le nouvel ingénieur fut envoyé dans la salle d'attente, où il patienta dans un vieux canapé.

Deux autres personnes étaient assises dans la pièce. Deux femmes, d'un certain âge toutes les deux. Elles observaient Steinar du coin de l'œil, tout en continuant à discuter à voix basse. Steinar s'en fichait ; il regarda dans le vide jusqu'à ce que l'infirmière apparaisse à la porte et hoche la tête dans sa direction. Les deux femmes le suivirent des yeux quand il sortit de la salle.

Le médecin papotait aimablement en examinant les blessures : "Steinar Olsen. Vous êtes nouveau, vous ? Arrivé la semaine dernière, m'a dit Lund, le porion. Et vous êtes venu avec votre famille ? Oui, c'est comme ça que ça se passe désormais. Longyearbyen s'est normalisée et ressemble aujourd'hui à n'importe quelle bourgade du continent. Remarquez, il existe des endroits au climat plus rigoureux dans le Finnmark. Et votre femme, elle se plaît ici ?

— Oui.

— Bien, bien. On va vers des journées un peu plus claires maintenant. C'est la bonne période pour venir au Svalbard. C'est tranquille et paisible. Les touristes n'ont pas le courage de s'aventurer jusqu'ici en plein hiver, quand il fait complètement nuit. Mais au printemps, vous allez voir ! Il y en a dans toute la ville. Quelle plaie ! Ce sont toujours les mêmes questions qui reviennent, sur la vie qu'on mène sous ces latitudes, les endroits où ils peuvent voir des ours polaires, louer une motoneige ou encore le chemin à suivre pour aller au Vinmonopol*. Pour ma part, je suis arrivé ici au printemps dernier. Vous ne partez pas à la mine de Svea ? Vous restez travailler ici, à la Mine 7 ?"

Steinar ne pouvait pas hocher la tête, car après avoir rapidement nettoyé la plaie sur son front, le médecin la lui recousait maintenant d'une main experte. "Effectivement, ça a pu vous faire un peu mal", constata-t-il, comme si Steinar était en fait une chochotte qui se plaignait pour rien. "Vous aviez enlevé votre casque ?

— Non. La voix de Steinar était ferme.

— Non." Le médecin avait terminé. Il recula d'un pas, un peu comme pour admirer son œuvre à distance. "Non, bien sûr que vous ne l'aviez pas enlevé. Vous pouvez vous asseoir, je vais examiner votre jambe maintenant."

Le porion avait appelé depuis le bureau du directeur au siège de la compagnie minière et prévenu qu'il serait un peu en retard. Steinar pouvait aller l'attendre au Kafé Busen s'il le voulait, il viendrait le chercher là-bas. Steinar comprit que la visite de la Mine 7 ne serait pas reportée au lendemain. Et il savait que le porion l'interrogerait sur ce qui s'était passé.

Ce fut le porion en personne qui lui fit visiter la mine, et il découvrit un monde bien différent de l'endroit où il était allé le matin. Cette fois-ci les galeries étaient larges, éclairées et bien signalisées, avec des panneaux qui indiquaient à quelle distance ils se trouvaient au fond de la montagne. Il y avait des étançons le long des murs et des boulons dans le toit. Et ce

---

* Le magasin d'État où l'on achète l'alcool en Norvège.

dernier était suffisamment haut pour leur permettre de rester assis droit sur leur siège jusqu'au bout.

Le porion les conduisit jusqu'au front de taille, où l'énorme haveuse s'enfonçait dans la veine comme un animal préhistorique aveugle. Les cylindres donnaient l'impression de trancher dans du mastic. Il était cependant clair que tout ne marchait pas comme voulu. L'abattage s'arrêta quand le conducteur réalisa que le porion était revenu. Un attroupement se forma autour d'eux, des hommes manifestement épuisés après une journée de boulot, vêtus d'une combinaison de travail sale avec, autour des yeux, des cercles noirs de poussière de charbon.

"On approche. On continue ou on laisse tomber?"

Le porion se tourna vers Steinar Olsen. "Maintenant que nous avons le nouvel ingénieur parmi nous, peut-être va-t-il pouvoir nous dire ce qu'il en pense?"

Il sourit légèrement. De toute évidence, il n'attendait aucune réponse de la part de Steinar, mais ce dernier tenait vraiment à faire bonne impression. "Qu'est-ce que vous vous demandez? Il y a un problème?"

Un des hommes s'avança vers lui, retira son gant et tendit un poing. "B'jour, c'est moi le chef de l'équipe de jour. Le sondage de la montagne a fait apparaître des cavités à l'intérieur de cette taille. Nous approchons de l'endroit et nous nous demandons si nous n'allons pas tout simplement nous arrêter ici. Continuer n'est pas sans risque. On peut provoquer un véritable éboulement. On ne sait pas non plus si cette cavité contient du gaz.

— D'un autre côté, l'interrompit le porion, c'est une bonne veine. Ce serait dommage de devoir renoncer à autant de charbon. Et nous savons bien que les failles naturelles de cette taille, ce n'est pas habituel dans la montagne. Les sondages sont très probablement faux."

Le regard du nouvel ingénieur passait de l'un à l'autre alors qu'il essayait de comprendre de quoi les deux hommes pouvaient bien parler. Tout ce qu'il saisit, c'était qu'il y avait un risque d'éboulement, or il ne voulait pas prendre des pierres sur la tête une deuxième fois dans la même journée. C'est donc avec une assurance qu'il était loin de ressentir qu'il répondit : "Je ne sais pas, mais je pense que je préférerais voir les mesures avant de me prononcer."

C'était manifestement une réponse qui plaisait à l'équipe. Ils hochèrent la tête et approuvèrent en murmurant. En retournant avec eux au vestiaire, Steinar Olsen éprouvait un chaud sentiment de camaraderie et pendant qu'ils se changeaient, lui et le chef d'équipe se mirent à discuter avec entrain.

"Au fait, pourquoi t'as crié comme ça dans la mine tout à l'heure ?" lança soudain une voix à l'autre bout de la pièce. Steinar se retourna et aperçut Lars Ove. "Non, parce que tu nous as fichu une de ces trouilles !"

Le silence tomba dans le vestiaire. Les gars, qui un instant auparavant s'étaient comportés comme s'il était l'un des leurs, esquissèrent un léger mouvement de recul.

"Qu'est-ce que tu as vu ? C'est de ta faute si on a foncé dans le toit." Cette dernière remarque venait de Kristian, qui était apparu aux côtés de Lars Ove.

Steinar dit les choses telles qu'elles étaient : "J'ai vu une ombre ramper dans la galerie. Et j'ai crié, parce que c'est dangereux. Je veux dire, qu'un homme se promène comme ça tout seul au fond…"

Il régnait toujours un silence de mort dans la pièce.

"Le sixième homme..., finit par murmurer quelqu'un.

— Mais non, c'était pas le sixième homme, putain !" Kristian cracha en direction du lavabo et donna un coup dans le dos de Lars Ove, même si ce n'était pas lui qui avait soulevé le sujet.

L'équipe disparut sans un mot et partit rejoindre le vieux bus cabossé venu pour les ramener à Longyearbyen. En sortant, Kristian s'arrêta devant le nouvel ingénieur. "T'es complètement taré ou quoi ? grommela-t-il avec mépris. Tu crois aux fantômes, toi ? J'en connais pas beaucoup des mecs qui réussissent à se ridiculiser comme ça dès leur premier jour de boulot. Je dois pourtant admettre que t'es pas une balance. On sait que t'as pas dit un mot au porion sur notre petite expédition dans la vieille mine. Et ça, on l'oubliera pas, Lars Ove et moi." Il fit un clin d'œil à Steinar. "Il se pourrait bien même qu'on ait quelque chose pour toi, un truc rentable. Ouais, il est pas dit qu'on veuille pas de toi sur un coup juteux."

IV

LES RECHERCHES

Jeudi 22 février, 17 h 15

Knut jeta un coup d'œil à sa montre. Il était 17 h 15. Ella avait disparu depuis une bonne heure déjà, du moins si on se référait au moment où sa mère avait commencé à la chercher. Mais cela faisait peut-être plus longtemps. Il s'était avéré étrangement difficile de déterminer avec certitude l'heure exacte à laquelle les assistantes du jardin d'enfants l'avaient aperçue pour la dernière fois.

"Vous savez, elle est là tous les jours, avait dit Ingrid Eriksen sur un ton d'excuse. Ce n'est pas évident de se souvenir quand, précisément, nous l'avons vue pour la dernière fois cet après-midi."

Ils étaient toujours assis dans la cuisine de la famille Olsen à Blåmyra. La mère d'Ella, l'air terrifié et accablé, ne les suivait que d'une oreille distraite alors qu'ils s'efforçaient de reconstituer la journée. Les bras passés autour du corps, comme si elle avait froid, elle se balançait d'avant en arrière sur sa chaise en répétant sans cesse les mêmes questions, mais dans un ordre variable : "On ne va pas la chercher ? Quelle idée de partir comme ça avec la petite sans me prévenir, c'est de la folie. Il faut retrouver Steinar. On ne va pas la chercher ? Et si…"

Patiemment, Knut s'évertuait à assembler les pièces d'un puzzle en vérifiant les faits auprès d'Ingrid Eriksen. "Il m'a semblé comprendre qu'Ella avait disparu aussi un peu plus tôt dans la journée ? Et selon vous, cela s'est déjà produit auparavant avec d'autres enfants ?"

Tone Olsen posa sur la directrice un regard interloqué. "Ah bon ? Ce n'est pas la première fois qu'on ne trouve pas Ella ? On ne me l'a pas dit. C'était quand ?" Un semblant de vie était réapparu dans ses yeux, presque comme une lueur d'espoir. Mais que voyait-elle d'encourageant dans le fait que sa fille se soit déjà enfuie du jardin d'enfants ?

Ingrid Eriksen, l'air gêné, fixait sur le mur au-dessus du frigo un calendrier coloré avec des recettes grecques. "Elle n'est jamais absente très longtemps. Une quinzaine de minutes, peut-être, ou quelque chose comme ça... On se demande vraiment où ces petits malins peuvent bien se fourrer. Il arrive que certains se cachent quand on leur crie qu'il est l'heure de rentrer. Mais où ? On ne sait pas. C'est un tel bazar l'hiver, entre les enfants qu'il faut déshabiller, ceux qui doivent aller aux toilettes et les gros tas de vêtements et de chaussures par terre. On ne s'y retrouve que quand ils ont tous rejoint leur section." Tone Olsen s'était de nouveau tassée sur elle-même. Manifestement, elle avait espéré autre chose. "Ella était là vers deux heures et demie. Ça, j'en suis absolument certaine. Ce qui a pu se produire avant, ça n'a aucune importance finalement, non ? Vous ne croyez pas qu'il vaudrait mieux chercher Steinar ? C'est lui qui a fait ça. Mais comme il aime Ella, il prendra soin d'elle, c'est sûr." Elle recommença à se balancer doucement sur sa chaise.

Knut regarda la directrice. Celle-ci secoua furtivement la tête. Il y avait encore autre chose qu'elle n'avait pas dit à propos des enfants et qu'elle ne voulait pas évoquer devant Tone Olsen. Ils devraient attendre d'être seuls. De toute façon, Knut était d'accord avec la mère : Steinar Olsen était très vraisemblablement venu récupérer sa fille.

"Je crois que vous avez raison." Il lui adressa un sourire encourageant. "Nous allons devoir partir à leur recherche. Rassurez-vous, il nous a fallu peu de temps pour éliminer tous les endroits où Ella n'est pas : elle n'est pas rentrée du jardin d'enfants avec une copine, elle et son père ne sont dans aucun café ou restaurant de la ville. Nous avons donc de meilleures chances de la retrouver rapidement. Voyez-vous d'autres endroits où ils auraient pu partir ?"

Ils étaient de nouveau dans la voiture du bureau du gouverneur. Knut roulait lentement en parcourant de façon systématique les quelques rues du centre-ville. Mais la Subaru blanche de Steinar Olsen restait introuvable. Sur la route de la Mine 7, Knut ralentit en passant devant les grands hangars et les entrepôts au bord de l'eau.

"Se pourrait-il que Steinar l'ait emmenée voir les chenils dans l'Adventdal ? Vous connaissez Berit et Karl du Svalbard Villmarksenter ?" Knut, la tête tournée vers l'arrière, s'adressait à Tone, qui scrutait les deux côtés de la route. Elle secoua la tête. "Non, nous venons juste d'emménager, nous ne sommes là que depuis quelques mois. Nous ne connaissons pas grand monde encore. Mais il l'a peut-être quand même emmenée voir les chiens, on ne sait jamais ?"

Elle s'accrochait désespérément à toutes les suggestions de Knut.

Mais là non plus, il n'y avait aucune Subaru blanche garée devant la structure touristique toute neuve située au milieu de la grande plaine au fond de l'Adventdal. Ils descendirent quand même de voiture et se dirigèrent vers les enclos. Le silence semblait anormal et menaçant. Les chiens ne bronchaient pas. Couchés dans leur niche ou recroquevillés dans la neige, la truffe sous la queue, l'œil mi-clos, ils guettaient les silhouettes derrière le grillage. Seuls la nuit et le silence entouraient le grand lavvo* en rondins à côté du chenil.

"On dirait qu'il n'y a personne", murmura Ingrid. Tone s'éloigna d'eux sans un mot et regagna la voiture. Elle s'assit à l'arrière, les yeux braqués vers l'extérieur.

La route qui s'enfonçait dans l'Adventdal formait comme une rivière de lumière dans la nuit polaire. Ici et là, une maison plongée dans le noir et enfouie sous la neige apparaissait dans la lumière des phares, avant de disparaître derrière eux. Personne n'habitait ici, ces constructions n'étaient que des baraques de chantier ou des stations de recherche. Ils finirent par arriver dans la vallée de Bolterdal, là où la route monte vers la Mine 7. Knut hésita. Ingrid Eriksen lui lança un regard furtif. Il s'engagea quand même sur la petite route à pic et sinueuse. La voiture de Steinar n'était pas devant les portes de la mine, comme il s'y attendait. Mais au moins il avait vérifié.

Avant de retourner se garer devant la maison des Olsen à Blåmyra, ils prirent encore la peine de passer

---

* Le lavvo, qui a plus ou moins une forme de tipi, est la tente traditionnelle du peuple sami.

au peigne fin toute la zone au bord de l'eau, jusqu'à l'aéroport, et de revenir par la petite route peu empruntée qui desservait la plus ancienne centrale électrique de Longyearbyen. Malheureusement, la petite pouvait être cachée dans des centaines d'endroits : dans l'ombre d'une congère, dans un bâtiment désaffecté ou dans une de ces vieilles bicoques. Knut réalisa qu'il ne voyait jamais tous ces bâtiments. Ce n'était que maintenant, alors qu'il était à la recherche de cachettes éventuelles, qu'il constatait qu'il y avait pléthore d'endroits obscurs où se retirer à l'abri des regards.

Une fois devant la maison, ils restèrent assis dans la voiture. "Au moins, on le sait", finit par conclure Knut avec un optimisme forcé dans la voix. "Ils ne sont pas dehors à se promener sur les routes. Il ne reste plus maintenant qu'à vérifier auprès de vos amis et connaissances. Chez qui auraient-ils pu aller, d'après vous ?"

Mais le cercle d'amis de la famille Olsen était extrêmement restreint. "Nous venons juste d'emménager." Tone, prostrée sur la banquette arrière, avait l'air épuisé. "Steinar a bien quelques copains à la Mine 7. De temps en temps, le week-end, ils partent faire des balades en motoneige ensemble. Sinon, nous avons rencontré plusieurs de nos voisins, mais nous ne les connaissons pas suffisamment pour aller leur rendre visite. Je fais partie du comité d'organisation de la fête du Soleil aussi, j'ai assisté à quelques réunions, mais…" Sa voix céda et elle laissa sa tête tomber sur ses genoux.

Quelques coups de fil suffirent à Knut pour obtenir le nom des copains de la mine. Malheureusement, l'un ne répondait pas au téléphone et l'autre – Lars Ove Bekken – ne voyait pas de quoi Knut voulait parler. La présidente du comité d'organisation de la fête du Soleil, une dame d'un certain âge qui vivait à Longyearbyen depuis les années 1970, fut la seule parmi tous les gens que Knut contacta à être ébranlée par son appel. "Steinar Olsen a récupéré Ella au jardin d'enfants sans prévenir la mère ? Mais c'est terrible." Elle exprima sa réprobation en soupirant brièvement par le nez. "J'aurais souhaité pouvoir vous dire le contraire, mais non, ils ne sont pas chez moi. Oh là là, qu'est-ce qu'on peut faire ? Et vous avez cherché dans toute la ville, dites-vous ?"

Son inquiétude était telle qu'elle secoua Knut. Il lança un regard furtif à l'heure. Il était 18 h 30.

Ils finirent par entrer dans la maison, il n'y avait rien d'autre à faire de toute manière. Tone fut la première en haut. Elle s'affala dans un fauteuil du séjour sans même enlever sa doudoune ni ses bottines. C'était comme si sa maison ne la concernait plus, comme si elle était en visite.

"Tu pourrais nous préparer une Thermos de café ?" demanda la directrice comme si de rien n'était. "Et tu n'aurais pas des petits gâteaux, par hasard ? Nous n'avons rien avalé depuis le déjeuner."

Tone la regarda, l'air abasourdi, mais elle se leva et partit dans la cuisine. Knut jeta un coup d'œil à Ingrid Eriksen.

"Et cette histoire d'enfants qui disparaissent momentanément les uns après les autres et qui réapparaissent, comme ça, quelques minutes plus tard ? C'est quoi ?"

Elle secoua la tête.

"Honnêtement, je ne comprends pas. Le jardin d'enfants est une construction récente, aménagée simplement mais de façon fonctionnelle. Il ne devrait pas être possible pour les petits de s'en échapper. On ferme toujours les portes à clé, que ce soit celle de l'entrée principale ou celle de la cour, de l'autre côté. La cour en question est entourée d'une grande clôture en bois à travers laquelle ils ne peuvent pas passer. Au bout de celle-ci, du côté de la route, il y a bien un cabanon, mais nous avons cherché là-bas plusieurs fois, et ce n'est pas là qu'ils se cachent. Ça, nous en sommes sûres.

— D'accord. Et quand disparaissent-ils ? Quand ils sont à l'intérieur ou à l'extérieur ?"

Ingrid Eriksen rougit.

"Vu comme ça, on donne peut-être l'impression de ne rien maîtriser et de ne pas surveiller les enfants, mais je vous assure que ce n'est pas le cas. C'est juste au moment où ils s'habillent et se déshabillent dans l'entrée. Croyez-moi ce n'est pas simple quand vous avez tout à coup seize bambins à renvoyer vers la bonne section. Nous ne sommes donc sûres de rien, mais il semblerait qu'ils se cachent plutôt au moment de rentrer. Ce qui est bizarre, c'est qu'on ne les trouve pas. Ils ne peuvent pas être à l'intérieur, ça c'est impossible. Nous avons fouillé partout. Dehors aussi, cela dit. On ne comprend pas, c'est comme si, tout à coup, ils devenaient invisibles.

— Si je me souviens bien, aujourd'hui, en début d'après-midi, vous avez vu des traces de pas dans la neige sur le chemin qui passe devant le jardin d'enfants ?

— Oui, j'ai même craint un instant qu'Ella ait suivi quelqu'un. Mais ça non plus, ce ne devrait pas être possible. On ne peut déverrouiller les portes que de l'intérieur et la clé est trop haute pour que les petits l'atteignent. Et puis, quelques minutes plus tard elle était de retour – tout comme ses camarades."

Knut réfléchit un moment.

"Quand on vous a annoncé que, pour la deuxième fois de la journée, Ella avait disparu, vous êtes allée voir dans le cabanon?

— Non, répondit-elle, le visage pâle brusquement. Non, je n'ai pas vérifié."

Knut se gara sur le parking à proximité du jardin d'enfants. Le temps s'était refroidi. La neige tombait si doucement que les aiguilles de glace n'étaient guère plus que des paillettes dans la lumière des lampadaires. Le long de la congère au bord de la route, on discernait encore par endroits le contour des deux traces de pas que la directrice avait vues. Les grandes empreintes semblaient venir de la place où se trouvaient les magasins et continuer vers le Polar Hotel. Mais qu'en était-il des petites? Démarraient-elles effectivement au niveau du jardin d'enfants? Et ces deux personnes avaient-elles marché là en même temps? N'était-ce pas simplement un pur hasard si les deux tracés s'entrelaçaient de cette façon?

Knut avança un peu sur le chemin piétonnier. Autour de l'escalier, les parents venus chercher leur progéniture avaient piétiné le sol. Au bout du bâtiment, quelqu'un avait traîné une luge sur la congère et fait tomber de la neige sur la route. Et à partir de là, il n'était plus possible de distinguer les empreintes de pas les unes des autres, tellement elles étaient nombreuses.

Il tourna les talons et s'engagea dans la direction opposée. Les empreintes étaient un peu plus rares dans ce sens-là, mais il était conscient qu'il y avait aussi les siennes maintenant. À mi-chemin entre le jardin d'enfants et le Polar Hotel, les deux traces de pas coupaient le chemin piétonnier et passaient devant le nouvel hôpital. Et là, elles disparaissaient.

Ce fut à contrecœur qu'il ouvrit la porte de l'établissement et pénétra à l'intérieur. Il n'y était jamais venu auparavant, mais la répartition des pièces était simple et la salle de jeux réservée aux 4-6 ans facile à trouver. "Mine 2" avait-on écrit en lettres majuscules maladroites sur la porte. Le plafonnier était éteint. Dans la pénombre, il pouvait entrapercevoir la grande table entourée de toutes les petites chaises, des boîtes de crayons de couleur, des dessins, des jouets en plastique, des nounours et des poupées. Knut avait la sensation d'être un intrus. Lui-même, petit, n'avait jamais fréquenté ce type de structure. Cela n'existait pas dans son village du nord de l'Østerdal. Il avait joué avec des copains, des pommes de pin, des pierres, des cannes à pêche artisanales et avec tout ce que la nature autour de lui avait à offrir. Ce monde de jouets couleur pastel et de meubles adaptés aux enfants lui était étranger. Et il n'avait aucune idée de ce qu'il cherchait.

Le couloir obscur conduisait à la porte de la cour. Il l'ouvrit et sortit dans l'escalier. Les lampadaires sur la route de Blåmyra ne jetaient qu'une faible lueur sur les congères devant lui. Tout au loin, il pouvait voir un coin de la maison où vivait la famille Olsen.

Knut savait bien que ce n'était que le fruit de son imagination, mais il trouvait au cabanon un air menaçant, là, dans l'ombre, avec ses murs couverts de neige et sa porte fermée. Maintenant qu'il était seul, il pouvait s'autoriser à penser au pire : Ella était peut-être morte. On tuait bien des bouts de chou sur le continent, alors pourquoi pas au Svalbard ? Mais il n'y avait personne dans le cabanon, ni de vivant ni de mort. Son regard tomba sur des luges empilées dans un coin et une caisse de pelles et de balais pour enfants dans un autre. Le sol était couvert de neige et de gravillons. Le froid semblait plus intense à l'intérieur.

L'arrière du cabanon baignait dans une pénombre profonde. Knut constata qu'il était possible, même pour des tout petits, de grimper par-dessus la clôture. Et les nombreuses traces de chaussures et de luges indiquaient que les bambins ne s'en étaient pas privés. Il se dirigea vers la congère qu'il escalada, et regarda en bas. On avait marché dans la neige de l'autre côté. Une sorte de tranchée creusée par des empreintes profondes remontait jusqu'à la route, d'où quelqu'un était venu à pied avant de se tenir ici, derrière la clôture.

Knut ferma les deux portes à clé et retourna au parking. La voiture noire du bureau du gouverneur y était toujours le seul véhicule garé. Les magasins étaient fermés et la plupart des gens avaient regagné leurs pénates. Il s'assit sur le siège glacial et mit le contact. Les essuie-glaces balayèrent la couche de neige vaporeuse qui s'était formée sur le pare-brise.

V

UNE FEMME DE CARACTÈRE

> *Les gueules noires s'échinent,*
> *les travailleurs acharnés de la mine.*
> *Dans les montagnes tout au fond,*
> *ils affrontent mille dangers pour extraire*
> *le charbon.*

Lundi 15 janvier, 19 heures

"Je peux voir les bulletins de vote ?" Trulte Hansen se doutait qu'il était embarrassant de poser une telle question, mais le besoin de comprendre ce qui avait bien pu se passer était le plus fort. Ses amies détournèrent les yeux et le chef de bureau du Svalbard Samfunnsdrift, qui était le seul homme du comité cette année-là, posa sur elle un regard incrédule.

"Certainement pas ! s'exclama-t-il, choqué. C'est justement l'intérêt du vote par bulletin.

— Mais rien n'est dit à ce propos dans le règlement. On parle juste du vote par bulletin, et il n'est mentionné nulle part que celui-ci doit être secret."

Trulte n'avait aucunement l'intention de lâcher prise. Il devait y avoir une erreur. Quelqu'un avait mal compris ce pour quoi ils votaient.

Le comité d'organisation de la fête du Soleil mettait fin à sa première réunion, qui se tenait en plein centre de Longyearbyen, dans un des bureaux du Næringsbygg. On était déjà à la mi-janvier et il commençait à devenir urgent d'organiser les différentes manifestations. Dans moins de deux mois, le 8 mars, comme chaque année, le soleil apparaîtrait au-dessus de l'horizon et la lumière tomberait sur la marche la plus haute de l'escalier de l'ancien hôpital. Ici, c'était le signe officiel de l'arrivée du printemps. La fête du Soleil était un grand événement, avec des défilés dans les rues, des jeux pour les enfants sur la Grand-place, un bal dans le gymnase avec un orchestre que l'on faisait venir d'Oslo. Un tel comité ne pouvait pas être dirigé par n'importe qui.

Pendant neuf ans, Trulte Hansen avait été la personne tout indiquée pour assurer le rôle de présidente. Et il était évident qu'elle aurait dû être élue cette année encore. C'était dans l'intérêt général. Elle avait conclu des accords, connaissait tout le monde et n'ignorait rien des difficultés de l'entreprise. Le comité avait tout bonnement commis une erreur en élisant la jeune, jolie et très énergique épouse du pilote d'hélicoptère d'Airlift.

C'était sûrement une des nouvelles du comité, comme cette institutrice qui venait d'arriver à Longyearbyen. Si elle avait effectivement voté pour Mme Bergerud, Trulte ne manquerait pas de l'informer qu'elle était elle-même membre du conseil d'administration de l'école primaire. Ceux qui sous-estimaient le statut de Trulte à Longyearbyen allaient voir de quel bois elle se chauffait. Elle ressentait malgré tout comme les premiers signes d'une angoisse qu'elle n'était pas encore parvenue à identifier.

Mme Bergerud profita du silence qui suivit pour prendre la parole. Elle proposa d'installer les jeux pour les plus jeunes au jardin d'enfants de Kullungen plutôt que sur la Grand-place. "Il peut faire froid pour des petits, dit-elle en adressant un sourire à la ronde. Le 8 mars, c'est encore l'hiver." Qu'est-ce qu'elle en savait d'abord ? Elle et son mari n'étaient arrivés qu'en octobre dernier.

Mais elle n'a pas perdu de temps, ah ça non ! pensa Trulte en échangeant un regard avec quelques-unes de ses amies. Personne n'ignorait que Mme Bergerud entretenait une liaison avec le nouveau policier. Quelques jours seulement après l'arrivée de celui-ci au Svalbard, quelqu'un les avait vus entrer dans son appartement, dans les locaux du bureau du gouverneur. Et Mme Hanseid, qui était une personne tellement bien et si charmante !

Il était tard quand le comité d'organisation de la fête du Soleil eut passé en revue toutes les questions à l'ordre du jour. Et malgré les protestations véhémentes de Trulte, Mme Bergerud fut aussi élue responsable de la vente aux enchères et de la collecte pour la cause humanitaire de l'année.

Le petit groupe de femmes n'était pas très loquace en remontant d'un pas lourd le chemin piétonnier jusqu'à la Grand-place. Une silhouette sombre émergea soudain de l'ombre derrière la statue de mineur en bronze. Mme Bergerud poussa un cri, plus sous l'effet de la surprise que de la peur. "On pourrait pas faire quelque chose avec celui-là ? demanda-t-elle, inquiète. On dirait un clochard. Pourquoi il se promène partout comme ça, comme un voleur ?

— Comme nous tous, il a le droit de ressembler à qui il veut, répliqua sévèrement une des femmes.

— Peut-être, mais il fait peur aux gens. J'ai entendu dire qu'il regarde par la fenêtre quand les gens se déshabillent le soir.

— C'est parfaitement faux !" Trulte, indignée, se mêla à la conversation. "Per Leikvik a passé une grande partie de sa vie à travailler dur au fond des mines. Et s'il est comme ça aujourd'hui, c'est à cause d'un accident. Cet homme n'est absolument pas méchant et je ne tolérerai pas qu'on dise du mal de lui, même si tu es nouvelle et que tu ne connais pas encore notre petit monde. Du reste, la plupart des gens ont l'intelligence de baisser les stores pendant la nuit polaire et de ne pas s'exposer nus à leur fenêtre." Et toc ! pensa Trulte en dissimulant un sourire satisfait.

Le mari de Trulte Hansen faisait partie de ceux qui avaient péri dans la grave explosion à l'intérieur de la mine quinze ans auparavant. Avec les années, elle semblait avoir surmonté le plus gros de sa peine, mais elle parlait rarement de ces heures affreuses où s'étaient mêlés espoir et désespoir, l'un renforçant inévitablement l'autre. Trois hommes de l'équipe de secours moururent sous un toit qui s'était effondré sur eux. Deux mineurs gisaient derrière l'éboulement, brûlés et morts, un spectacle qui vous poursuivait jusqu'à la fin de vos jours et qu'il ne devrait être donné à personne de voir.

Par la suite on s'interrogea sur le risque inconsidéré pris par les sauveteurs. Cela valait-il la peine de perdre trois hommes pour en sauver un ? Mais le mineur, lui, n'avait aucun doute. Il s'agissait là d'une chose que personne hors de la mine ne pouvait comprendre. Jour et nuit, ils partaient travailler dans la montagne. Ils taisaient leur crainte de l'accident, la peur qu'ils éprouvaient en entendant les craquements du toit, celle-ci les suivait comme un coéquipier supplémentaire et ils ne tenaient bon que pour une seule raison : ils savaient qu'aucun de leurs collègues n'abandonnerait l'un des leurs au fond des galeries obscures pour peu qu'il soit humainement possible de le sortir de là.

Un seul des mineurs bloqués au fond en réchappa : Per Leikvik. Il avait le visage et un bras tellement brûlés que, par endroits, ceux-ci n'étaient plus que sang et chair à vif. Les médecins qui avaient opéré sa jambe à l'hôpital de Tromsø n'avaient pas prononcé un mot pendant de nombreuses heures tellement elle était fracturée. Il avait aussi eu l'arrière de la tête défoncé par la chute d'un bloc de pierre. Mais il vivait.

Il était resté dans le coma pendant plusieurs semaines. Le neurologue avait expliqué à ses camarades qu'il ne survivrait probablement pas, même si souvent, alors qu'il était encore inconscient, il s'efforçait de sourire malgré son visage brûlé. Un jour, il avait ouvert les yeux et commencé à parler. On ne comprit pas grand-chose à ses propos. Il bégayait fortement. Et les amis qui crurent alors que cela passerait avec le temps se trompaient.

Il retrouva un travail à la Store Norske. La direction, pensant qu'il ne souhaitait pas retourner au fond des galeries étroites, lui proposa un poste d'homme à tout faire sur le carreau de la Mine 7. Avec les années, beaucoup de gens oublièrent que Per Leikvik avait été un mineur compétent, respecté et apprécié. De plus en plus souvent, on le traitait comme un simple d'esprit. Son visage couvert de cicatrices et sa façon de marcher – en boitant et en traînant la jambe – n'amélioraient pas les choses. Comme il s'effrayait d'un rien, il était facile de se moquer de lui. D'autant plus qu'il parlait de façon inintelligible.

À chaque fois que Per Leikvik rencontrait Trulte dans la rue ou sur la Grand-place, il s'écartait, enlevait son énorme chapka dégoûtante – et ce par n'importe quelle température –, se tenant immobile, le dos droit, jusqu'à ce qu'elle soit passée. Le mari de Trulte avait été le premier à périr dans l'éboulement quand l'équipe de secours était parvenue à l'endroit où Per Leikvik gisait, gravement brûlé et souffrant horriblement.

Quand le petit groupe de femmes chaudement vêtues arriva sur la route, un des deux taxi-bus de Longyearbyen y attendait Trulte. Celle-ci habitait tout en haut de Blåmyra, d'où elle avait une vue fantastique sur toute la ville. Les femmes restèrent à regarder les feux rouges arrière du taxi s'éloigner dans la neige tourbillonnante. Mme Bergerud n'avait manifesté aucune intention de monter dans le taxi, même si elle logeait juste à côté de chez Trulte.

"Pourquoi continue-t-elle à vivre là-haut après toutes ces années?" demanda-t-elle, comme ça, ne s'adressant à personne en particulier. "Il n'y a que des mineurs et des célibataires là-bas. Des gens qui font du bruit et qui picolent. Au printemps, nous allons déménager et nous rapprocher du centre-ville. Nous avons obtenu un logement dans une des nouvelles maisons."

Aucune des femmes ne répondit, mais elles n'en pensèrent pas moins. Ah oui, elle déménage? Peut-on savoir où ils se rencontreront après ça – si ça dure jusqu'au printemps? Et d'ailleurs, où se rencontraient-ils à présent? Ce n'était pas à Blåmyra en tout cas, car

Trulte les aurait vus. Non, Mme Bergerud et le policier avaient manifestement déniché un endroit à l'abri des regards curieux. Mais où ?

Quand Trulte descendit du taxi en arrivant tout en haut de la côte, elle comprit immédiatement qu'il se passait quelque chose d'inhabituel dans la maison juste en face de la sienne. Une des voitures du bureau du gouverneur se trouvait garée devant, moteur en marche. Les gaz d'échappement formaient des nuages blancs autour de l'entrée, si bien que Trulte dut s'approcher pour voir de quoi il retournait.

Le policier Hanseid se tenait devant l'escalier de la maison où Steinar et Tone Olsen vivaient avec leur petite fille. Trulte s'aventura encore un peu plus près. Steinar Olsen était assis au milieu de l'escalier. Il serrait un fusil sur ses genoux. Il n'y avait aucune trace de Tone et sa fille.

Trulte se demanda si le policier était armé en espérant que non. Cela pourrait mal tourner. Elle avança encore de quelques mètres et fut alors si près qu'elle entendit ce qu'ils disaient.

"… un des voisins qui a appelé. Ça fait des heures que vous faites un boucan d'enfer chez vous. Le voisin nous a dit que c'était comme si vous frappiez votre femme. Est-ce le cas ?"

De l'escalier, seuls lui parvenaient des geignements, un mélange de jurons et de discours d'ivrogne.

"C'est la troisième fois ce mois-ci que le bureau du gouverneur reçoit des plaintes vous concernant. Comme vous le comprenez certainement, personne à la longue ne peut accepter tout le remue-ménage que vous faites quand vous avez bu, même si votre famille, elle, le supporte."

Trulte secoua la tête. Ce n'était pas comme ça qu'il fallait s'y prendre avec un homme saoul. En tout cas, pas s'il était assis avec un Mauser sur les genoux. Le nouveau policier semblait nerveux. Trulte, qui avait travaillé comme cuisinière à la mine de Svea – une petite communauté presque exclusivement masculine –, avait servi de médiateur dans plus de bagarres qu'elle ne pouvait en compter.

"Posez ce fusil, sinon je vais devoir vous emmener au poste", déclara Hanseid en esquissant un pas vers l'escalier.

Steinar Olsen bredouilla quelque chose et leva le fusil, qu'il pointa vers le policier.

"Qu'est-ce que vous dites ? Vous ne pouvez quand même pas braquer une arme chargée sur un policier ! s'écria Hanseid.

— C'est l'autre saloperie qui m'a dénoncé, c'est ça ? La pouffiasse au gros cul qui habite en dessous." Steinar Olsen, tout à coup, s'exprimait clairement. Il s'était levé et agitait le fusil en direction de la maison du couple Bergerud. "Alors vous, évidemment, vous accourez en remuant la queue, espèce de couille-molle de Bergen. Toute la ville sait ce que vous faites tous les deux."

Le visage de Hanseid rougit de colère. Il avança encore d'un pas, mais glissa sur les marches verglacées et tomba. Il se débattit dans la neige avant de réussir à se rétablir sur un genou et de tendre le bras vers l'arme.

Mais Trulte le devança. Elle passa d'un pas rapide devant le policier et s'arrêta devant l'escalier. "Steinar, qu'est-ce que vous racontez là, espèce d'idiot ? Et votre femme qui doit se terrer dans votre maison, folle d'angoisse, vous n'y pensez pas ? Et votre fille ?" Elle continua ainsi à tempêter un petit moment.

Steinar la regardait, bouche bée. Il la découvrait à l'instant. Au lieu de prendre le fusil, Trulte monta une marche au-dessus de lui, saisit ses cheveux et le frappa de toutes ses forces au niveau de la nuque. L'attaque fut si soudaine que Steinar Olsen lâcha le fusil et se prit la tête dans les mains pour se protéger des coups. "Mais qu'est-ce que j'ai fait ? Arrêtez !"

Du pied, Trulte balança le fusil en bas de l'escalier. Il atterrit dans la neige juste à côté de Hanseid. "Voilà comment il faut faire", déclara-t-elle avec un soupçon de triomphe dans la voix.

VI

LE DÉPLOIEMENT DES SECOURS

Jeudi 22 février, 19 h 30

"Oh, pardon! s'excusa Erik Hanseid en levant les yeux. Nous n'avions pas l'intention de vous exclure de la conversation. Nous nous demandions seulement, Anne Lise et moi, comment gérer la situation. Nous sommes tous d'accord, je pense, pour dire qu'il est urgent de lancer les recherches?"

Il se tenait debout, penché au-dessus de l'épaule du gouverneur qui, elle, était assise à son bureau où elle feuilletait les notes griffonnées à la hâte par Knut. Ils avaient parlé à voix si basse ensemble que ni Tom Andreassen ni Knut n'avaient entendu les propos échangés.

Anne Lise et moi, pensa Knut, en tentant toutefois de cacher son irritation. À voix haute, il se contenta de déclarer qu'il était important d'entreprendre les démarches adéquates et dans le bon ordre. Justement parce qu'il y avait urgence. "Et c'est moi qui suis chargé de cette enquête si je ne m'abuse, puisque c'est moi qui ai pris la plainte et qui suis de garde?"

Tom Andreassen, le chef de la police par intérim, était conscient de l'animosité que les deux agents du gouverneur nourrissaient l'un envers l'autre, même s'il ne comprenait pas pourquoi. Ils étaient tous les deux nouveaux. Knut était arrivé l'année précédente, pour un poste saisonnier au départ. Erik Hanseid, quant à lui, avait été embauché deux ou trois mois avant Noël. Les deux hommes étaient des policiers consciencieux. Hanseid était un individu ambitieux en quête de promotion. Knut, lui, avait perdu son enthousiasme des premiers temps. Il avait confié à Tom Andreassen qu'il regrettait d'être venu au Svalbard et qu'il souhaitait désormais retourner sur le continent, de préférence à Drevsjø, son village d'origine. Aucun conflit d'intérêts n'aurait donc dû opposer les deux jeunes agents, et il était difficile de dire pourquoi ils ne s'entendaient pas. Le courant ne passait pas, tout simplement, songea Tom. Ce vieux lieu commun avait le mérite de pouvoir être appliqué à peu près à toutes les situations.

"Que je sache, j'ai toujours l'honneur d'être le chef de la police, même si ce n'est qu'à titre temporaire." Il prononça cette remarque sur le ton de la plaisanterie. Tom Andreassen, le diplomate. "Je propose donc qu'on suive la procédure habituelle. Et c'est moi qui vais mener les opérations." Il s'avança vers le bureau d'Anne Lise Isaksen et prit les notes de Knut. "Nous n'avons encore aucune enquête ouverte pour le moment, en revanche nous recherchons une ou plusieurs personnes portées disparues.

— Avec un gouverneur, un chef de la police et deux agents, on ne peut pas dire qu'on soit trop nombreux", commenta Knut.

Le gouverneur soupira profondément. "Je ne vois pas d'autre solution que de faire appel à l'équipe de secours de la Croix-Rouge et à celle des sapeurs-pompiers volontaires. Quelques parents ne manqueront certainement pas de proposer leur aide. Si seulement on pouvait espérer que les recherches se déroulent sans que l'affaire ne s'ébruite trop… Je veux dire, on ne sait jamais. Nous ne devons exclure aucune hypothèse."

On avait contacté les parents des seize enfants gardés à Kullungen pour leur demander s'ils avaient aperçu Ella en venant chercher leur progéniture. Malheureusement, non, personne ne l'avait vue. Mais cela ne voulait pas forcément dire grand-chose, avaient-ils assuré, c'était une telle bousculade à cette heure-là tous les après-midi.

Knut souleva la question des traces de pas dans la neige devant la clôture de la cour. "Il se peut que ce soit celles d'un enfant, on ne peut pas tout à fait écarter cette éventualité, mais quand même, les empreintes ressemblent davantage à celles d'un adulte. Et puis je ne vois pas très bien comment un petit aurait pu se frayer un passage à cet endroit-là, il doit y avoir plus d'un mètre de neige sur le bas-côté de la route."

Erik Hanseid le regarda un moment avant de déclarer de sa voix posée, dans son dialecte aux *r* grasseyés : "Inutile, je pense, de te mettre martel en tête pour ne pas avoir mentionné cette histoire d'empreintes plus tôt. Une gamine ne quitterait pas le jardin d'enfants comme ça, toute seule. En tout cas, elle ne se dépêtrerait pas d'autant de neige. À moins qu'elle ne se soit sentie menacée ?

— Mais, j'ai écrit dans mon rapport… Anne Lise ?" Pourquoi Erik Hanseid lui donnait-il toujours l'air de se justifier ? Et depuis quand le nouvel agent de police était-il devenu expert en psychologie enfantine ?

Hanseid ignora l'animosité manifestée par Knut. Doté de cet aplomb propre aux gens de Bergen, il appréciait presque d'être contredit. Il aimait diriger. Et face aux réactions constamment irritées de son collègue, qui semblaient traduire une certaine puérilité et un caractère hargneux, il n'était pas difficile de s'imposer comme un policier sûr de lui et expérimenté.

Tom Andreassen coupa court à toute discussion. "Il peut y avoir trois raisons à la disparition d'Ella : soit son père est venu la chercher, soit elle est partie toute seule de son propre gré, soit elle a été emmenée ou enlevée par une tierce personne dont nous ignorons l'identité. La dernière hypothèse me semble improbable. Mais il fait froid dehors et le temps presse. Le plus urgent est de vérifier qu'elle ne s'est pas perdue ou qu'elle n'est pas tombée dans une congère.

— D'après sa mère et la directrice du jardin d'enfants, elle est chaudement vêtue. Les combinaisons que les enfants portent aujourd'hui sont épaisses et doublées de polaire. Et elle a une chapka qui s'attache sous le menton et qui protège donc bien son visage, ainsi que des chaussettes de laine épaisses et des bottines en cuir fourrées de laine de mouton. Même s'il fait un froid de canard à l'extérieur, je pense que dans cette tenue elle devrait pouvoir tenir plusieurs heures dehors.

— Si la petite est partie toute seule, elle n'a pas pu aller bien loin. Pour commencer, nous devons passer au peigne fin chaque congère sur les bas-côtés de la route aux abords du jardin d'enfants. On oublie les endroits où la neige est intacte. Dieu merci, il n'est presque rien tombé cet après-midi. Anne Lise, je propose que tu restes ici… pour coordonner les opérations." Il avait failli dire que le gouverneur resterait ici à côté du téléphone, car c'était bien là le fond de sa pensée. À tout moment, en effet, il pouvait y avoir un appel annonçant qu'on avait retrouvé Ella Olsen.

Tous étaient impatients de démarrer les recherches. En quittant le bureau, Erik Hanseid ne put s'empêcher de leur lancer par-dessus son épaule un "Cette fois-ci, n'oubliez pas d'examiner les empreintes remarquées par Knut".

Très vite les équipes de secours furent à pied d'œuvre. On leur avait fourni des cartes et des listes, photocopiées à la hâte au bureau du gouverneur, sur lesquelles figuraient les éventuelles zones et congères à inspecter avec le matériel de sécurité avalanche. Deux des bénévoles avaient amené leurs chiens. "Ils ne sont pas vraiment entraînés, s'excusa presque l'un d'eux. Nous n'avons pas les moyens de les envoyer en dressage sur le continent. Quoi qu'il en soit, les chiens ont un meilleur odorat que l'homme. Ça ne peut pas faire de mal."

Mais Knut était soucieux. Il prit le chef de la Croix-Rouge à part. "S'il te plaît, pourrais-tu demander à tes collègues de ne pas piétiner les endroits où la neige est intacte ? Pour le moment, notre priorité est de retrouver Ella, j'en conviens. Mais il se peut que dans quelques heures nous soyons à la recherche d'empreintes – de pieds, de pneus de voiture, tout ça –, et dans ce cas-là, autant ne pas nous saper le boulot. Peux-tu aussi veiller à ce que personne ne marche dans le périmètre qui s'étend de la cour à la route de Blåmyra ? Je préférerais examiner cette partie-là moi-même."

Il resta à écouter le bruit des équipes de secours qui s'éloignaient du jardin d'enfants en se déplaçant méthodiquement. Leur activité éveilla inévitablement la curiosité des passants. Personne n'avait le souvenir qu'une telle opération de sauvetage ait déjà été menée dans le centre de Longyearbyen. Les sauveteurs avaient néanmoins reçu la consigne d'en dire le moins possible pour ne pas donner lieu à de vaines spéculations.

Il finit par se retrouver seul, les yeux rivés sur les traces de pas devant la clôture. Le calme et l'obscurité dans laquelle était plongée la cour vide, les lampadaires qui dessinaient des cercles de lumière dorée sur le sol tout blanc, le bruit des gens marchant dans la neige, les voix assourdies… Knut ignorait exactement pourquoi, mais il avait le sentiment que ce qu'ils faisaient ne servait à rien. Ella n'était pas en train de se débattre dans une congère, incapable de se relever, il en était persuadé. Non que cela ne puisse pas se produire. Il en avait fait lui-même l'expérience et il savait combien il était difficile de s'extraire d'une congère. Mais ce n'était pas ce qui était arrivé à Ella. Elle aurait appelé à l'aide. Quelqu'un l'aurait entendue.

Et il y avait cette espèce de tranchée dans la neige. Quelqu'un avait pris la peine de se frayer un passage depuis la route jusqu'au jardin d'enfants. Quelqu'un, posté près de la clôture, avait observé les petits. Les empreintes suspectes n'étaient pas forcément liées à la disparition d'Ella, mais il se passait des choses autour du jardin d'enfants qui échappaient complètement au contrôle des assistantes. Pour Knut, c'était cela qu'il valait mieux découvrir au plus vite. En espérant qu'il s'agisse seulement d'un truc anodin révélé au grand jour par la disparition. Si les deux affaires étaient liées, en revanche, la police risquait de se retrouver dans une situation difficile à gérer.

Il était bientôt 21 heures. Peu d'habitants de Longyearbyen se trouvaient dehors aussi tard le soir. Les magasins étaient fermés depuis longtemps, la température continuait à chuter et frôlait maintenant les -28 degrés. Dans les maisons et les appartements, on regardait le journal télévisé. Les gens, les paupières lourdes, somnolaient dans leur fauteuil avec une tasse de café. Seuls quelques pères ou mères de famille au regard soucieux couchaient leurs enfants de bonne heure, soulagés que le Svalbard n'ait pas fait l'actualité.

Aux abords de Longyearbyen, les secouristes arrivaient au bout du périmètre que les recherches devaient couvrir. L'équipe en charge de l'ancienne route, celle qui passe devant l'église et la station télégraphique avant de remonter jusqu'au téléphérique aujourd'hui fermé, finit en dernier. La nuit s'était encore assombrie et chacun avait sorti sa lampe torche pour scruter la toundra enneigée. Au niveau du vieux cimetière, près d'un petit regroupement sinistre de croix blanches en piteux état et plantées de travers, des gens avaient cru apercevoir des empreintes ressemblant à celles d'un enfant. Une étude plus approfondie révéla qu'il s'agissait d'un renne qui était venu traîner par là.

Anne Lise Isaksen, vissée à son siège dans son bureau, avait tout le temps de s'interroger et de douter. Avait-elle agi correctement dans cette affaire, pris les bonnes décisions ? Était-ce bien le rôle du gouverneur d'être assis ici ou pouvait-elle faire autre chose ? Elle hésitait et ne se sentait pas en mesure de gérer la situation seule. Bien sûr, sur le papier, elle avait des compétences sur lesquelles s'appuyer, son expérience acquise au ministère de la Justice ou alors sur le terrain, au sein de la police. Mais rien ne se déroulait tout à fait selon les règles au Svalbard. Il n'y avait pas d'affaire type. Et on était tellement exposé en tant que gouverneur. Feu Berg, un de ses prédécesseurs à ce poste, avait bien raison quand de temps en temps il se plaignait en toute confidence du poids des responsabilités inhérentes à ce travail. Le fait de ne pas pouvoir se promener en ville sans croiser le regard inquisiteur des gens dans les voitures qui passaient, ou d'entrer dans un café sans qu'un silence circonspect ne se propage dans l'assistance. Sans parler des rumeurs de dépression ou d'alcoolisme qui ne manquaient pas de se répandre pour peu que l'on se permette d'aller boire une bière seul dans un des pubs de Longyearbyen. Elle soupira et jeta un coup d'œil dans le couloir obscur par la porte entrouverte. Elle regrettait d'avoir commencé à penser à Berg.

Au moins une fois par heure, Anne Lise Isaksen téléphonait à Tone Olsen. La mère d'Ella n'était pas seule, la directrice du jardin d'enfants et ses autres collègues lui tenaient compagnie, mais c'était elle qui à chaque fois décrochait. Malheureusement, le gouverneur n'avait que bien peu de chose à lui annoncer. Elle l'informa que les recherches avaient commencé et que celles-ci prenaient du temps car les équipes de secours inspectaient avec une attention particulière les abords du jardin d'enfants. D'un autre côté, ils pouvaient, d'un simple regard, éliminer les grandes surfaces de neige intacte et les longues étendues de neige tassée par les pas des marcheurs le long du chemin piétonnier.

La mère d'Ella oscillait entre la déception de ne pas apprendre que sa fille était retrouvée et le soulagement de ne pas être appelée pour une mauvaise nouvelle. Les deux femmes avaient instauré de commencer toutes leurs conversations de la même façon ; la répétition de ce rituel les rassurait et avait un effet apaisant dans une situation où lors du prochain coup de fil, l'une devrait peut-être annoncer à l'autre une nouvelle que cette dernière ne voulait surtout pas entendre. C'était aussi une manière de montrer à la mère que tout le monde travaillait efficacement et avec un seul but en tête : retrouver Ella en vie.

Vers 21 heures, la discussion prit cependant une nouvelle tournure. Tone Olsen avait enfin mis le doigt sur ce qui l'avait interpellée dans la chambre de sa fille : le doudou d'Ella, un nounours de chez Bukowski que son père lui avait acheté, demeurait introuvable. D'ordinaire, elle le posait toujours sur la couette de son lit avant de partir. Chaque matin, elle répétait la même phrase : "Aujourd'hui encore, Doudou est trop fatigué pour m'accompagner au jardin d'enfants." Sa mère était sûre et certaine que ce matin-là non plus le nounours n'avait pas fait partie des affaires rangées dans le sac d'Ella. Pourtant, il n'était plus là.

Le gouverneur avait à peine raccroché que le téléphone sonna de nouveau. L'appel venait cette fois de la personne de garde à Svalbard Radio, le centre de télécommunications de l'archipel situé dans la tour de contrôle de l'aéroport.

"Bonjour. Qu'est-ce que vous fabriquez chez vous ? J'ai essayé d'appeler au standard et sur le numéro de garde, mais personne ne répond. À chaque fois ça sonne occupé. Alors je me suis dit que j'allais tenter d'appeler sur votre ligne directe et voilà que vous êtes au bureau à presque 21 heures. Qu'est-ce qui se passe ?"

L'opérateur radio poursuivit sans attendre de réponse. "Mais bon, cela dit, ça ne me regarde pas. En revanche, j'ai pensé qu'il était important de vous transmettre le message que je viens de recevoir : des gens en motoneige qui sont en train de rentrer de Barentsburg ont essayé d'appeler le policier de garde, mais eux non plus n'ont pas réussi à le joindre. Vous savez peut-être où il se trouve ?" Il n'arrivait pas à réprimer la curiosité dans sa voix, mais Anne Lise Isaksen garda le silence.

"Bon, comme je vous le disais, il y a des gens en motoneige qui ont appelé parce qu'ils ont vu des ours polaires, une mère avec ses deux petits. Il semblerait qu'ils se dirigent vers Vestpynten et l'aéroport. Qui sait? L'envie pourrait leur prendre de passer par Longyearbyen. Vous comprenez, l'odeur de nourriture des restaurants… Il vaudrait sans doute mieux que vous les chassiez de là, afin d'éviter que la mère ne se balade dans toute la ville avec ses oursons. Il y a des personnes qui se promènent dehors, ça peut être dangereux."

VII

EN CATIMINI

Jeudi 19 décembre, 14 h 20

Le policier Erik Hanseid était déjà au Svalbard depuis deux mois quand sa femme Frøydis l'y rejoignit. Elle avait longuement hésité, ne parvenant pas à se décider, mais quand elle fut enfin assise dans l'avion pour Longyearbyen, il était trop tard.

Il y avait quelque chose de changé. Elle crut tout d'abord que cela tenait au lieu lui-même, le froid, la nuit et la nature grandiose. Quand, en descendant de l'avion, elle aperçut le hangar gigantesque et les passagers qui, telle une colonne de fourmis, se dirigeaient vers une petite entrée jouxtant deux portes immenses, elle ressentit un moment de panique. De la fumée se dégageait de machines en marche, les lumières de l'aéroport l'éblouissaient. Au début, elle ne distingua absolument pas ce qui l'entourait, elle ne vit qu'un mur noir. Le tout ressemblait à une scène de film de guerre se déroulant dans un pays étranger. Elle ne remarqua même pas le froid cuisant.

Il l'accueillit dans le hall des arrivées, la prit dans ses bras et lui frotta le dos, comme si cela allait l'empêcher d'être frigorifiée.

"Tu ne portes quand même pas l'uniforme en permanence ?" demanda-t-elle. Elle avait l'impression d'avoir un étranger en face d'elle.

Il lui sourit. Un large sourire de bienvenue, chaleureux, comme s'il accueillait une invitée. "Tu sais, c'est normal ici. Et puis en plus, ce n'est pas vraiment un uniforme." Il passa la main sur son blouson noir fourré avec l'insigne du gouverneur à l'épaule.

Ils attendaient à côté du tapis roulant dans le hall nu au sol en béton et aux cloisons devenues grises avec le temps. Ses bagages arrivèrent dans les derniers. Il les porta jusqu'à une grosse voiture noire avec le mot "Gouverneur" en lettres blanches marqué sur le côté. Il papotait gaiement, lui disait ce qu'il avait prévu de faire avec elle, qu'il avait pris le reste de sa journée, qu'il allait la conduire dans le nouvel appartement qu'ils avaient eu la chance d'obtenir, qu'il n'avait pas encore déménagé ses affaires du studio qu'il occupait jusqu'alors, qu'elle pourrait choisir elle-même les meubles de leur nouveau logement. Mais il n'arrêtait pas de regarder autour de lui.

"Tu attends quelqu'un d'autre ?" demanda-t-elle.

Ils regagnèrent Longyearbyen par une route étroite et sale. Et soudain elle les vit, les montagnes, imposantes. Celles-ci s'élevaient au-dessus d'eux, comme des visages de géants qui étudieraient des petits insectes. Et le fjord, aussi blanc et plat qu'un tapis. Tellement grand et impressionnant. Plus à l'intérieur des terres, c'était comme si les maisons s'agrippaient aux flancs de la montagne pour ne pas tomber sur la glace.

La route filait le long de cette surface blanche qui s'étalait à perte de vue. Elle aperçut quelques maisons de l'autre côté du fjord. "Il y a des gens qui habitent là?" demanda-t-elle étonnée.

"Tu veux parler des baraques là-bas? Non, ce ne sont que des vieilles bicoques abandonnées qui datent de l'époque où les Anglais exploitaient le charbon ici, au début du siècle. Elles sont vides aujourd'hui."

Une large vallée apparut sous leurs yeux. C'était là que se trouvait l'endroit où elle allait vivre et ce, pendant des années peut-être. Il se tourna vers elle quand ils passèrent le quai et que la vallée de Longyeardal s'étendit devant eux sur la droite. "C'est beau, non? On dirait un diamant, tu ne trouves pas? Avec toutes les lumières qui scintillent." Elle garda le silence. Pour elle, la petite ville arctique avait l'air déserte et irréelle. Elle semblait n'être là que provisoirement et attendre qu'une grande avalanche dévale les versants de la montagne pour l'ensevelir.

Ils montèrent une longue côte bordée de part et d'autre d'une rangée de maisons rouges. Il s'arrêta devant l'une de celles qui se trouvaient tout en haut. Elle était plongée dans le noir et une petite congère s'était formée sur les marches de l'escalier.

"Désolé, s'excusa-t-il, j'aurais au moins pu balayer l'entrée. Mais tu comprends, j'habite en ville, dans le logement de fonction du bureau du gouverneur. Jusque-là c'était un peu plus simple, vu que j'étais seul. Dis donc, ce lampadaire m'a tout l'air de ne pas fonctionner." Ils penchèrent tous les deux la tête en arrière et levèrent les yeux vers la lampe sombre au-dessus d'eux.

Déblayer l'escalier ne lui prit que quelques minutes, mais elle grelottait déjà dans son nouveau manteau en duvet. À côté de ses bagages, elle se sentait complètement perdue. Il grimpa rapidement les marches d'un pas léger et ouvrit la porte. Un beau mec en blouson noir. Pourquoi n'avait-il pas froid, lui ? Elle saisit une des valises et commença à la traîner sur la route.

"Non, non, laisse-moi…"

Puis ils pénétrèrent à l'intérieur. Il appuya sur l'interrupteur. Rien. "C'est quoi ce bazar ? L'ampoule a claqué, là aussi ?" Ils s'engagèrent à tâtons dans un couloir sombre, montèrent l'escalier que le lampadaire de l'autre côté de la maison éclairait à travers une fenêtre au premier étage et sur les marches duquel se dessinaient des ombres. Le séjour. Il posa les bagages. Mais là encore, le plafonnier refusa de s'allumer. Et il faisait froid. Des petits nuages de fumée s'échappaient de sa bouche quand il parlait.

"Frøydis, je suis désolé. J'ai dû oublier d'appeler le Svalbard Samfunnsdrift* pour leur demander de remettre le courant." Il se précipita dans la cuisine où il ouvrit les portes des placards, les unes après les autres. Par chance, il dénicha des bougies qu'il plaça dans une soucoupe et alluma avec un briquet. "Voilà qui est mieux. C'est un peu plus sympa comme ça.

— Tu te promènes avec un briquet ? Tu fumes maintenant ?"

Il se tourna vers elle avec un grand sourire poli sur les lèvres. "Tu sais quoi ? Je prends la voiture et je descends au bureau. De là-bas, j'appellerai pour l'électricité. Le courant sera rétabli en une minute. Tu n'as qu'à m'attendre ici. En revenant, j'irai faire quelques courses au supermarché." Il avait disparu derrière

---

* Société responsable de l'infrastructure publique de Longyearbyen, avec entre autres choses, la responsabilité de gérer l'eau et l'électricité.

la porte et se trouvait déjà en bas de l'escalier avant qu'elle ait eu le temps de réagir.

Elle se rendit dans le séjour où elle s'assit sur une de ses valises. Il n'y avait aucun meuble dans la pièce. Il ne vivait pas ici. Au bout de quelques minutes, elle commença à faire le tour des lieux dans le noir, à déambuler de pièce en pièce. Il n'y avait aucun meuble nulle part. L'endroit était froid et vide. Elle réalisa que quelque chose clochait. Qu'en fait, il ne l'attendait pas.

Les fêtes de Noël étaient toujours un moment chaleureux à Longyearbyen et cette année-là ne dérogeait pas à la règle. L'office, le 24 décembre au soir, était comme d'habitude touchant de beauté et l'église pleine à craquer. La chorale des enfants chantait passablement bien, même si immanquablement, parmi les petits du jardin d'enfants de Kullungen, certains jugeaient plus intéressant de se faire des grimaces que de suivre le chef, ce qui provoquait des gloussements et des rires qui, par moments, menaçaient de couvrir la musique.

Les gens étaient installés par rangées de soixante-dix chaises dont les sièges de laine verte grattaient les fesses. Frøydis, assise avec les employés du bureau du gouverneur et leurs conjoints, trouvait que la chorale offrait un spectacle étrange avec les enfants dans leurs plus beaux atours, la mine surexcitée et les yeux brillants, et le vieux mineur au visage défiguré par le feu debout devant eux, tel un long tronc d'arbre sombre.

Cette année, Per Leikvik s'en tint au répertoire soigneusement sélectionné par le pasteur et chanta les psaumes choisis par celui-ci. Les volutes de sa voix de ténor, claire et presque irréelle, emplissaient la salle anonyme. Les lumières du sapin clignotaient et les fleurs arrivées du continent la veille par avion dégageaient une douce odeur. Les gens souriaient à Frøydis, qui leur retournait leur sourire.

Ceux qui habitaient Longyearbyen depuis longtemps savaient que le terrible accident survenu dans la mine de nombreuses années auparavant était la cause indirecte de la voix de Per Leikvik. Et l'espace de quelques petites minutes, l'assemblée oublia qu'à la suite de son grave traumatisme crânien, le vieux mineur était quasiment devenu l'idiot du village aux yeux de ses concitoyens. Après son séjour à l'hôpital sur le continent, il bégayait tellement que très peu de gens comprenaient ce qu'il disait, mais il était aussi revenu avec l'oreille absolue et une magnifique voix de ténor.

Il n'était cependant pas toujours disposé à mettre ses nouvelles compétences au service de la communauté, que ce soit à l'église ou dans d'autres occasions. Il arrivait en outre qu'il se laisse aller à chanter des chansons tirées d'un répertoire beaucoup plus salé. Et malheureusement, il se souvenait de nombreuses ritournelles de ce genre. "N'oublions pas qu'il n'a plus toute sa tête, avançaient doucement les plus cléments. On ne peut pas lui en vouloir. Il ne pense pas à mal."

Tous ne manifestaient pas la même indulgence à l'égard de l'homme seul qui errait dans Longyearbyen. "Il le fait exprès", affirmaient ceux qui avaient eu le malheur de tomber sur le mineur dans un de ses mauvais moments. "Per peut être sacrément fourbe. Ne vous laissez pas berner uniquement parce que vous avez pitié de lui." Mais pendant la messe de Noël cette année-là, tout s'était bien déroulé, peut-être parce que la chorale des enfants chantait avec lui. Per Leikvik aimait les enfants.

Après l'église, les employés du bureau du gouverneur se retrouvèrent autour d'un gløgg* et des petits gâteaux. Et le soir du nouvel an, le couple Hanseid dîna avec des amis au restaurant du Polar Hotel. Ils étaient tous d'humeur joyeuse et bruyante, Frøydis prit même un cognac avec son café, alors qu'elle n'aimait pas les alcools forts. Ils rentrèrent chez eux à pied et virent une aurore boréale dans le ciel.

Vendredi 5 janvier, 17 h 45

Dès les premiers jours de janvier, il devint évident que le petit commissariat de police manquait cruellement de personnel. Il ne se passait presque pas un soir sans qu'Erik doive travailler tard. "Les affaires s'accumulent, expliqua-t-il.

— Quelles affaires ? demanda-t-elle doucement. Je n'aurais jamais cru qu'il y avait une criminalité pareille au Svalbard.

— Nous ne racontons pas tout aux journalistes du *Svalbardposten*, tu sais, gloussa-t-il alors qu'il enfilait son gros blouson noir dans l'entrée. Il ne s'agit en général que de trucs pas très graves, une motoneige volée, une effraction dans un chalet, des actes de vandalisme ou des histoires de tapage nocturne. N'empêche qu'il faut bien faire toute la paperasse. Et ce genre de chose prend du temps, tu comprends. Je serai de retour dans deux ou trois heures." Et il disparaissait.

Elle découvrit par hasard qu'il la trompait. Elle ne connaissait que de vue les deux jeunes femmes qui le

---

* Un vin chaud aux épices servi traditionnellement pendant toute la période de Noël et de l'avent.

lui révélèrent. Elles étaient devant elle à la caisse du supermarché et faisaient des gorges chaudes à propos d'une femme mariée à un des pilotes d'Airlift, en disant que celle-ci ferait bien de s'occuper un peu plus de son propre mari – mignon comme il était – plutôt que de courir après celui des autres. Peut-être n'aurait-elle pas fait le lien entre ces commérages imprudemment proférés et Erik si une des filles n'avait pas prononcé son prénom. Et encore, même là, elle n'avait pas tilté tout de suite. Il avait fallu que la deuxième fille donne un petit coup de coude de mise en garde à sa copine en apercevant Frøydis pour qu'elle réalise.

Elle fit comme si de rien n'était. Quand ce fut son tour à la caisse, elle déposa soigneusement ses courses sur le tapis, sourit et dit qu'ils avaient annoncé un redoux à la météo. "Non mais vous imaginez? De la pluie au Svalbard en janvier!"

Les premiers jours de janvier étaient un puits profond et noir dans lequel les gens tombaient et dont personne ne réussissait plus à s'extraire. Peut-être était-ce le contraste avec les fêtes de Noël, quand la ville devenait un peu comme la maison de campagne d'une tante adorée, une demeure douillette bien emmitouflée dans de doux édredons de neige blanche. Les gens avaient bien mangé et s'étaient laissés griser par l'alcool. Ils étaient restés à cocooner chez eux ou avaient rendu visite à des amis. On saisissait la moindre excuse pour se retrouver. Oh, après tout, la nuit polaire n'était pas si terrible. Si seulement ça pouvait continuer comme ça.

Puis brusquement, c'était fini, le quotidien revenait. Cette nuit polaire était cafardeuse, imprévisible et on entamait le troisième des nombreux hivers des régions polaires. Du jour au lendemain, le monde à l'extérieur des murs de la maison changeait du tout au tout. Un vent gris du sud déversait sur la ville une pluie froide verglaçante, il se faufilait à travers les portes fermées et poussait les gens à monter les radiateurs et à aller chercher du bois pour la cheminée – pour ceux qui avaient la chance d'en posséder une. La pluie s'acharnait sur tous les malheureux qui osaient s'aventurer dehors. Le sol devenait noir et engloutissait toute la lumière.

On ne faisait plus rien, ni au travail ni en rentrant chez soi. Après le repas, les gens somnolaient dans le canapé jusqu'au moment où il était l'heure de se mettre au lit.

Au bureau du gouverneur, on arrivait le matin en bâillant et on commençait par se préparer une grande Thermos de café avant de se traîner dans le bureau des collègues et de s'affaler dans un fauteuil.

"Alors, quoi de neuf? Il s'est passé quelque chose?"

Mais il n'y avait rien de neuf, rien de quoi ils puissent parler en tout cas, et il ne se passait rien derrière le reflet noir des vitres. C'était comme si tout Longyearbyen avait plongé à trente mètres de profondeur dans une mer que personne ne connaissait. Ils étaient perdus et tous envoyaient des signaux qui leur revenaient comme un écho lointain.

Frøydis Hanseid et Tor Bergerud se rencontrèrent devant le supermarché lors d'une des plus sombres journées de l'hiver. C'était au tout début du mois de janvier et les décorations de Noël pendaient encore aux fenêtres du magasin, poussiéreuses et déplacées, comme des promesses non tenues après une fête qui aurait trop duré.

Le premier mois de l'année en Arctique pouvait être froid, sombre et beau. Mais les premiers jours de cette année-là se situaient juste entre deux vagues de froid. Le redoux de l'Atlantique remontait vers le nord par un étroit couloir entre deux anticyclones et déversait une pluie mordante sur la petite ville polaire. En l'espace de quelques heures seulement, le paysage fut recouvert d'une épaisse couche de neige fondue et boueuse. Des grosses congères qui s'étaient amoncelées au bord des routes, il ne restait presque plus rien, que des tas gris sales ressemblant aux ossements d'un mosasaure. Se déplacer à pied était devenu presque impossible. Les gens marchaient les jambes arquées, le corps crispé, s'attendant à tout instant à ce que le sol peu fiable se dérobe sous leurs pieds.

Frøydis tomba devant le supermarché avec deux sacs pleins de provisions. Tous les gens à proximité la regardèrent. Certains sourirent même. Et elle était là, étalée par terre, les mains écorchées par la glace, et les courses, qui s'étaient échappées du sac, éparpillées autour d'elle. En un clin d'œil, le fond de son pantalon fut trempé.

Tor s'arrêta et l'aida à se relever. "Mais ne serait-ce pas Frøydis Hanseid que je vois là?" demanda-t-il, bien qu'il sache tout à fait qui elle était. Elle rit, surtout parce qu'elle se sentait gênée, puis se mit à pleurer.

"Mais, Frøydis… Vous vous êtes fait mal? Voyons, Frøydis…"

Elle essuya ses larmes et il l'aida à épousseter ses vêtements, à ramasser les provisions et à les mettre, mouillées et pleines de neige boueuse, dans les sacs en plastique. Ils se rendirent ensuite au Kafé Busen, comme si elle venait d'avoir un accident. La salle baignait dans la pénombre, les lampes au plafond étaient éteintes et seules des petites bougies sur les tables éclairaient les lieux. Il faisait chaud, comme toujours à l'intérieur pendant la nuit polaire.

Ils s'installèrent à une des tables du fond puis il partit au comptoir commander deux cafés et des gaufres à la crème fraîche et à la confiture de fraise. Elle lui assura d'abord qu'elle ne voulait rien manger, mais quelque temps après, l'assiette était vide. Au début ils n'avaient rien à se dire, à part que la météo était affreuse et les routes glissantes impraticables.

Elle se réchauffait les mains sur la tasse de porcelaine épaisse. Le café dégageait une odeur forte et réconfortante. Puis une espèce d'intimité et de complicité s'installa autour de la table. Elle avait l'impression d'être une autre.

Peu à peu, ils se mirent à parler d'un tas de choses différentes. Il était plutôt surpris de la facilité avec laquelle ils discutaient. À peine étaient-ils entrés dans le café qu'il l'avait regretté. Il en avait déjà bien assez fait en l'aidant à se relever, à ramasser ses provisions et à épousseter la neige fondue sur son manteau. Et si un de ses collègues d'Airlift les voyait ? Il sourit à la petite créature timorée en face de lui.

Le café était presque vide désormais. Il ne restait plus que deux femmes d'un certain âge assises à une table près la fenêtre. Il les reconnut, mais sur le coup leurs noms ne lui revinrent pas. Elles semblaient complètement absorbées par leurs propres histoires. Des commérages, sans doute.

"Bon, ce n'est pas le tout, mais il va falloir songer à rentrer", dit-elle, même si elle ne le pensait pas. Le sentiment inattendu de passer un moment extra l'étourdissait.

"Vous êtes si pressée que ça?" s'entendit-il demander.

Ils restèrent au café pendant près d'une heure et il alla plusieurs fois remplir leur tasse. La faible lumière argentée de la mi-journée disparut et les fenêtres se transformèrent en miroirs noirs.

"Bon, cette fois-ci..." dit-elle en riant d'un petit air timide. Elle commença à rassembler ses affaires. C'est avec stupéfaction qu'il s'entendit lui proposer de la reconduire chez elle. Ils sortirent. Il portait ses sacs de courses. À la table près de la fenêtre, les deux femmes se retournèrent sur leur passage.

"Tu as vu ça, Trulte?
— Un peu, oui. Tu ne crois tout de même pas que...?"

La deuxième réfléchit un petit instant. L'idée était trop aberrante. "Non, sincèrement..."

Trulte regarda par la fenêtre pour essayer de voir ce qui se passait sur le parking.

"Peut-être qu'ils ne sont pas au courant pour les autres? Peut-être que les deux couples agissent en catimini?"

VIII

NUIT BLANCHE

Jeudi 22 février, 21 h 30

Knut et le chef de la Croix-Rouge s'engagèrent en motoneige sur le fjord entre l'aéroport et le quai d'expédition du charbon pour chasser l'ourse et ses petits loin de la ville. La lune avait beau éclairer la banquise et faire ressortir la moindre congère sur l'étendue de neige, ils conduisaient lentement. Ils sentaient le froid malgré leurs épaisses combinaisons de moto. Knut appréciait les poignées chauffantes et la chaleur qui se dégageait du capot au niveau de ses bottes. Les gelures qu'il avait attrapées un peu plus tôt cet hiver-là le faisaient encore souffrir.

Très naturellement, le chef de la Croix-Rouge avait pris la direction des opérations. L'idée était de repousser les ours vers le cap de Revenes, afin qu'ils partent vers le nord, vers le Billefjord. Maintenant qu'ils avaient trouvé les gros mammifères, il n'était pas pressé de les rejoindre. Il arrêta la motoneige, en laissant le moteur tourner, et fit signe à Knut de l'imiter.

"Regarde." Il montrait du doigt des taches noires derrière les trois silhouettes jaunes qui marchaient lentement sur la glace.

Knut releva la visière de son casque, abaissa l'écharpe de laine sur son nez et plissa les yeux. Il n'avait pas mis ses lunettes à cause du froid. Elles se trouvaient dans une des poches intérieures de sa combinaison.

"Des gens ?

— Ça m'en a tout l'air", répondit le chef de la Croix-Rouge, toujours assis à califourchon sur sa selle.

Knut réfléchit. "Qu'est-ce qu'on fait ? On ne peut pas repousser l'ourse de ce côté-là, elle va foncer droit sur eux."

Le brouillard provenant de la mer formait comme des petites auréoles blanches de cristaux de glace autour de leurs têtes. Durant le bref instant où ils restèrent sans bouger, Knut sentit le froid lui mordre le visage.

"Soit on contourne les ours en prenant par l'extérieur, soit on repart en longeant le rivage." Harald Enebakk fit retomber la visière de son casque devant son visage et pressa la poignée des gaz.

Il choisit de prendre par l'extérieur, bien que cet itinéraire, plus long, obligeât les deux conducteurs à rouler vers la pleine mer, sur les bords de la banquise. Knut ne tarda pas à voir la motoneige du chef de la Croix-Rouge se mettre à zigzaguer d'avant en arrière. Les longues lames qui déferlaient de l'embouchure du fjord avaient fendu la glace, la découpant en plaques qui désormais s'entrechoquaient. Ce qui, de loin, avait l'air d'une surface fiable d'un seul tenant n'était en réalité que de nombreux petits morceaux de glace, de quelques mètres de diamètre seulement pour certains. Ces morceaux de glace s'entraînaient les uns les autres en oscillant légèrement.

Knut, qui s'efforçait de rouler dans les traces de la motoneige du chef de la Croix-Rouge, sentait des gouttes de sueur dégouliner le long de sa colonne vertébrale. Ils n'avançaient pas. Enfin, au bout de quelques minutes éprouvantes, ils purent revenir à la hauteur des trois silhouettes au milieu de la banquise, toutes à côté de leurs motoneiges. Le plus grand avait enlevé son casque. C'était Hugo Halvorsen, le fils de 16 ans d'un des patrons de la Store Norske. Sans un mot, le chef de la Croix-Rouge lui adressa un hochement de tête. Assis chacun sur sa selle, ils observaient les ours qui, malgré le bruit des scooters, se déplaçaient lentement et imperturbablement vers l'intérieur du fjord.

Knut connaissait déjà Hugo Halvorsen, mais il jeta un regard curieux aux deux autres jeunes, une fille de 15 ans que les policiers avaient dû reconduire plusieurs fois chez elle au cours de l'hiver après l'avoir ramassée ici et là dans les pubs de Longyearbyen, et un copain de Hugo, un petit blond, qui lui aussi avait été embarqué à quelques reprises par les agents du bureau du gouverneur. Quand Knut leva les yeux sur Hugo Halvorsen, il croisa un regard ironique, presque dédaigneux.

La fille avait aperçu Knut et reconnu le policier en lui. "On fait rien de mal", dit-elle, agressive.

Knut sourit. "Eh bien, je ne suis pas sûr que tous mes collègues seraient d'accord avec toi. Vous savez bien qu'il est interdit d'effrayer ou de provoquer les ours polaires selon la nouvelle loi sur la protection de l'environnement.

— Mais on n'a pas bougé. Mari n'avait jamais vu d'ours polaire et on voulait juste…" Le garçon blond se tourna vers lui avec un regard noir.

"J'ai bien remarqué que vous ne chassiez pas les ours, répondit Knut calmement. À ce que je peux voir, vous avez même adopté un comportement exemplaire. Vous vous êtes arrêtés, de façon à ce que le bruit des moteurs ne les effraie pas. Comme le veut la règle, comme on doit le faire."

Le chef de la Croix-Rouge hocha la tête, mais sans quitter des yeux les trois silhouettes jaunes au loin sur la glace.

"On regarde, c'est tout", reprit Hugo Halvorsen tranquillement et doucement.

"Ils vont où d'après vous?" Pour la première fois depuis qu'ils les avaient rejoints, le chef de la Croix-Rouge s'adressait aux jeunes. Il parlait à Hugo Halvorsen comme à un adulte de son âge.

"Vers le nord." Hugo tendit le bras. "Ils se dirigent vers l'intérieur du fjord où ils ne trouveront probablement rien à manger. À moins qu'ils sachent des choses que nous ignorons? Que la glace se cassera bientôt au nord? Ils partent probablement vers le Wijdefjord. Il y a toujours beaucoup d'ours au printemps là-bas quand les phoques annelés mettent bas sur la banquise."

Alors qu'ils discutaient, les bêtes s'étaient rapprochées du groupe d'hommes à motoneige. La mère avait fini par les remarquer. Elle leva la tête et flaira l'air. Hugo se pencha prudemment en avant et débloqua le frein de son scooter. L'ourse se dressa un moment sur ses pattes, dans cette position immortalisée par tant de figurines en cristal et porcelaine. Les petits continuaient à trottiner devant elle.

"Pas bon, annonça le chef de la Croix-Rouge à voix basse, ça la rend nerveuse que ses petits ne restent pas collés à elle. Je crois qu'il va falloir reculer un peu."

Mais il était trop tard. L'ourse se mit soudain en mouvement, à pas lents d'abord, puis elle prit de la vitesse et fondit sur eux en bondissant.

"Hugo! Hugo-o, qu'est-ce que je fais?" La fille se jeta sur son scooter et pressa la poignée des gaz, mais elle avait oublié de débloquer le frein. Le moteur rugit, toussota et s'arrêta.

"Merde!" s'exclama Hugo Halvorsen. Il regarda Knut et le chef de la Croix-Rouge. "La mère n'a pas l'air franchement de bonne humeur. Il vaudrait sans doute mieux que vous sortiez vos fusils."

Le chef de la Croix-Rouge avait déjà détaché l'étui de l'arme accrochée à l'arrière de sa motoneige, mais l'ourse s'était déplacée rapidement et ne se trouvait plus guère qu'à une cinquantaine de mètres d'eux. Knut tâtonna sur son fusil et réussit à enlever la sûreté.

"Ne tirez pas!" Hugo Halvorsen appuya à fond sur l'accélérateur de sa motoneige, qui poussa un rugissement. Le Thundercat noir fit un bond en avant sur la glace et se dirigea droit sur le gros ours polaire.

"Qu'est-ce qu'il fait? cria Knut au chef de la Croix-Rouge. Il a l'intention de l'écraser?"

Le Thundercat contourna l'ourse de près en ne passant qu'à quelques mètres d'elle. L'animal sursauta et se dressa de nouveau sur ses pattes avant de se laisser retomber sur la glace. Mais Hugo Halvorsen ne ralentit pas. Il fonça sur les oursons. Les deux petites boules blanches se mirent à courir maladroitement sur la glace, s'éloignant de leur mère. Il ne relâcha légèrement la pression sur les poignées des gaz qu'une fois tout près d'eux, en continuant toutefois à les faire avancer devant lui, mais à un rythme un peu plus calme.

La mère s'était immobilisée. Debout sur ses pattes, elle flaira l'air, mais pas longtemps. L'instant d'après, elle se précipita sur le Thundercat et ses petits.

"Regarde un peu la vitesse ! Putain, elle va finir par rattraper Hugo, ma parole, cria le blondinet. On les suit ?"

Le chef de la Croix-Rouge secoua la tête. Il avait abaissé son fusil. Les ours étaient hors de portée de tir.

Juste au moment où la mère allait arriver à hauteur de sa motoneige, Hugo Halvorsen se coucha sur le côté dans un virage serré et revint vers eux en dessinant un large arc de cercle. L'ourse courut quelques mètres avec ses petits, mais comme plus aucun bruit effrayant ne les pourchassait, ils ralentirent et partirent d'un pas tranquille vers l'autre rive du fjord.

Knut hocha la tête en direction de Hugo Halvorsen. "Ça en tout cas, c'était illégal. Et j'aurais eu l'air malin si je t'avais ramené chez ton père dans une housse noire.

— Oui. Et maintenant ils se dirigent droit sur Longyearbyen." Mais le chef de la Croix-Rouge souriait. Cela aurait pu se passer beaucoup plus mal. "Que fait-on ? Ça ne me semble pas très judicieux de continuer à leur courir après. Les ours polaires ont du mal à garder une température corporelle basse, c'est pour ça que d'ordinaire ils se déplacent aussi lentement, bien qu'il existe peu de carnassiers aussi rapides qu'eux."

La réponse vint de Hugo Halvorsen. "Vous ne pouvez pas les suivre jusqu'à ce qu'ils aient traversé la ville ? De toute façon, vous n'avez rien d'autre à faire par une belle et froide nuit d'hiver comme celle-là, non ? Et sinon, c'est quoi tous ces gens qui ratissent le terrain entre les maisons ?"

Quand ils revinrent à Longyearbyen plusieurs heures plus tard, les recherches se poursuivaient toujours. Knut et le chef de la Croix-Rouge descendirent jusqu'aux bâtiments sur le quai. Les équipes de secours avaient presque terminé, mais cela avait été long. Elles avaient renoncé à inspecter certaines maisons où, manifestement, personne n'était entré depuis plusieurs jours – des congères s'étaient formées contre les murs et les portes et il n'y avait aucune trace de pas tout autour. En revanche, les entrepôts utilisés dans la journée étaient vastes et remplis de tellement de caisses de matériel et de bric-à-brac qu'une fouille complète aurait pris des jours. Les sauveteurs s'étaient contentés de passer entre les étagères en criant le nom d'Ella et en guettant les éventuels signes de vie. À chaque fois qu'ils sortaient d'un bâtiment chauffé, le froid leur cinglait le visage comme une gifle. Ils se sentaient épuisés et découragés.

Le chef de la Croix-Rouge rejoignit le petit groupe et tenta de les motiver pour qu'ils continuent. Knut l'attendait sur sa motoneige, le moteur toujours en marche. Il n'éprouvait pas une très grande envie de retourner au bureau du gouverneur. Du reste, vu l'heure tardive, les autres policiers étaient certainement rentrés chez eux. Lui-même n'aurait rien eu contre quelques heures de sommeil, mais il était de garde, cette nuit encore.

Il regardait la ville endormie. On dirait presque un autocollant fixé sur un paysage bleu et noir, pensa-t-il. Puis il se souvint que quelque part derrière ces murs sombres et les grosses congères, il y avait une petite fille qui ne se trouvait pas chez elle, auprès de sa mère. Il espérait qu'elle était au chaud. Il espérait qu'elle dormait et que quelqu'un veillait sur elle.

Une impulsion le saisit. Devait-il jeter un nouveau coup d'œil au jardin d'enfants ? Il avait toujours les clés de la directrice dans la poche.

Lune d'argent, lune d'acier. Comme un couteau, un cimeterre étincelant dans le ciel nocturne. Le clair de lune polissait le paysage enneigé et sous son éclat, le froid semblait plus intense. Le sol crépitait sous les pas même les plus prudents et le bruit portait dans l'air silencieux, dans les espaces ouverts et le long des routes désertes. Il n'était pas loin de 3 heures du matin. Knut avait lu quelque part que c'était l'heure la plus dangereuse aussi bien pour le chasseur que pour la bête pourchassée. L'heure où le carnassier était à bout de forces après une longue nuit de traque et la proie épuisée à force de rester éveillée, à l'affût du danger.

Le jardin d'enfants baignait dans l'obscurité, mais dans la cour, le clair de lune était d'un blanc éclatant, effrayant. Les empreintes de chaussures d'enfants, des patins d'une luge, les traces de jeux et de bagarres ressortaient comme des runes peintes en noir sur la neige. Des runes impossibles à interpréter. Knut se dirigea vers la porte d'entrée et l'ouvrit. Une fois encore, il se sentit comme un intrus dans cet endroit où flottaient les odeurs si sécurisantes du talc, du savon pour enfant, de fruits, de biscuits à la vanille, de lait et de chocolat chaud. Seulement, maintenant, ce sentiment était encore plus fort.

Il n'alluma pas le plafonnier, parcourut le couloir du regard. L'éclairage des lampadaires le long du Hilmar Rekstens vei filtrait à travers les rideaux fins et projetait des rais de lumière et des ombres sur les murs. L'un d'entre eux cependant était dans le noir, il entrapercevait malgré tout des caisses et une chaise de bureau. Il tendit l'oreille. Aucun bruit. Pourquoi n'allumait-il pas ? Que cherchait-il au juste ?

Il réalisa que ses collègues et lui avaient considéré comme acquis que personne parmi les employés du jardin d'enfants n'était impliqué dans la disparition d'Ella. Ils n'avaient même pas envisagé cette idée. Mais maintenant Knut le faisait. Il essaya de se représenter le contexte, de voir des schèmes de comportement.

Mais cela lui semblait trop inconcevable et il finit par écarter cette pensée. Pourtant une sorte de peur s'était insidieusement rapprochée de lui, un animal indiscernable tapi dehors dans le noir, derrière les portes closes. Alors qu'il ne s'y attendait pas, Knut recevait la visite de sa propre enfance, d'un souvenir oublié. Soudain il entendit un bruit. Une sorte de sifflement prudent. Un peu comme si quelqu'un qui ne voulait pas être découvert retenait sa respiration.

Il avait bien entendu ? Des pas dans le couloir, presque inaudibles. Une ombre sur le mur. Il ne se trompait pas. Quelqu'un était entré dans le jardin d'enfants et s'avançait doucement dans sa direction. Il regarda désespérément autour de lui. Le fusil était resté sur la motoneige. Même dans ses pires pensées, jamais il n'aurait imaginé qu'il pourrait avoir besoin d'une arme dans un jardin d'enfants.

Il perçut le son d'un pas traînant sur le sol. Bientôt la silhouette apparaîtrait sur le seuil. Il jeta un coup d'œil angoissé sur les murs et aperçut, suspendue derrière la porte en face de lui, une écharpe. Il se déplaça aussi discrètement que possible, réussit à tirer le cache-nez à lui et le jeta autour du cou de l'ombre sombre qui avait surgi devant lui. Il serra de toutes ses forces, mais la silhouette était plus forte qu'il ne l'aurait cru. Et plus grande. Ils chancelèrent d'avant en arrière dans le noir. Knut se cogna le coude dans le mur et manqua lâcher prise, mais continua néanmoins à lutter avec acharnement.

L'un d'eux avait dû donner un coup dans l'interrupteur : tout à coup, la lumière du plafonnier illumina le couloir. Knut laissa tomber l'écharpe.

"Tom ? Qu'est-ce que tu fous là ?"

Le policier toussa, cherchant à reprendre son souffle. "Knut ? Eh bien, je pourrais te poser la même question. Qu'est-ce que tu fabriques au juste ? Tu voulais m'étouffer avec une écharpe d'enfant ?"

Ils se dévisageaient, incrédules. Tom Andreassen frottait les marques rouges autour de son cou. "Ma parole, en voilà une façon d'être promu ! En assassinant les collègues qui ont plus d'ancienneté !" Ils se mirent à rire tous les deux.

"Non mais, sérieusement, qu'est-ce que tu fais ici ? Tu as découvert quelque chose ?

— Non, même pas. On est rentrés, le chef de la Croix-Rouge et moi, après avoir éloigné l'ourse et ses petits de la ville. En fait, j'étais sur le point d'aller me coucher, quand je me suis dit qu'on était peut-être passés à côté de quelque chose au jardin d'enfants. Et toi ? Pourquoi tu es là ?

— Pareil. Je ne supportais plus de penser que la petite était peut-être enfermée quelque part."

Le policier prit les clés des mains de Knut et referma la porte de l'établissement de Kullungen derrière eux. "Mais dis-moi, pourquoi tu m'as sauté dessus comme ça ? Tu ne pouvais pas tout simplement demander « Qui est là ? » ou quelque chose dans le genre ?"

Knut essaya d'expliquer. Les ombres de l'enfance, désagréables, comme dans un rêve. Une sorte de peur du noir presque, mais ce n'était pas vraiment ça non plus. Un truc qui lui était arrivé mais qu'il avait oublié. Tom Andreassen secoua la tête et commença à se diriger vers le parking. "Ben merde alors ! lança-t-il finalement par-dessus son épaule. Tu as dû en vivre des choses quand t'étais gamin pour avoir peur d'un jardin d'enfants…"

Knut, debout à côté de son scooter, resta à regarder la maison grise aux fenêtres décorées d'une multitude de dessins.

IX

DES RENNES ABATTUS ILLICITEMENT

Vendredi 12 janvier, 14 h 30

Le sang et les vestiges du corps dépouillé gisaient au bout d'une longue étendue, au pied d'une pente. Au-dessus d'eux, la montagne imposante semblait infranchissable. Il n'y avait pas de lune et le ciel nocturne enveloppait le paysage d'un gant de velours noir. Les motoneiges qui tournaient à vide étaient garées en triangle, l'avant orienté vers l'intérieur. La lumière des phares masquait les étoiles. Aucune lumière céleste, donc, ne vint éclairer cet acte hors-la-loi.

Le renne appartenait à un troupeau restreint constitué de deux mâles, d'une femelle et d'un petit de l'année précédente. Ils avaient prévu à l'origine de tous les abattre, mais le premier coup était parti trop tôt. Les rennes avaient fui dans la montagne, et seul celui-ci était resté couché au sol. On avait vu plus gros comme bête, elle était même relativement maigre. On était au cœur de l'hiver. Une fois tout le gras enlevé, il resterait à peine trois cents kilos.

Les trois hommes dépecèrent l'animal d'une main experte. Ils découpèrent la viande en morceaux de la taille voulue et l'enveloppèrent ensuite dans du plastique. Il leur importait peu de laisser la neige souillée par toute cette boucherie, car ils savaient la région déserte et peu fréquentée. "Le renard arctique aura mis bon ordre dans tout ça d'ici la fin de la semaine", murmura l'un d'entre eux derrière l'écharpe de laine qui protégeait le bas de son visage du froid. Les deux autres ne prirent pas la peine de répondre à une telle évidence. Le temps n'incitait pas aux bavardages inutiles. Le vent s'était levé après leur départ de Longyearbyen. Il n'était pas très fort, mais cuisant comme le tranchant de la lame d'un couteau sur la peau du visage.

Les trois hommes entassèrent rapidement toute la viande dans le traîneau tracté par une des motoneiges. Les deux autres ne contenaient qu'un jerrycan d'essence et quelques caisses marquées "matériel de secours", mais ils comptaient bien dénicher encore quelques rennes, de l'autre côté de la montagne notamment. Et si ce n'était pas le cas, ce n'était pas non plus très grave. La viande ne représentait qu'un revenu d'appoint, la vraie source d'argent se trouvait dans les caisses.

À un autre moment de l'année, la carcasse du renne et les traces d'abattage clandestin auraient été repérables de loin. Mais on était mi-janvier, dans la période la plus sombre de la nuit polaire qui durait plusieurs mois, et il aurait vraiment fallu que les gens tombent sur le cadavre pour le voir. Or personne ne venait par ici. La piste de motoneige qui traversait l'île et desservait les principaux sites touristiques passait plus au sud.

Le triangle formé par les scooters se défit et quelques minutes plus tard, une colonne de lumière cheminait le long de la crête de la pente raide. Sans le bruit des moteurs, cette vision aurait pu être belle et onirique. Au pied de la montagne, il ne restait plus que les piteux vestiges du renne, rien ne permettant d'identifier les auteurs de ce délit.

"Cette fois-ci il va falloir agir!" Au fond du couloir, en face de la salle de réunion, la porte de Kjell Lode s'ouvrit brusquement. Un chercheur renommé de l'Institut polaire norvégien spécialisé dans l'étude des rennes pénétra d'un pas lourd dans le bureau.

Kjell Lode ne dit rien, mais lança un regard éloquent aux grosses rangers que le chercheur avait omis de retirer à l'entrée, ce qui était une grave erreur au Svalbard, où une règle tacite, bien qu'affichée partout*, voulait que l'on se promène en chaussettes à l'intérieur de la plupart des locaux.

"Ça fait des années que je vous signale que des gens pratiquent l'abattage illégal de rennes à grande échelle. Et encore, là, c'est sans parler des bêtes qui se trouvent du côté de Barentsburg. Là-bas au moins, ils font en sorte de ne pas menacer la survie du troupeau. Je veux parler des rennes de la côte est, comme tu le sais." Le chercheur lança un regard sévère à Kjell Lode, comme si celui-ci avait protesté, puis se laissa tomber sur une des deux chaises devant le bureau. L'autre croulait sous des piles de documents et de livres qui manquèrent de se renverser quand il étendit ses longues jambes.

"Il est où le chef du service de la protection de l'environnement, du reste?

---

* Une petite affiche rappelant aux gens de retirer leurs chaussures est en effet régulièrement placardée à l'entrée des bâtiments au Svalbard.

— Il nous a quittés il y a plusieurs mois, comme je te l'ai déjà dit la dernière fois que tu es passé nous voir.

— Et il n'est pas censé être remplacé ? La protection de l'environnement est une activité essentielle au Svalbard et le gouverneur n'y accorde pas plus d'importance que ça ?"

Kjell Lode le regardait en se balançant sur sa chaise. Est-ce de ma faute ? songeait-il. Non. Et n'ai-je pas moi-même tenu exactement les mêmes propos à Anne Lise à de multiples reprises ? Si.

"Mais dans ce cas-là, ce devrait être à toi d'assurer l'intérim, non ? Il faut que quelqu'un fasse quelque chose. Le troupeau ne sera bientôt plus viable. À vue d'œil, je pense qu'environ cinquante pour cent a disparu ces dernières années. Et j'ai bien l'impression que ça va en s'accélérant. Les mecs qui se cachent derrière tout ça agissent de plus en plus ouvertement.

— C'est qui ? T'as une idée ?" Kjell cessa de se balancer sur sa chaise et se pencha en avant, intéressé.

"Non. Mais je parie ce que tu veux qu'ils sont en train de chasser en ce moment même, pendant les mois les plus sombres de l'année. Et qu'ils ont choisi le troupeau à l'est parce qu'il se trouve dans une région déserte et difficile d'accès mais pas trop loin de Longyearbyen."

Le conseiller du patrimoine culturel hocha lentement la tête. "Tu as sans doute raison. Mais tu t'es posé la question de savoir ce que devenait la viande ? Aucun des restaurants de Longyearbyen n'oserait servir des animaux abattus illégalement. Comme tu l'as dit, les Russes ont ce qu'il leur faut. On parle quand même d'une sacrée quantité de bidoche. Ça se chiffrerait à combien selon tes estimations, deux ou trois tonnes ? Ils ne réussiraient jamais à écouler des quantités pareilles à Longyearbyen sans que ça s'ébruite. Donc, que font-ils de la viande ?"

Kjell Lode était en train de se dire qu'il commençait à être trop vieux. Il aurait dû proposer au chercheur de partir avec lui dans l'est de l'archipel afin de chercher les cadavres des bêtes abattues clandestinement. Une tâche difficile à cette époque de l'année, bien sûr, mais avec un peu de patience et de chance, ils découvriraient sans doute quelque chose. Pourquoi pas même des empreintes de motoneige dont ils pourraient suivre la trace et qui leur permettraient peut-être de remonter jusqu'aux crapules qui étaient derrière tout ça. Mais à cette époque de l'année ? Dans la nuit et le froid, par les cols de montagnes presque infranchissables de la côte est ? Non, ce n'était pas pour lui. Désolé.

Le gouverneur, Anne Lise, quittait elle-même rarement le bureau, s'abritant derrière son travail en tant que grand chef et représentante du ministère de la Justice à Oslo. Elle ne voulait pas l'avouer, mais elle était tout sauf une femme de terrain. C'était presque dangereux de l'avoir avec soi quand on sortait en motoneige, avait plaisanté Erik Hanseid. Lui, en revanche, était dehors à la moindre occasion. Un vrai cow-boy, ce nouveau policier. Tom Andreassen, quant à lui, était un policier expérimenté qui avait un peu tout vu durant les cinq années ou presque qu'il avait passées au Svalbard. Et puis il y avait Knut Fjeld. Un agent peut-être un peu trop intrépide, qui n'hésitait pas à prendre toujours plus de risques à motoneige dans des endroits où peu de gens s'aventuraient. Résultat : il boitait à cause de gelures et d'un orteil et demi en moins au pied gauche.

"Tiens, je crois que le vent se lève." Kjell Lode se leva et se dirigea vers la fenêtre qui donnait sur le parking, évitant ainsi de croiser le regard mi-découragé, mi-compatissant du chercheur. Le gouverneur Isaksen venait d'entrer dans le bureau par la porte que le chercheur n'avait pas refermée derrière lui.

Tard le dimanche soir, Steinar Olsen et ses deux copains rentrèrent de leur week-end passé dans un refuge de la vallée de Sassendal, une excursion dont ils n'avaient pas arrêté de parler à droite et à gauche avant de partir. Ils traversèrent toute la ville sur leurs scooters pétaradants, avec leurs traîneaux presque vides sans vraiment tenir compte des pistes destinées aux motoneiges. Dans les maisons au bord de la route de Blåmyra, quelques personnes se retournèrent avec agacement dans leur lit et songèrent à se lever pour aller voir à la fenêtre qui étaient ces sans-gêne qui conduisaient comme des sauvages. Mais cette intention ne dépassa guère le stade de la pensée.

Trulte, qui habitait juste en face de la famille Olsen, n'était pas encore couchée. Elle faisait un peu de rangement dans le séjour et la cuisine après la réunion du club de couture qui s'était tenue chez elle. Elle remettait en place les coussins du canapé, époussetait les miettes, débarrassait une tasse de café oubliée. Elles appelaient ça un club de couture, mais elles passaient surtout leur temps à papoter et à manger. Aujourd'hui, Trulte avait préparé son célèbre gâteau renversé aux noisettes et à la crème. Ses copines avaient tout mangé et regretté qu'il n'y en ait pas plus. Seules deux d'entre elles avaient amené des travaux de couture et de tricot. Il s'agissait pour l'une d'une écharpe à base de torsades et de points tellement compliqués qu'elle avait déjà jeté l'éponge avant que le café n'arrive sur la table. Mme Hanseid, quant à elle, avait confectionné une ravissante broderie pour son costume traditionnel. C'était la première fois qu'elle participait à une de leurs réunions et Trulte trouvait qu'elle s'était conduite de façon exemplaire. Elle n'avait guère ouvert la bouche, mais elle avait écouté, hoché la tête et souri au bon moment.

Mme Bergerud n'était pas invitée, bien qu'elle n'habite que deux maisons plus bas. "Elle va bientôt déménager, avait expliqué Trulte. Elle et son mari ont réussi à obtenir un logement à proximité du Hilmar Rekstens vei. Ils sont passés devant tout le monde, tout ça parce qu'il est pilote à Airlift." Mme Hanseid avait levé les yeux de sa broderie et approuvé d'un hochement de tête.

Mais maintenant elles étaient toutes rentrées chez elles. Trulte, satisfaite, vaquait tranquillement à ses occupations, remettant de l'ordre après une réunion du club de couture réussie, jusqu'à ce qu'elle manque de lâcher la tasse de café qu'elle avait dans la main en sursautant au bruit soudain d'une motoneige qui passait devant chez elle. Elle alla à la fenêtre, en prenant soin de se tenir légèrement sur le côté, derrière le rideau. Ah, d'accord. C'était Steinar Olsen qui revenait tard chez lui. Il n'avait pas l'air pressé de rentrer. Et un peu plus bas sur la route, Trulte aperçut un homme qui descendait précipitamment l'escalier de la maison des Bergerud. C'était le nouveau policier, Erik Hanseid. Il n'y avait rien de mal à cela, bien sûr. Il se pouvait tout à fait que Bergerud lui-même soit chez lui. Mais n'était-il pas un peu étrange que le policier Hanseid ait rendu visite à des gens habitant à deux maisons de chez elle et qu'il ne soit pas reparti avec sa femme à Lia ?

Steinar Olsen monta les derniers mètres jusque chez lui, tout en haut de la côte, et coupa le contact de la motoneige. Un silence agréable enveloppa les maisons et ceux qui, un instant auparavant, avaient été réveillés par le bruit du moteur ne tardèrent pas à se rendormir. Il enleva son casque et le suspendit au guidon, puis prit le sac attaché à l'arrière, dans le traîneau. Il détela ce dernier et le rangea à sa place, dans le petit appentis. Steinar Olsen lambinait et redoutait légèrement de rentrer dans la maison, auprès de sa femme et sa fille. Mais Ella dormait certainement à cette heure-là. Il ne savait pas trop, en revanche, si Tone l'avait attendu.

Il avait promis de rentrer tôt, afin qu'ils puissent faire quelque chose ensemble, tous les trois. Tone avait proposé de regarder un dessin animé, elle pourrait aussi préparer des brioches et leur faire un chocolat chaud. Le couple était dans une phase de reconstruction après qu'une conseillère conjugale à Tromsø eut été sur le point de baisser les bras tellement leur cas lui semblait désespéré. Elle n'avait pas vu autant d'amertume entre deux personnes depuis bien longtemps. Pour finir, elle leur avait proposé de faire une pause dans la thérapie, ce qui, du reste, tombait bien puisqu'ils devaient partir au Svalbard. Le mieux était de ne pas penser à leur couple en tant que tel, mais de jeter les bases d'une amitié en repartant de zéro, leur avait-elle déclaré d'une voix persuasive. Avec soulagement, tous les trois avaient estimé que c'était une excellente idée.

Mais le premier week-end qui suivit le cessez-le-feu, Steinar partit passer les deux jours dans un chalet avec ses copains. Cette sortie était prévue depuis si longtemps qu'il se voyait difficilement leur annoncer que, finalement, il ne les accompagnerait pas, avait-il expliqué à Tone. Et puis il fêtait l'anniversaire de Kristian quand même, alors… avait-il menti. Il avait aussi ajouté qu'il espérait qu'elle se réjouissait de voir qu'il s'était fait quelques amis à Longyearbyen.

Steinar Olsen était toujours devant la maison. Cela aurait été tellement plus simple si Tone et la petite étaient restées à Tromsø. Il se plaisait au Svalbard, mais il devait avouer qu'il aurait préféré mener une vie de célibataire. Dans la sacoche à l'arrière de la motoneige, il y avait une bouteille d'eau-de-vie à moitié vide. Il la sortit, alla se mettre dans l'ombre de l'appentis et en avala une bonne rasade avant d'entrer.

Tone s'était couchée et avait fermé la porte de la chambre au rez-de-chaussée. Dans la pièce à côté, Ella dormait avec son nounours au creux du bras. Dans son sommeil elle avait repoussé la couette. Il la ramassa et borda soigneusement sa fille. Il se sentait comme un étranger, un voyeur, presque.

La maison, silencieuse, respirait au rythme des deux dormeuses. Il resta dans le séjour où il regarda la télé avec le son baissé. Tone ne lui avait même pas gardé à manger. Il se prépara quelques tartines de pain, prit une canette de bière dans le frigo et alla puiser dans la sacoche de la motoneige encore deux ou trois fois jusqu'à ce que, enfin, il soit suffisamment fatigué pour se coucher.

Le lendemain, Steinar Olsen se réveilla tôt, avec un violent mal de crâne logé derrière les paupières.

Il regarda le réveil. Il était un peu plus de 5 heures. À côté de lui dans le lit, Tone dormait profondément. Il se glissa hors de la chambre et monta dans la cuisine. Et s'il prenait une bière ? Non, il valait mieux oublier cette idée. Il avait bien conscience que le porion savait que, parfois, avant de partir au travail, il buvait un coup pour se remettre d'une gueule de bois ou d'une soirée qui s'était finie tard. Le porion ne lui avait rien dit directement, mais l'avait plus que fortement insinué.

"Il n'est jamais bon d'avoir des avertissements dans son dossier", avait-il déclaré comme ça, quelques jours auparavant, alors que lui et Steinar partaient ensemble dans la Jeep au front de taille. "C'est le genre de chose qui a tendance à te poursuivre. Et au moindre pépin, tu as toutes les chances qu'on te fasse porter le chapeau." Le porion avait lancé un coup d'œil prudent à Steinar. "Tu passes pas mal de temps avec les gars du fond, non ? Avec Kristian et Lars Ove ?

— Et alors, ça pose problème ? En tant qu'ingénieurs, on est trop bien pour eux, peut-être ?" l'avait rembarré Steinar. Il avait rapidement adopté le même ton de prolo que les deux anciens.

Le porion avait jugé préférable de changer de sujet. "Tu sais, le premier jour, quand tu es monté à la Mine 7 et que vous êtes allés dans la vieille mine désaffectée… C'est vrai que tu as vu quelqu'un là-bas ? Je veux dire, c'était vraiment quelqu'un ? Pas une ombre, un fantôme ou un truc de ce genre ?"

Mais Steinar n'avait jamais avoué que les trois camarades étaient allés dans la vieille mine. Il s'abstint donc de répondre, et les deux hommes ne trouvant plus rien à se dire, ils se turent durant le reste du trajet.

Ils avaient de nouveau des problèmes. Le chef d'équipe avait mesuré une teneur en méthane trop élevée. L'abattage du charbon dans la taille numéro 12 avait déjà été interrompu à cause de l'existence présumée de cavités situées à proximité. Or, il semblait s'avérer qu'il allait maintenant aussi falloir abandonner la taille 13 récemment ouverte, en tout cas provisoirement.

La Store Norske Spitsbergen Kulkompani pensait cependant avoir un bon aperçu de l'emplacement des anciennes galeries et rien n'indiquait que celles-ci se situaient aussi près du chantier de la Mine 7. Or pour les géologues, il était exclu que ces cavités soient des failles naturelles dans la montagne, il devait donc bel et bien s'agir d'anciennes galeries… Bref, personne ne comprenait tout à fait ce qui se passait. Le porion décida donc de fermer le site jusqu'à ce que les géologues et les ingénieurs trouvent une solution.

Steinar Olsen ne rentra pas directement chez lui une fois sa journée de travail terminée. Il avait été convoqué de toute urgence à une réunion de la troïka, comme les appelait Kristian, ce qui les faisait se sentir unis autour d'intérêts économiques communs. Ils s'étaient installés dans un coin du Kafé Busen, au fond de la salle. Les autres tables étaient vides, sauf la grande ronde avec un canapé contre le mur. C'était la table des bonnes femmes et des touristes, comme disait Kristian. Et c'était effectivement le cas ce jour-là, avec trois fiottes d'Oslo engoncées dans des couches de vêtements sportswear neufs, qui parlaient beaucoup trop fort.

"Ce sont des consultants, affirma Kristian qui s'y connaissait. Ils sont norvégiens, or aucun touriste norvégien a le courage de mettre les pieds au Svalbard début janvier. À moins que ce soit des tarés qui viennent pour des trucs de chamanisme ou ce genre de conneries."

L'important pour eux était de ne pas être entendus par des personnes susceptibles de comprendre de quoi ils parlaient. Kristian se pencha au-dessus de la table. "Le patron de l'*Ishavstrål* a appelé via Svalbard Radio tard hier soir. Il veut la marchandise tout de suite. C'est pas qu'il croie que le gouverneur soupçonne quelque chose, mais il se méfie de l'Institut polaire et de ce foutu chercheur spécialisé dans l'étude des rennes.

— Peut-être qu'on devrait se limiter aux marchandises pour le continent et laisser tomber la barbaque ?" Lars Ove paraissait soucieux. Les trois hommes se turent un moment et burent leur café en regardant autour d'eux.

"Ça serait quand même dommage." Les deux mineurs ayant tendance à s'emporter au quart de tour, Steinar, d'ordinaire, s'abstenait de tirer des conclusions hâtives durant leurs discussions, mais cette fois-ci il avait touché juste.

"Ouais, sacrément dommage, renchérit Kristian. En saison, ça nous rapporte au minimum 50 000 ou 60 000 couronnes de plus à chacun.

— Peut-être qu'on devrait arrêter là pour cette année ? Livrer ce qu'on a planqué et emporter les dernières marchandises de contrebande à faire passer en fraude et…" Lars Ove, qui avait l'air réellement inquiet, fut brutalement interrompu par Kristian. "Bordel ! Emploie pas le mot « contrebande » ! Même quand tu crois que personne t'entend. On dit « marchandises », pas… oui, bon vous savez quoi. On parle de « marchandises pour le continent » et non de « contrebande »."

Et voilà qu'il venait de répéter deux fois le mot interdit, pensa Steinar, qui se demandait si Kristian était vraiment aussi intelligent qu'il semblait le croire. Mais vu que Kristian était aussi nettement plus violent que lui, Steinar garda ses réflexions pour lui.

Kristian fit signe que la discussion était terminée. "Bon, on est d'accord. On amène le reste de la cargaison jusqu'au Sorgfjord ce week-end.

— Mais… mais je ne peux pas, bégaya Steinar. J'ai… on a quelque chose de prévu, tu comprends. Un truc de famille.

— Un truc de famille?" Kristian vomit presque les mots. "Un-truc-de-fa-mille? Ça veut dire quoi ça? Que tu nous accompagnes pas? C'est ça que tu es en train de nous dire? Bordel à queue, tu crois qu'on te paie pour quoi? Pas pour que tu restes chez toi à tenir ta bonne femme par la main. Non, mon gars! Toi aussi tu dois assumer ta part de risques, la même que Lars Ove et moi. Y a un sacré paquet de fric en jeu. Et on compte sur toi, l'oublie pas!"

Steinar se fit tout petit en murmurant quelque chose que les autres prirent pour un oui, mais en fait il réfléchissait intensément à une façon de se sortir de là, sans que les deux autres s'en préoccupent. Les menaces de Kristian avaient redoublé ces derniers temps et il redoutait les violentes colères du mineur. Il n'était pas sûr que ce dernier le laisse filer comme ça.

X

LE TERMINAL DU TÉLÉPHÉRIQUE

> *Dans les montagnes tout au fond,*
> *ils affrontent mille dangers pour extraire*
>   *le charbon,*
> *ils s'épuisent à la tâche pour gagner leur vie,*
> *mais bien souvent aussi,*
> *c'est ici qu'ils la perdent,*
> *fauchés par une mort brutale.*

Vendredi 23 février, 6 h 30

"Allô, oui, Lund Hagen à l'appareil."

Malgré l'heure très matinale, le ton du chef du Kripos* était vif. Knut le mit au courant de la situation en quelques phrases. Levé vers 6 heures, il s'était assis à la table de la cuisine avec, devant lui, son téléphone portable et ses notes tachées et froissées à force d'être manipulées, mais il avait attendu encore une demi-heure avant de composer le numéro.

"Je suis désolé de t'appeler aussi tôt. Et chez toi de surcroît. Je pensais que tu aurais peut-être des conseils à nous donner."

---

* Unité nationale de la lutte contre la criminalité.

Jonas Lund Hagen réprima un bâillement. "Ah oui, tu pensais ça, toi?" Le silence se fit à l'autre bout du fil. Knut entendit le son feutré des pieds nus sur le sol et un certain nombre d'autres bruits qui pouvaient porter à croire que Lund Hagen allumait une cigarette. "N'est-ce pas une affaire relativement simple? Vous croyez que le père est venu chercher l'enfant qui a disparu, mais vous ne le trouvez pas et, par conséquent, sa fille non plus? C'est bien ça?

— Oui, nous ne voyons aucune autre explication logique à la disparition de la petite. Ceux qui connaissent les parents affirment que le père est parfaitement capable d'avoir fait ça pour effrayer la mère.

— Mmm." Un nouveau silence de quelques secondes s'établit dans l'appareil. "Je ne connais pas Longyearbyen aussi bien que toi, mais ça me paraît quand même bizarre, vu que vous êtes beaucoup plus isolés qu'une bourgade normale sur le continent. Vous n'avez rien trouvé malgré des recherches approfondies? Si on les avait aperçus en ville tard le soir, à une heure où la petite aurait normalement dû être au lit, les gens auraient réagi."

Lund Hagen s'était installé dans un fauteuil du salon. Il jeta un coup d'œil résigné aux arbres noirs dénudés devant sa maison de Nordstrand. S'il n'avait pas été réveillé par le téléphone, il aurait pu dormir au moins une heure de plus avant de rejoindre la file de voitures qui se dirigeaient vers le centre-ville d'Oslo dans une neige boueuse et grise. Mais il savait que le bureau du gouverneur au Svalbard n'avait pas pour habitude de se tourner vers le Kripos. Et il y avait quelque chose qui ne collait pas dans ce que Knut racontait. Quelque chose qui le titillait.

"On ferait mieux de venir sur place, Knut. Je vais voir qui je peux envoyer, mais tu dois d'abord régler certaines formalités. En tant que responsable de la brigade des homicides, je peux évidemment mettre en œuvre le dispositif nécessaire de notre côté, mais il vaudrait mieux que le gouverneur signale l'affaire comme une disparition suspecte, si vous pensez que c'est bien ce qui s'est passé, et sollicite officiellement l'assistance du Kripos.

— Je m'en occupe." Mais Knut hésitait. Il avait peut-être commis une erreur en appelant Jonas Lund Hagen. Il serait embêtant d'avoir accusé Steinar Olsen à tort. Et que dirait Tom Andreassen de son initiative ? Lui en voudrait-il d'avoir contacté le Kripos au beau milieu des recherches alors qu'ils n'avaient rien de concret pour étayer leurs soupçons d'un acte criminel ?

Il n'écoutait plus Lund Hagen que d'une oreille discrète. Celui-ci continuait à réfléchir à voix haute. "Mais il y a quelque chose de bizarre quand même. Knut, vous êtes au Svalbard, malgré tout. Dans combien de maisons ou bâtiments ont-ils pu se cacher au final ? Je comprends bien que fouiller tous les chalets, les refuges et les cabanes de chasse situés un peu l'écart prenne du temps, mais quand même, vous devriez les avoir retrouvés à l'heure qu'il est." Jonas Lund Hagen ferma les yeux un instant au souvenir des investigations épuisantes menées par le Kripos l'été précédent autour de Ny-Ålesund. "Vous n'avez vraiment aucune piste ? Il ne peut pas y avoir tant d'endroits que ça où chercher…

— C'est aussi ce qu'on n'arrêtait pas de répéter l'année dernière, répondit Knut. Tu ne crois pas que j'y ai songé ? On affirmait exactement la même chose quand on cherchait le touriste néerlandais près de Ny-Ålesund."

Un silence profond accueillit sa remarque.

"C'est vrai. Mais il était mort. On cache plus facilement un cadavre qu'une personne vivante. Tu veux dire que…? C'est deux cadavres que vous cherchez?"

Tous les policiers étaient convoqués à 7 heures au bureau du gouverneur. Tom Andreassen avait déjà commencé le briefing quand Knut entra dans la salle de réunion avec une tasse de café à la main. Il était visiblement épuisé.

"Nous avons fouillé la plupart des entrepôts et bâtiments vides. Cette nuit, des gens de la Croix-Rouge ont inspecté un certain nombre de cabanes autour de Longyearbyen. Plusieurs d'entre elles sont utilisées le week-end par les gens de la mine. Les équipes de secours ont reçu l'ordre d'adopter un comportement neutre au cas où ils trouveraient Steinar Olsen et la petite. Mais le temps presse et nous devons maintenant procéder à une perquisition officielle de tous les bureaux, de toutes les maisons et de tous les appartements." Il soupira. "C'est un boulot énorme. Heureusement, les pompiers connaissent bien l'agglomération. Nous devons aussi avertir la Store Norske et discuter avec eux. Il va falloir interroger chaque habitant de Longyearbyen."

Au milieu de la grande table de réunion, le téléphone sonna. Les policiers restèrent à le regarder, comme s'ils redoutaient la conversation qui allait suivre. Knut finit par décrocher.

Il s'était attendu à avoir quelqu'un des équipes de secours à l'autre bout du fil, mais l'appel venait de la secrétaire à la réception. Le rédacteur en chef du *Svalbardposten* insistait pour parler au gouverneur en personne. "C'est qu'il a quelque chose, dit Tom Andreassen, il ne chercherait pas à joindre le gouverneur à 7 heures du matin s'il ne détenait pas une information qu'il pense être le seul à avoir."

Dans son bureau d'un Kripos encore désert et silencieux à cette heure matinale, Jonas Lund Hagen parcourait la liste des affaires en cours sur l'écran de son ordinateur. A priori, il n'avait pas le choix, il allait devoir envoyer Jan Melum à Longyearbyen, mais le chef de la brigade des homicides redoutait de l'appeler. Non seulement celui-ci était en vacances pour une semaine, mais en plus il avait prévenu qu'il ne voulait pas bosser sur des affaires impliquant des enfants. Lund Hagen n'avait jamais demandé pourquoi, mais il savait que c'était lié à une enquête que Melum avait menée avant d'arriver au Kripos.

Et qu'en était-il de cette nouvelle qui venait juste d'arriver dans le service ? Elle s'appelait comment déjà… Veronica ? Non. Harriet. Elle avait obtenu d'excellents résultats à tous les tests et on la disait vive et consciencieuse. Mais Lund Hagen savait que ça ne marcherait pas. Elle manquait d'expérience, elle n'avait encore jamais dirigé une véritable enquête et, à sa connaissance, elle n'avait jamais mis les pieds au Svalbard.

Non, il n'avait pas le choix, il allait devoir envoyer Jan. Celui-ci avait déjà travaillé sur un homicide au Svalbard, ce qui n'était pas négligeable, et il comptait parmi les meilleurs éléments du Kripos. Et puis il ne s'agissait pas d'un meurtre, mais d'une fillette qui avait disparu. Il se pourrait tout à fait que l'affaire soit élucidée avant même que l'avion n'atterrisse dans l'archipel.

Lund Hagen soupira, puis saisit le combiné du téléphone. Il fallait avertir Jan Melum au plus vite s'il voulait que celui-ci arrive à temps à l'aéroport de Gardermoen pour un départ à 9 heures.

"La voiture de Steinar Olsen." Le rédacteur en chef du *Svalbardposten* parlait fort. Anne Lise Isaksen avait mis le téléphone sur haut-parleur et sa voix résonnait dans la pièce. "C'est bien une Subaru blanche ? Qui a environ cinq ans et qu'il a achetée d'occasion ? Il s'est bien fait arnaquer d'ailleurs. Il l'a payée beaucoup trop cher. Cette caisse a passé plus de temps au garage que sur la route.

— Oui, ça peut correspondre, répondit Anne Lise Isaksen. Nous avons cherché la voiture. Et maintenant, si je comprends bien, vous l'avez localisée ?" Sa voix était neutre.

Mais le rédacteur en chef voulait quelque chose en contrepartie de ses informations. "Que pouvez-vous dire à propos des recherches effectuées jusqu'ici ? Avez-vous retrouvé la trace des deux personnes portées disparues ? Tout porte à croire qu'il y a eu un accident, non ?

— Vous en savez autant que nous. Nous cherchons Ella Olsen et son père, et rien n'indique que nous soyons en présence d'un acte criminel. Ils sont très probablement partis passer un petit moment dans un chalet ou un refuge et ignorent que nous les cherchons."

La réponse ne sembla pas spécialement satisfaire le journaliste. "OK, je vois. Je peux très bien écrire que vous avez dit ça. Mais vous et moi savons pertinemment que les équipes de secours de la Croix-Rouge ne seraient pas dehors en train d'inspecter les congères avec des sondes et des chiens s'il n'y avait pas un très gros problème.

— Nous n'avons aucune raison de croire...

— Et en plus, ajouta le journaliste d'une voix triomphante, si Steinar Olsen et sa fille étaient partis se promener en montagne, pourquoi sa motoneige serait-elle garée devant leur maison et sa voiture près du terminal du téléphérique?"

La Store Norske ne s'était résignée que quelques années auparavant à ne plus convoyer le charbon extrait dans les mines par des bennes suspendues à tout un réseau de câbles qui couraient au-dessus de la ville. Le téléphérique fut remplacé par des camions. La décision n'avait pas été facile à prendre. Les gens de la direction avaient pour la plupart grandi dans une cité minière à l'ombre des énormes pylônes en bois qui maintenaient les câbles en l'air. Le bruit des grosses poulies glissant sur le métal, celui des bennes arrivant en gare et faisant demi-tour et puis le choc sourd émis quand elles atteignaient le terminus ; la poussière de charbon qui flottait au-dessus de Longyearbyen et qui couvrait la neige de suie à l'endroit où passait le téléphérique... À l'époque où celui-ci fonctionnait encore, les habitants savaient toujours quel jour ils étaient. Le dimanche, par respect, les bennes s'immobilisaient durant quelques heures au moment de la messe.

Le terminal du téléphérique se situait à Skjæringa, au-dessus du bureau du gouverneur. Il s'agissait d'un énorme bâtiment, ou plutôt d'une sorte de machine, qui en son point le plus haut s'élevait à plus de vingt mètres au-dessus du sol. La structure ressemblait à une espèce de construction étrange et démente posée sur de grandes pattes d'insecte et dont la multitude de câbles d'acier tendus de part et d'autre au-dessus de la ville formait une immense toile d'araignée. Les bennes contenaient jusqu'à sept cents kilos de charbon et le téléphérique pouvait transporter quatre cents bennes par jour jusqu'à Hotellneset.

Puis les vieilles mines fermèrent, les unes après les autres. La Mine 1, l'ancienne mine des Américains, ouverte en 1906 par John Longyear et reprise par la Store Norske en 1916, fut désaffectée dès 1920 après qu'un coup de poussier eut illuminé une partie de Longyearbyen en projetant un violent éclair dans la tour d'extraction. Un site capable de tuer vingt-six hommes en une seule journée était trop dangereux. Un site déjà maudit de tous, qui plus est, pour avoir causé tant de problèmes contre si peu de charbon en retour. Malgré tout, c'était ici qu'avait commencé l'aventure de la Store Norske Spitsbergen Kulkompani.

Par la suite, l'exploitation du charbon se développa et les carreaux apparurent sur les versants à pic des montagnes. Il n'en restait plus grand-chose aujourd'hui, que des constructions fantomatiques en ruine, à moitié irréelles, qui dominaient la ville. Des endroits sombres abritant des peurs et des superstitions parties depuis longtemps avec les hommes qui croyaient en elles.

La Mine 7 finit par être la seule encore en activité, mais la distance à parcourir entre la montagne de Platåfjell et le terminal du téléphérique tout en bas était trop longue, ce n'était absolument pas pratique.

Il n'était plus rentable d'entretenir l'ancien moyen de transport.

Plus d'une fois, lors de nuits d'insomnie, les habitants de Longyearbyen avaient pesté contre le bruit sourd de ces fichues bennes qui se balançaient au-dessus de leur tête. Mais quand le dernier wagon fut réceptionné au terminal du téléphérique, puis accroché et verrouillé pour un nombre indéterminé d'années, un silence étrange s'installa. Et longtemps après que les couinements du métal se furent tus, c'était ce silence la nuit qui rappelait aux gens un manque dont ils parlaient peu. "Longyearbyen n'est plus une cité minière, c'est comme ça, c'est tout, le monde change", disait-on avec mélancolie.

La Store Norske n'avait pas eu le cœur de démolir le vieux et fidèle terminal du téléphérique, qu'on avait pourtant tellement maudit. Dans la salle de commande, là où les bennes étaient autrefois aiguillées, les radiateurs restaient allumés tout l'hiver. De temps en temps, les gens qui passaient devant pouvaient entra-percevoir de la lumière aux fenêtres. Les gens de la Store Norske savaient bien que ce n'était qu'une lampe au-dessus du bureau de la salle de commande mais, quand même, c'était comme si le bâtiment attendait, dans le froid et l'obscurité de l'hiver.

Tom Andreassen et Erik Hanseid prirent le 4x4. La route qui montait au terminal du téléphérique restait ouverte tout l'hiver grâce au passage du chasse-neige. D'imposantes congères entouraient un entrepôt abandonné situé un peu plus loin, mais ils ne virent aucune trace de voiture. Le terminal s'élevait au-dessus d'eux, perché sur des sortes de grands échafaudages en fer. Des écrous et des vis énormes fixaient l'armature brute. Il fallait une structure solide pour supporter la charge des bennes pleines en mouvement. Les rares fenêtres du bâtiment étaient noires, mais entre la route et le terminal du téléphérique, ainsi qu'autour de l'échelle en fer qui menait là-haut, la neige avait été largement piétinée. Et il y avait aussi des marques de pneus de voiture.

Sans s'éloigner de leur véhicule, les deux policiers examinèrent le sol et les environs. Il n'y avait aucune lampe, que ce soit au-dessus de la porte d'entrée ou tout autour du grand bâtiment, et le réverbère le plus proche n'éclairait pas jusque-là, mais la lune haute diffusait une lumière fantomatique et froide autour des énormes piliers de fer et de la grosse structure qui les dominait de toute sa hauteur.

"Il a dû nous entendre, s'il est là", dit Tom Andreassen. De la fumée blanche se dégagea devant son visage. "Où la Subaru peut-elle bien être ?

— Attends-moi ici." Hanseid contourna le bâtiment en bois en quelques grandes enjambées. Andreassen demeura près du 4x4, inquiet. Dans la ville en contrebas, les premières voitures commençaient à circuler. Des phares scintillaient sur la route. Des lumières s'étaient allumées dans les vitrines des magasins et aux fenêtres des bureaux. Mais sur les hauteurs, le silence était complet, aucun bruit ne lui parvenait de la vallée. Que ferait-il si Steinar Olsen ouvrait brusquement la porte et apparaissait en haut de l'escalier ? Le père et la fille étaient-ils cachés à l'intérieur ? Mais bon sang, qu'est-ce que ce type avait en tête ?

Hanseid revint vers lui. Il épousseta la neige sur les jambes de son pantalon et secoua la tête. Rien. Aucun signe de vie nulle part. Aucune voiture derrière l'entrepôt, que ce soit une Subaru ou une autre. "En tout cas, il n'est pas là-dedans, constata-t-il. Si jamais il a traîné par ici, il est parti. Le rédacteur en chef a dû se tromper. On peut toujours imaginer que quelqu'un de la Store Norske est venu ici pour s'assurer que tout était en ordre, non ?

— Je ne sais pas, mais il faut vérifier en tout cas." Andreassen leva les yeux vers le grand terminal au-dessus de lui.

— Oui, on peut toujours jeter un œil." Hanseid se dirigeait déjà vers l'échelle en fer. "Ne bouge pas. Ce ne sera pas long. Je me dépêche.

— Je ne suis pas infirme, non plus", rétorqua Tom Andreassen, contrarié. Il commençait à avoir froid aux pieds et ne voulait pas rester planté là. Qu'est-ce qui lui prenait à Hanseid ? Il y avait quand même des limites à son besoin de se mettre en avant. "C'est fermé à clé ?"

Mais la porte de la cage d'escalier s'ouvrit sans résistance. Les deux policiers ne trouvèrent aucun interrupteur dans la pièce et montèrent l'escalier à tâtons dans le noir. Quand ils arrivèrent sur la petite plate-forme au premier étage et sortirent pour rejoindre l'échelle en fer qui menait à la gare du téléphérique elle-même, il semblait faire presque jour à l'extérieur.

Hanseid grimpa le premier. L'échelle grinçait sous chacun de leurs pas. Tom Andreassen s'efforçait de ne pas regarder en bas. Le froid que dégageait le métal de la rampe s'infiltrait rapidement à travers le cuir de ses gants et le petit vent glacial sur son visage ressemblait à une mise en garde.

"Tu crois qu'elle est sûre cette échelle ?" murmura-t-il. Mais Hanseid ne répondit pas.

Ils finirent par arriver là-haut. Hanseid donna un coup dans une trappe en fer au-dessus de leur tête. Elle non plus n'était pas verrouillée. Elle s'ouvrit en crissant. Ils se hissèrent sur une plateforme et se retrouvèrent devant la petite porte du terminal. Et là encore, aucun cadenas, ni clé.

"Ça ne devrait pas être fermé ?" La nervosité était perceptible dans la voix de Tom Andreassen et les deux hommes continuaient à parler tout bas. En même temps, ils savaient que si quelqu'un se trouvait à l'intérieur du bâtiment, il serait surprenant que cette personne n'ait pas entendu les couinements de l'échelle en fer.

Tom Andreassen regarda longuement autour de lui, bouche bée. L'énorme hall, prolongé par une ramification de pièces plus petites, de couloirs et de quais de débarquement qui partaient dans tous les sens, était la pièce la plus farouchement désolée qu'il ait jamais vue. Les murs sales s'effritaient. Ce n'étaient en fait que de simples plaques de tôle ondulée peintes dans un gris hideux. Des passerelles en fer, des grandes poutres d'acier, des câbles et des fils électriques étaient suspendus au-dessus de leur tête. La charpente du bâtiment était construite en bois, à partir de rondins mal dégrossis, maculés de poussière de charbon et abîmés par les années. Le long des murs, il aperçut de vieux casiers en fer, des bennes de différentes tailles mises au rebut, un container éraflé peint en rouge à côté duquel gisait tout un bric-à-brac. Les meneaux intégrés aux rares fenêtres ressemblaient à des grilles. Même dans le froid intense, on pouvait sentir l'odeur aigre et âcre de la poussière de charbon et de l'huile de graissage.

"Mon Dieu, dit-il en avançant légèrement, personne de sensé n'amènerait un enfant ici."

Le sol était constitué de fines lattes de bois posées à même les plaques de fer. La poussière de charbon qui le recouvrait ne permettait pas de voir s'il avait un jour été peint. Il fit quelques pas prudents, tout en sortant une lampe de poche de son blouson. Mais la lumière crue ne changea pas grand-chose. L'endroit était tellement immense que l'étroit cône de lumière ne révélait que les détails sur les murs juste à côté de lui.

Le plancher craquait, mais il semblait toutefois assez sûr. De la neige s'était introduite par les trappes ouvertes à travers lesquelles passaient les bennes autrefois ; elle formait des petits tas ici et là. L'endroit où l'on réceptionnait et renvoyait les berlines se trouvait tout en haut sous le plafond et, dans l'obscurité, on ne percevait de celui-ci que le contour des poutres et des structures en métal. Une flaque d'une substance noire s'était répandue sur le plancher près du container cabossé. Tom Andreassen sentit la peur lui couper le souffle. "Non, se pourrait-il que…" Il refoula cette pensée. Un peu plus loin dans la pièce, il s'aperçut qu'il s'agissait en fait d'huile de graissage durcie par le froid qui avait coulé d'un bidon percé.

Erik Hanseid, qui n'avait pas quitté le pas de la porte, n'était guère plus qu'une ombre.

"Tom, tu vois bien qu'il n'y a personne, cria-t-il. Ça ne sert à rien de chercher plus longtemps. Viens, on retourne au bureau. C'était une fausse piste. Dieu sait ce que le rédacteur en chef a vu. Peut-être a-t-il seulement bluffé pour entrer en contact avec le gouverneur et essayer d'obtenir des infos. Allez viens, Tom, je suis gelé."

Mais Tom Andreassen l'ignora. Il lui avait semblé entrapercevoir comme une lumière. Il contourna avec précaution le container et découvrit au beau milieu du terminal une pièce beaucoup moins grande, en planches et en plaques de tôle ondulée. Une rangée de fenêtres courait sur la partie supérieure des murs. La petite construction ressemblait à une sorte de baraque de chantier. La lueur d'une lampe se reflétait doucement dans une des fenêtres.

"Viens voir, Erik ! Il y a une espèce de petite cabane en plein milieu du hall. Et il y a de la lumière à l'intérieur." Tom Andreassen avait disparu derrière le container.

Hanseid le rejoignit à contrecœur. "Il doit s'agir de la salle de commande, d'où on dirigeait le convoyage du charbon jusqu'au quai d'expédition sur Hotellneset. Le terminal ne sert plus depuis des années, c'est sûrement fermé, de façon à ce que personne ne pénètre à l'intérieur et ne saccage les installations électroniques. Laisse tomber. La gamine n'est pas là. Et Steinar Olsen non plus."

Hanseid avait saisi le bras de Tom Andreassen, mais celui-ci se dégagea brusquement. "Erik, maintenant tu arrêtes ! Nous allons retourner chaque caisse et fouiller cette satanée pièce de fond en comble. Et nous resterons ici jusqu'à ce que je donne le signal du départ, et je me fous du froid qu'il fait."

La porte du petit bureau était ouverte. La pièce s'avérait agréablement tiède, en tout cas comparée au reste du terminal. Un long pupitre plein d'instruments et de tableaux de contrôle était accolé à une rangée de fenêtres. La lumière que Tom Andreassen avait vue de l'extérieur venait d'une lampe de bureau retournée sur un de ces tableaux. Il y avait un vieux canapé de cuir marron contre le mur du fond et, devant celui-ci, une table basse. Une cafetière était posée sur le dessus d'une armoire à archives. Le pupitre était jonché de piles de vieux dossiers et de papiers poussiéreux. Une bouteille de champagne vide et deux verres à pied en plastique traînaient sur la table basse.

"Merde alors, qu'est-ce…" Andreassen venait d'apercevoir un plaid sur un des accoudoirs du canapé. Celui-ci ne pouvait pas être là depuis longtemps. Il s'approcha, le prit. La couverture semblait toute neuve et propre. Une légère odeur de parfum se répandit dans la pièce. Il la remit à sa place. "Bon sang… Mais qu'est-ce qui s'est passé ici?" s'exclama-t-il en secouant la tête, incrédule. "Ça ne devrait pas être si difficile que ça à découvrir, cela dit."

Erik Hanseid, près de la porte, observait l'autre policier d'un air inquiet. Au bout de quelques secondes, il détourna les yeux et regarda par la fenêtre les contours sombres des installations du téléphérique à l'extérieur. Il murmura : "J'avais espéré pouvoir ranger un peu avant que quelqu'un ne monte ici. C'est moi qui…

— Qui quoi ?" Andreassen le dévisageait sans comprendre.

"Eh bien… comme tu le sais, j'étais seul ici avant Noël. Ma femme ne m'a rejoint que fin décembre. Et Line Bergerud est très mignonne. Oui, quelle femme ! Nous nous sommes rencontrés de temps en temps, tout à fait par hasard au début… et puis, et puis voilà, c'est tout. Tu comprends, Tor n'est pas tout à fait… Disons, qu'il se fout… oui, comment dire… il ne s'occupe pas trop d'elle…

— Et tu crois ces conneries, toi?" Tom Andreassen n'avait pas le souvenir d'avoir éprouvé une telle colère depuis longtemps. Il se tenait près de la table basse, les poings serrés. "Mais c'est un collègue, bon sang! Je me trompe ou tu étais avec lui dans le Sorgfjord cet hiver? Et c'est lui qui vous a ramenés en vie après avoir dû atterrir en catastrophe en pleine tempête de neige si je ne m'abuse? Et toi, tu couches avec sa femme dans cet endroit dégueulasse?"

Erik Hanseid répondit vite, butant sur les mots. "Tu comprends, on ne pouvait se rencontrer ni chez moi ni chez elle. À l'époque, je te rappelle que j'habitais le studio de fonction du bureau du gouverneur et Line a pour voisine l'autre commère, là, qui travaille comme guide... Trulte Hansen. Qu'est-ce que tu voulais qu'on fasse? Qu'on aille à l'hôtel, peut-être? Là, au moins, on était à peu près sûrs de ne pas être découverts. Je veux dire, personne ne grimpe jusqu'ici en plein hiver..." Tom Andreassen gardant le silence, il poursuivit. "Mais dis, ce n'est peut-être pas la peine de faire tout un foin de cette histoire? Il suffit juste d'informer les autres qu'on n'a trouvé aucune trace de Steinar Olsen et sa fille. Et puis je viendrai ranger ce soir. Personne n'a besoin de savoir pour ici, tu ne crois pas?" Erik Hanseid suppliait l'autre policier du regard.

Le visage de Tom Andreassen se tordit de mépris. Il s'apprêtait à répliquer, quand ses yeux tombèrent sur une petite chose jaunâtre qui gisait derrière la porte entrouverte. "Je pense que tu te trompes, dit-il lentement, et tu ne toucheras à rien dans cette pièce. Et malheureusement pour Tor Bergerud – vous deux, je m'en fous –, tout le bureau du gouverneur, et probablement toute la ville ou presque, seront bientôt au courant de ce qui s'est passé ici."

Il contourna la table basse d'un pas lourd, écarta Erik Hanseid de la main, et repoussa la porte afin de pouvoir attraper l'objet en question : un petit nou-nours jaune. Sur l'étiquette avec les instructions de lavage, cousue à une de ses pattes, il y avait quelque chose d'écrit au marqueur. Il se retourna et plaça le morceau de tissu sous la lampe posée sur le pupitre. "Ella", lut-il à haute voix.

XI

INVISIBLE

Vendredi 19 janvier, 16 h 30

Le gouverneur Anne Lise Isaksen était dans son bureau en train de trier de vieux papiers qu'elle aurait dû jeter depuis longtemps. Elle entendait les portes s'ouvrir et se fermer dans le couloir ; les gens finissaient ce qu'ils avaient en cours et rentraient chez eux. Le chef de bureau passa son crâne lisse et brillant dans l'entrebâillement de la porte et demanda : "Alors ? Beaucoup de travail aujourd'hui ?"

C'était un homme consciencieux, méticuleux, mais pas le genre de personne avec qui discuter d'une affaire. Le gouverneur sourit et agita les feuilles qu'elle tenait dans la main. "Il faut vraiment que je dégage une partie de tout ça. Bientôt je ne verrai même plus mon bureau entre les piles.

— OK. Dans ce cas-là, il ne me reste plus qu'à te souhaiter une bonne soirée. Pour ma part, c'est l'heure d'aller manger." Sur ce, il disparut dans le couloir d'un pas rapide.

Peu à peu les bruits se turent. À la réception, le téléphone sonna, mais l'appel fut transféré sur le répondeur automatique au bout de quelques sonneries. C'était Tom Andreassen qui était de garde ce soir.

Elle ressentit une pointe de mauvaise conscience. Ils étaient en sous-effectif, et l'absence d'un officier de police et d'un chef du service de la protection de l'environnement commençait à user les autres agents. En plus, leur attaché de presse passait plus de temps sur le continent qu'au Svalbard. Tom avait bien trop de choses à faire, vu qu'il assurait temporairement la direction du commissariat et que, en plus, il s'occupait de temps en temps de missions relevant normalement du service de la protection de l'environnement.

Anne Lise Isaksen avait rencontré le chercheur de l'Institut polaire norvégien une semaine auparavant. Il fallait qu'ils fassent quelque chose. Le chercheur avait été parfaitement clair sur ce point. Faute de preuve solide, il n'avait encore rien dit à la presse, mais si le gouverneur n'examinait pas son rapport sur les rennes abattus illicitement, il irait voir le *Svalbardposten*. L'Institut polaire tirerait la sonnette d'alarme sur le manque de suites donné à l'importante législation sur l'environnement que la majorité des politiciens sur le continent s'accordait à vouloir introduire.

Elle soupira. D'après le chercheur, des bêtes étaient illégalement abattues à l'est de Longyearbyen, et peut-être aussi au nord de la ville. Selon lui encore, il faisait désormais suffisamment jour pour partir en reconnaissance avec l'hélicoptère. Le sang ressortirait sous forme de taches noires sur la neige, affirmait-il. Mais qui pouvait-elle bien envoyer ? Elle n'avait guère le choix et devrait demander au nouvel agent, Hanseid. Il semblait à la fois compétent et dégageait une certaine autorité. Il serait bien aussi que le chercheur les accompagne pour les aider à localiser le troupeau.

Elle feuilleta distraitement les piles de documents. Quelques semaines plus tôt, elle avait tout trié et réparti dans trois corbeilles noires en plastique marquées "Reçu", "À classer", "À traiter". Mais ces corbeilles croulaient maintenant sous tout le courrier arrivé depuis et auquel elle n'avait pas touché. Il y avait beaucoup de choses à jeter, il fallait retourner certains documents aux archives et elle pourrait transmettre une partie des autres affaires à Tom Andreassen. Elle savait bien que lui-même les transférerait à Knut Fjeld qui, en raison de ses gelures aux pieds, devait autant que possible se cantonner au travail de bureau, pour le moment en tout cas. Or Knut était d'une efficacité redoutable. Il ne restait plus beaucoup de plaintes à traiter une fois qu'il avait épluché toutes les piles.

Au fur et à mesure, tous les bruits de fond familiers s'éteignirent. Elle remarqua qu'elle commençait à avoir un peu peur. Derrière les fenêtres, le vent s'était levé. De temps en temps, des rafales de neige mêlée de glace s'abattaient sur les carreaux en crépitant. Les réverbères sur le quai n'étaient plus que de vagues taches de lumière et de grosses congères se formaient peu à peu sur la route. Elle alla tirer les rideaux et, immédiatement, la pièce prit un aspect plus douillet. Le chef de bureau n'avait cependant pas fermé la porte en partant et les murs du couloir derrière celle-ci étaient pleins d'ombres menaçantes.

Elle frissonna et se força à ne pas penser qu'elle était toute seule dans le grand bâtiment vide. Il était temps de rentrer chez elle. Elle avait suffisamment rangé pour aujourd'hui. Elle s'occuperait du reste le lendemain. Elle devait se déplacer en voiture et il ne fallait pas qu'elle tarde si elle ne voulait pas rester bloquée dans la neige qui ne manquait jamais de s'amasser sur la route autour de Skjæringa.

En reposant un tas de documents sur la pile de courriers non traités, elle donna un petit coup dans celle-ci et tout tomba par terre. Agacée, elle se pencha pour ramasser les papiers et se retrouva assise avec une pile de lettres à la main. Elle lut le mot accroché dessus et reconnut l'écriture de Tom. *"Ce n'est probablement qu'une blague qu'un petit plaisantin aura trouvé rigolo de nous envoyer, avait-il noté. Rien de concret. Trop peu d'éléments pour enquêter. Je n'y touche pas jusqu'à ce que tu m'en parles. Comme tu peux le voir, les enveloppes ne portent pas le cachet de la poste. On a dû les déposer directement à la réception, mais la secrétaire ne se souvient pas qu'on les lui ait remises."*

Les enveloppes étaient jointes aux lettres. Elles étaient agrafées sur le dessus et dissimulaient en partie le texte sur la première feuille. Il n'y avait pas non plus tant de choses que ça d'écrites sur chacune d'entre elles. Elle souleva l'enveloppe. Police Times New Roman, corps 20, pensa-t-elle sans même s'en rendre compte. Il n'y avait qu'une seule phrase. En plein milieu de la page. *"Quelqu'un doit mourir."*

Sept feuilles en tout. Sur la dernière, tout au-dessous de la pile, le texte avait changé, mais la mise en page et la police restaient les mêmes. *"Quelqu'un va mourir."*

Des semaines s'étaient écoulées depuis l'arrivée de Frøydis Hanseid au Svalbard, et tout s'était révélé bien différent de ce qu'elle avait imaginé. Elle détectait souvent une légère odeur de parfum sur la combinaison de moto et le blouson noir accrochés dans l'entrée. Les vêtements de son mari, le policier.

"Qu'est-ce que tu fais de ton temps pendant toutes ces heures, seule?" l'interrogeait-il parfois, avec une légère pointe de sollicitude dans la voix. "Tu ne pourrais pas te trouver une activité pour que les journées soient un peu moins longues? Un hobby. Un truc utile." Heureusement, Trulte Hansen, la veuve d'un certain âge qui habitait à quelques maisons de chez eux, lui avait demandé si par hasard elle n'aurait pas envie de travailler comme bénévole pour la fête du Soleil cette année-là. Maintenant au moins, elle pourrait toujours répondre à Erik qu'elle s'occupait de l'organisation de cette fête.

Frøydis avait en vain espéré que Tor Bergerud l'appellerait après ce samedi de début janvier. Peut-être craignait-il de tomber sur Erik? Elle réfléchit aux différentes façons de le rencontrer sans que cela semble prémédité. Au début, elle s'arrêtait au Kafé Busen à chaque fois qu'elle allait faire ses courses au supermarché. Mais les jours passaient et elle demeurait désespérément seule devant son café. Les femmes qui occupaient toujours la table ronde du fond la regardaient avec pitié et venaient régulièrement la voir. Cela commençait à devenir embarrassant de rester comme ça, à tourner sa tasse sur la soucoupe, les yeux rivés sur l'entrée. Elle finit par abandonner tout espoir de le rencontrer là.

Le couple Bergerud n'habitait pas loin de chez eux. Plusieurs fois par jour, elle faisait un petit crochet en descendant en ville et passait devant leur appartement. Elle pourrait prétexter, si besoin était, qu'elle n'avait pas de voiture, car son mari l'utilisait. Au début, elle passait d'un pas rapide sous leurs fenêtres, mais peu à peu elle commença à le chercher derrière les carreaux illuminés. Comme la plupart des gens, il oubliait à quel point on voyait bien de l'extérieur. Parfois, elle se tenait dans l'ombre d'une énorme congère et l'épiait si longtemps que ses pieds étaient complètement engourdis quand elle se décidait enfin à bouger pour éviter d'attirer l'attention.

Ce vendredi-là non plus, Erik Hanseid ne rentra pas chez lui après le travail. Comme d'habitude, c'était elle qui avait fait les courses au magasin. Normal, elle ne travaillait pas, après tout. Dès qu'elle ouvrit la porte de la maison, elle sut qu'il n'était pas là. Ce pressentiment était lié au silence ou peut-être à l'obscurité dans le séjour qu'elle apercevait par l'entrebâillement de la porte. Il n'y avait aucune botte de motoneige entourée d'une petite flaque de neige fondue, aucune odeur de café en provenance de la cuisine, aucune lampe allumée dans le salon et aucun bruit de radio ou de télé.

Elle posa les provisions par terre et se pencha pour délacer ses grosses chaussures d'hiver. Elle suspendit sa doudoune à une patère vide. Pourquoi n'était-il pas foutu d'être à la maison ? Ses joues s'empourprèrent sous l'effet d'une colère subite. À sa grande stupeur, elle sortit la boîte d'œufs du sac en plastique et la jeta contre le mur.

Il appela du bureau pour lui dire qu'une affaire venait de leur tomber dessus – une broutille en réalité, mais vu le manque de personnel… Elle lui répondit de sa voix douce habituelle qu'il ne devait pas se surcharger de travail comme ça et toujours accepter de faire le boulot à la place des autres, qu'il était trop gentil. Mais quand, quelques minutes plus tard, en repensant à une chose dont elle avait oublié de lui parler – une bagatelle –, elle le rappela, le téléphone sonna dans le vide.

Ce qui n'avait rien d'étonnant au fond, puisqu'il avait déjà quitté Skjæringa depuis belle lurette et était occupé à tout autre chose que son travail de policier. Line Bergerud avait téléphoné et demandé s'ils pouvaient se voir. Histoire de régler un problème. Elle soupçonnait son mari d'agir derrière son dos et voulait parer à toute éventualité.

Quand Erik Hanseid rentra chez lui quelques heures plus tard, Frøydis avait nettoyé les œufs cassés sur le mur. Une assiette contenant le dîner l'attendait devant le four à micro-ondes et sa femme était tranquillement assise dans un fauteuil près de la fenêtre du séjour. Il se plaignit d'avoir un boulot fou au bureau, mais aurait mieux fait de s'abstenir. Un étrange petit sourire apparut sur les lèvres de Frøydis qui, sur un ton étonnamment acerbe, lui rétorqua qu'il ne pouvait s'en prendre qu'à lui-même, qu'il était assez grand après tout, non ? Il sursauta en entendant sa voix. Soupçonnait-elle quelque chose ? Mais le coin d'où elle regardait vers l'extérieur n'était pas éclairé. Il ne voyait pas son visage.

Vendredi 26 janvier, 18 heures

Le vendredi suivant, Erik Hanseid rentra de bonne heure chez lui et proposa à Frøydis d'aller dîner au superbe restaurant Huset. Elle se prépara en se disant que c'était là une nouvelle chance et un nouvel endroit. Mais quand ils pénétrèrent dans le restaurant, elle comprit pourquoi Erik avait tant insisté. C'était l'anniversaire de Line Bergerud. Elle fêtait ses trente ans et les gens à sa table, grisés par tout le champagne bu, étaient bruyants. Erik ne pouvait décemment pas omettre de lui souhaiter bon anniversaire, et Frøydis se retrouva plantée seule au milieu de la salle.

Tor Bergerud, assis dos à la salle, ne l'avait pas vue. Il ne se retourna pas quand Erik s'avança vers eux. Mais quand, un peu plus tard dans la soirée, en se levant pour aller au vestiaire, il dut passer devant la petite table près de la porte d'entrée, il fut bien obligé de la saluer. "Bonjour, Frøydis. Cela faisait longtemps, bien trop longtemps…" Et l'air espiègle et complice, il lui fit un clin d'œil accompagné d'un petit mouvement de tête, comme s'il s'agissait d'une blague entre eux. Elle n'éprouvait rien d'autre que l'envie de pleurer, mais elle sourit, les yeux brillants, se tassa sur sa chaise et lui cria : "Appelle-moi alors ! Ça me ferait plaisir de te revoir. Fais-moi signe !"

À la table d'anniversaire, Line, les yeux plissés, les observait. Et quand Tor Bergerud revint, traînant dans son sillage une odeur de cigarette et d'alcool, elle se pencha au-dessus de la table, les mains derrière la nuque et ses longs cheveux blonds répandus sur ses épaules.

La soirée s'éternisa et Frøydis passa une grande partie de celle-ci seule. Le repas d'Erik refroidissait dans son assiette, mais elle n'alla pas le chercher. Elle but presque toute la bouteille de vin. Une fois le dessert fini, il ne lui restait plus qu'à rentrer chez elle. C'était la bousculade dans l'entrée. Tout le monde avait décidé de partir au même moment. En équilibre sur une jambe, elle essayait d'enfiler une de ses bottines. Le blouson de Tor Bergerud était accroché derrière elle et elle perdit l'équilibre quand, soudain, il se retrouva à ses côtés.

Il rit. "Décidément, tu es incapable de rester debout sur tes jambes…"

Line comprit aussitôt qu'il s'était passé quelque chose entre Frøydis et son mari. Et pour la première fois depuis très longtemps, cela la rendit furieuse. Non, mais qu'est-ce qu'elle croyait celle-là? Cette pauvre fille insignifiante aux yeux brillants et au visage frémissant de sentiments mal cachés? Line tourna vers son mari un regard menaçant. Il haussa les épaules et passa le bras autour de sa taille.

Erik Hanseid se fraya un passage jusqu'à eux et, faisant fi de toute retenue, demanda: "Vous allez dans un endroit sympa? Peut-on se joindre à vous? Il est trop tôt pour aller se coucher…"

Derrière eux, Frøydis se figea lentement sur place, un pied sur le sol froid et l'autre dans sa chaussure. L'humiliation lui écorcha la gorge comme un tesson qu'elle aurait avalé.

Elle étouffait dans le vestiaire, elle n'en pouvait plus. Il fallait qu'elle sorte. Dans sa précipitation, elle oublia que c'était Erik qui avait les clés de la maison. Et celui-ci ne tenta pas de la rattraper. Il resta dans l'entrée à débiter des bêtises avec une Line Bergerud entourée d'un cercle d'admirateurs. On aurait dit une flamme cernée par des ombres dansantes. Frøydis avait tant bien que mal enjambé une congère pour les regarder par une fenêtre.

De la neige avait pénétré dans ses chaussures et celle-ci, en fondant, lui brûlait la peau. Elle s'assit dans l'escalier de pierre et se déchaussa. Époussetta la neige sur les bas fins qui protégeaient ses pieds que, pendant quelques minutes, elle contempla, là, étendus devant elle sur la glace. Elle ne sentait plus rien. Même pas le froid. Elle finit pourtant par remettre ses bottines. Se leva et s'en alla. Il ne lui vint pas à l'idée d'attendre Erik pour qu'ils rentrent ensemble. Il était devenu insignifiant. Là où il aurait dû y avoir des sentiments pour lui – ceux qu'elle avait nourris à son égard depuis le jour de leur rencontre jusqu'aux premiers temps de leur relation, puis durant leur mariage –, il ne restait plus maintenant qu'un vide glacial.

Elle partit par la route de l'église, bien qu'il eût été plus court de prendre l'autre direction, par le pont. Mais elle n'était pas pressée de rentrer chez elle. Après une demi-heure de marche d'un pas cadencé et mécanique sur la route déserte, elle longea le petit cimetière. Les quelques croix de bois blanches enneigées penchaient légèrement. Elle était tellement pleine d'espoir en arrivant au Svalbard, mais maintenant elle se sentait comme morte et silencieuse au fond d'elle-même. Et la nouvelle Frøydis qui pourrait la remplacer dans cette noirceur n'était pas encore née.

Elle remonta jusqu'à Skjæringa, où la route se divisait. On était vendredi soir et elle croisa plusieurs petits groupes de promeneurs. Aucun d'entre eux ne remarqua Frøydis. Personne n'agita la main dans sa direction, ne la salua ou ne lui dit quoi que ce soit. Ils ne lui prêtèrent aucune attention, bien qu'elle passât juste à côté d'eux.

Frøydis n'avait jamais détesté personne auparavant. La vague chaude qui grandissait dans son ventre, qui se répandait dans sa poitrine et remontait dans sa gorge, ce sentiment puissant lui était inconnu. Elle n'aurait jamais soupçonné qu'il pût être aussi vigoureux. Jusqu'à ce jour, elle l'avait associé à l'impuissance et à l'échec. Elle éprouvait l'impression de marcher sur des charbons ardents.

Personne, cependant, ne la vit parcourir les rues d'un pas trébuchant, de plus en plus rapide, jusqu'à ce que son souffle se transforme en un halètement douloureux dans l'air glacial.

Tom Andreassen était de garde. Quelqu'un l'appela pour signaler qu'il avait vu une personne au comportement étrange dans le quartier de Lia. Il secoua la tête d'un air résigné en direction de sa femme qui venait d'entrer dans le séjour après avoir enfin réussi à endormir le petit dernier. Elle avait grandi à Longyearbyen et elle sourit en apprenant le motif du coup de fil. "Cette personne doit se comporter de façon vraiment bien étrange pour que cet homme réagisse. Mon chéri, je te rappelle que c'est le week-end. Il s'agit de quoi, d'après toi ? De quelqu'un qui court tout nu dans la neige ?"

Il la regarda tendrement. "Je reviens dès que possible. Tu as sans doute raison, c'est probablement quelqu'un de complètement saoul qui a perdu la tête. Le voisin a vu une ombre faire le tour d'une des maisons et il semblerait que le rôdeur regarde par les fenêtres. Or, toujours d'après le voisin, les locataires ne seraient pas là… on ne sait jamais, quelqu'un cherche peut-être à s'introduire chez eux ? Il trouvait ça assez désagréable.

— Je vois, je vois." Elle s'assit dans le canapé et alluma la télé. "Ne tarde pas. Il y a un film de Clint

Eastwood qui va bientôt commencer, *Un frisson dans la nuit*. Tu connais?"

Quand Tom Andreassen arriva devant la maison de la rue 226, l'ombre suspecte avait disparu. Le voisin qui l'avait appelé sortit en chaussons, avec un gros blouson sur les épaules. Il paraissait embarrassé, mais montra les empreintes profondes dans la neige.

"Qui habite là?

— C'est en fait un policier qui travaille pour le bureau du gouverneur. Vous ne le saviez pas? Erik Hanseid et sa femme." L'homme qui avait téléphoné semblait éprouver un vif besoin de justifier son appel.

"Mais pourquoi quelqu'un essaierait-il de s'introduire chez lui? Avez-vous déjà aperçu quelqu'un en train de rôder autour de leur maison auparavant?" Non, le voisin n'avait rien remarqué de tel. En revanche, il avait eu l'impression que quelqu'un épiait la maison de Tor et Line Bergerud, beaucoup plus bas sur la route. Ils restèrent un moment à se demander ce que cela pouvait bien signifier, tant et si bien que le voisin finit par être frigorifié et dut rentrer chez lui.

Tom Andreassen descendit la route, à l'affût d'une éventuelle personne au comportement suspect, mais il ne vit rien. Lia était parfaitement silencieux. De légers flocons de neige s'échappaient de la nuit polaire. Les ombres étaient noires et profondes entre les lampadaires. Par précaution, il sillonna un peu les petites rues alentour, aux aguets.

Quand enfin il gara la voiture noire du bureau du gouverneur devant chez lui, il était minuit et demi. À pas de loup, il monta l'escalier, passa devant les chambres où les enfants dormaient en ronflant légèrement, se déshabilla à côté du lit, sans allumer, et se glissa sous la couette où sa femme, dans une chemise de nuit en flanelle à fleurs, lui tournait le dos.

"Tu rentres tard, dis donc!" Sa voix était ensommeillée, à peine réveillée.

"Oui, tu sais comment ça se passe… J'ai fait un petit tour, mais c'était parfaitement calme à Lia. Je me demande qui c'était. Il y avait des traces de pas autour de la maison.

— Qui c'est qui habite là?" Elle parlait d'une voix un peu plus claire maintenant.

"Ils n'étaient pas chez eux. J'ai sonné. C'est la maison d'Erik et Frøydis Hanseid.

— Brrr, ça fait froid dans le dos." Elle ne s'était pas encore remise du film, qu'elle n'avait pas osé regarder seule jusqu'au bout tellement il était lugubre. "Pauvre Frøydis! Tu sais, il y a des gens dans cette ville dont on se sert avant de les jeter comme des vieilles chaussettes. Et certains ne s'en remettent pas.

— Mmm?

— Je veux dire, il n'y a pas tant de gens que ça du bon âge. À être disponibles, tu comprends. Évidemment certaines personnes ont plus de succès que d'autres et elles sont grisées par le pouvoir que ça leur donne. Mais au final, on se retrouve avec un petit groupe d'amis où tout le monde a couché avec tout le monde et certains en sont plus blessés qu'ils ne veulent bien le laisser paraître. Ce n'est pas sain, Tom. Tôt ou tard, ça risque de mal se terminer." Elle se retourna vers lui dans le lit et appuya sa tête sur sa main.

Mais Tom Andreassen ne répondit pas. Il dormait.

XII

L'EMBOUCHURE DE NORDPORTEN

Jeudi 25 janvier, 18 h 30

Les trois chalutiers tanguaient, tels des vaisseaux fantômes noirs, dans une glace de mer serrée et une houle légère. C'était la fin janvier et même s'il faisait nuit, l'équipage pouvait distinguer la terre au sud-est : une masse noire imposante dominée par une espèce d'éclat d'acier étincelant. C'était la glace, celle du grand glacier Vestfonna, qui réfléchissait le clair de lune et transformait le paysage en une sorte de porte ouvrant sur l'hiver de Fimbul*. Les crevettiers se suivaient à bonne distance. Ils étaient pris dans les glaces et à tout moment, celles-ci pouvaient se presser contre eux. Les bateaux risquaient alors d'être projetés les uns contre les autres ou, dans le pire des cas, de se briser entre les floes.

Dans la timonerie, le patron de l'*Edgeøya* lançait sans cesse des regards furtifs à l'heure. Mieux valait en effet garder un œil sur sa montre au moment du changement de marée. Ils étaient beaucoup trop près des terres. Il se murmura à lui-même qu'à marée basse,

---

* Dans la mythologie nordique, il s'agit de l'hiver qui dure trois ans et précède le Ragnarök, soit la fin du monde.

la glace se retirerait vers le nord et se relâcherait un peu le long des terres. À marée haute, au contraire, elle s'agglutinerait à proximité de celles-ci et serait entraînée dans le détroit devant eux. Or l'heure du changement de marée approchait. La mer allait commencer à monter. Il jugea cependant inutile de le dire aux patrons des deux autres bateaux : il était le plus jeune, son chalutier était le plus petit, et bien qu'il fût de construction beaucoup plus récente et mieux équipé que les deux autres crevettiers, c'était avant tout l'expérience qui comptait sur la banquise.

Les chalutiers étaient chargés à bloc de crevettes sauvages congelées et empaquetées. Ils se dirigeaient vers le sud-ouest, vers le continent, où ils déchargeraient leur cargaison et où l'équipage prendrait une pause bien méritée au cœur de l'hiver. Il s'agissait de descendre rapidement et de remonter encore plus rapidement jusqu'aux zones de pêche au nord du Svalbard afin de ne rien rater. Mais traverser le détroit de Hinlopen avec cette glace ? Non, c'était vraiment prendre un trop grand risque.

Le patron de l'*Ishavstrål* se rendit au fond de la timonerie, s'assit près de l'émetteur radio, souleva le micro et appela ses collègues sur le 2 346 MHz. De toute façon, là où ils se trouvaient, personne ne les entendait, se dit-il. Ils n'avaient croisé aucun autre bateau depuis qu'ils avaient quitté Ny-Ålesund avant de passer au large de l'île d'Amsterdamøy. Le chalutage de la crevette au nord du Svalbard était une spécialité que la plupart des patrons de pêche laissaient aux aventuriers les plus téméraires.

"*Polarjenta*, *Polarjenta*, j'appelle le *Polarjenta*. Ici l'*Ishavstrål*, 23 46. Vous m'entendez ?"

Il s'ensuivit une petite pause pleine de grésillements. "Ouais, j't'entends." Le patron du *Polarjenta*, un vieux crevettier de 87 pieds qui avait plus de vingt ans, s'embarrassait assez peu des formalités. "Qu'esse tu vas faire maint'nant?" L'idée de rester à clapoter au beau milieu du pack de l'océan Arctique qui les repoussait vers la terre le laissait perplexe. Les trois bateaux avaient cependant convenu de ne pas se quitter des yeux cette saison-là. Et Harald, le patron de l'*Ishavstrål*, avait une affaire à régler avec des types de Longyearbyen censés venir les rejoindre en motoneige avec des traîneaux pleins de marchandises à ramener sur le continent. Tout ça c'était le business de Harald, et ses deux autres collègues se gardaient bien d'y mettre leur nez. Harald obtenait toujours ce qu'il voulait – et sans qu'on lui pose la moindre question. Il possédait le plus gros bateau et il faisait bon être son ami dans les situations critiques. Plus d'un chalutier dans les eaux du Svalbard avait, en effet, bénéficié de son aide ou de son assistance avec un remorquage jusqu'au port le plus proche. Mais partir vers le sud en passant par le détroit, avec cette glace? Les deux autres patrons n'aimaient pas ça.

Harald pensait à voix haute dans la radio, sans mentionner l'affaire elle-même. "Y a pas l'choix, ma foi, ce s'ra dans le Sorgfjord. Putain, j'm'imagine mal pénétrer dans la baie de Kinnvik dans le Murchinsonfjord. Et puis ça s'ra aussi un peu plus court pour ceux qui viennent du sud par voie d'terre." Harald était né et avait grandi à Harstad, mais il pouvait parler d'une façon aussi relâchée que Jon à bord du *Polarjenta* qui, lui, venait du Gryllefjord. C'était inhérent à la profession.

Oddemann sur l'*Edgeøya* se mêla à la conversation. "J'aime pas ça. On va vraiment s'engager là-d'dans, tous les trois ? J'te rappelle, Harald, que j'ai un p'tit rafiot, moi, comparé à vous. La coque est pas renforcée contre la glace ni même classée. Idem pour le *Førkja**, ajouta-t-il en utilisant le petit nom du *Polarjenta*. C'est bientôt le changement d'marée. Et tu sais comme moi qu'y a d'quoi se faire du mauvais sang dans l'embouchure du détroit de Hinlopen. T'as à peine eu le temps d'tourner la tête qu'y a une putain de falaise de glace qui t'arrive dessus à une vitesse de 5 ou 6 nœuds."

Pour être tout à fait honnête, Harald ne mourait pas non plus d'envie de traverser cet endroit redoutable qu'était l'embouchure de Nordporten, mais il se disait que s'il parvenait à atteindre le Sorgfjord, qui se situait juste au sud de celle-ci, il serait à peu près à l'abri des changements de direction subits des glaces.

"Vous avez qu'à rester là, les gars, répondit-il crânement. J'y vais tout seul. Si vous avez pas d'mes nouvelles d'ici douze heures, vous pourrez venir nous chercher. Mais appelez pas le bureau du gouverneur tant que vous êtes pas sûrs qu'il s'agit bien d'une question d'vie ou d'mort. Je veux surtout pas avoir ces mecs dans les pattes."

Il n'était pas interdit d'entrer ou de pêcher la crevette dans le détroit de Hinlopen. Pas encore. Mais le gouverneur comme l'Institut polaire brûlaient de classer l'endroit en zone protégée et d'y interdire la

---

* Littéralement, *Polarjenta* signifie "la fille polaire" ou "la fille de l'Arctique" et *Førkja* "nénette" ou "nana".

pêche. De nouvelles directives relatives à la protection de l'environnement étaient en cours d'élaboration et les ministères qui avaient une section polaire ou toute autre sorte d'intérêts dans cette région étaient en ce moment même consultés. Le ministère de la Pêche n'avait pour sa part aucun parti pris sur la question : le chalutage de la crevette dans le détroit de Hinlopen était trop modeste pour représenter un enjeu économique quelconque et n'avait par conséquent de l'importance que pour ceux qui le pratiquaient. Les garde-côtes avaient reçu l'ordre de surveiller attentivement la pêche internationale dans la mer de Barents et dans l'espace maritime à l'est. Ils devaient bien sûr aussi surveiller les petits chalutiers opérant près des côtes du Svalbard, mais le manque de moyens ne permettait pas d'assurer une surveillance aérienne de ces zones et le nombre de bateaux était bien trop insuffisant pour couvrir correctement ces espaces maritimes colossaux. Même leurs bateaux ultrarapides ne pouvaient pas se trouver à deux endroits à la fois.

Dans le vieux fauteuil du bureau de la tour de contrôle de l'aéroport, l'opérateur de la Svalbard Radio piquait légèrement du nez durant une soirée de garde encore plus ennuyeuse que d'habitude. L'avion qui les reliait au continent avait atterri et était déjà reparti. Fin janvier, le trafic aérien entre Tromsø et Longyearbyen était loin d'être intense. Quelques passagers transis avaient rentré la tête dans les épaules pour affronter le froid en trottinant du hangar à l'avion. Mais une heure plus tard, l'obscurité et le silence régnaient de nouveau sur la piste. On avait éteint la rampe de balisage et seuls quelques avertisseurs lumineux encore allumés clignotaient dans leur coin. Des flocons de neige tourbillonnaient au bout de la piste d'envol, signe avant-coureur du mauvais temps que l'équipe de l'Institut météorologique annonçait depuis plusieurs jours. "Oui, oui", soupira l'homme de garde à mi-voix en se parlant à lui-même. Qui disait tempête de neige, disait aussi beaucoup de monde sur les ondes radio. Les chalutiers ne rentraient pas à quai sans y être absolument contraints et il arrivait qu'ils attendent trop longtemps.

Mais le temps était encore calme. Froid et clair par cette nuit de lune. Les étoiles emplissaient le ciel de points lumineux jusque sur la ligne d'horizon. Il alla se chercher un café et monta le son de l'émetteur radio. Il y avait d'ordinaire de quoi bien s'amuser en écoutant les fréquences que les bateaux utilisaient pour papoter entre eux. De la pêche, cependant, ils n'en parlaient jamais. Ni de leur position. Si un chalutier trouvait un bon banc, l'équipage préférait généralement garder cette aubaine pour lui.

Stålbas, le bateau des garde-côtes, avait quitté l'île de Bjørnøya et se dirigeait vers le nord, mais il reçut un contrordre et dut faire un détour par l'est de l'île de Hopen, où trois chalutiers espagnols pêchaient le cabillaud avec des filets aux mailles trop petites, apparemment. Deux chalutiers russes et un norvégien naviguaient au nord-ouest du Svalbard et trois bateaux de pêche norvégiens, qui avaient contourné l'archipel par le nord-ouest, se trouvaient maintenant à l'embouchure du détroit de Hinlopen. Il augmenta encore le volume de la radio. Il semblait, à les entendre, qu'ils envisageaient de repartir vers le sud en empruntant le détroit. Ils avaient perdu la tête ou quoi ? Cette route était purement suicidaire vu le temps annoncé à l'instant par l'Institut météorologique. L'opérateur se rongeait les ongles. Il hésitait. Devait-il appeler le bureau du gouverneur? Ou était-ce s'immiscer dans des affaires qui n'entraient pas à proprement parler dans les obligations professionnelles d'un opérateur de radiomaritime?

Le nom le plus ancien du détroit de Hinlopen est Vaigat, c'est en tout cas ce qui ressort des toutes premières cartes – où l'on reconnaît difficilement le Svalbard dans l'archipel représenté. Les linguistes et les historiens se sont longuement interrogés sur l'origine de ce nom étrange et sur son orthographe qui, curieusement, change sans arrêt : Weyhegats, Way gat, Waaigat, Vaigat… Pour certains, en néerlandais, il aurait signifié "par où entre le vent", ce qui est une description tout à fait pertinente de l'embouchure sud du détroit. Pour d'autres, Vaigat serait d'origine russe. Quoi qu'il en soit, c'est le nom qui figure sur la carte de Mercator de 1569. Peu de temps après, cependant, sur les premières cartes marines, le détroit apparaît sous le nom de De Straet van Hinloopen – précisons en passant qu'il est à cette époque mal placé, à l'ouest du Wijdefjord. Il porte alors le nom de Thymen Jacobsz Hinlopen, le directeur de la Noordsche Compagnie en 1617.

Une chose est sûre en tout cas, ce détroit impressionna les premiers explorateurs et cartographes. Les eaux autour de l'île de Nordauslandet furent de tout temps redoutées pour les puissants courants de marée et les glaces flottantes qui filent parfois à une vitesse meurtrière en évoluant dans le sens diamétralement opposé au vent. Aujourd'hui encore, plusieurs siècles plus tard, le détroit de Hinlopen reste mal cartographié, avec des bancs de sable traîtres et des récifs qui, à chaque fois qu'ils sont signalés, semblent se déplacer.

Le silence dans la salle de contrôle au sommet de la tour de l'aéroport fut soudain rompu par un appel radio, tirant brusquement l'opérateur de garde d'un rêve agréable mais parfaitement irréaliste. Il se racla plusieurs fois la gorge, puis saisit le micro : "Allô, Svalbard Radio, j'écoute. Qui a appelé ?
— Mais c'est quoi ce bordel ? Vous suivez ou quoi ? Et cette communication, je vais l'avoir oui ou merde ?
— Euh, oui. Qui dois-je mettre en contact ?
— *Ishavstrål*, j'ai dit. Ça fait plusieurs fois que je vous l'répète. Mais qu'est-ce que vous foutez à Longyaar ? Vous êtes tellement occupé qu'vous prenez même plus la peine de répondre aux pêcheurs, c'est ça ?" La voix était de toute évidence celle d'une femme parlant un dialecte du Nord très relâché, mais où pointait aussi un léger accent étranger difficile à situer. Or, l'opérateur de garde savait très bien à qui il avait affaire : la bonne femme hystérique du patron de l'*Ishavstrål*.

"C'est bon, *Ishavstrål*. Et quel numéro de téléphone madame désire-t-elle joindre ?
— Krestyan. Celui qui... Krestyan Ellingsen. J'connais pas son numéro."

Magnor soupira. "Donnez-moi quelques minutes." Cela sonna un bon moment chez Kristian Ellingsen, mais celui-ci finit tout de même par décrocher.

"L'*Ishavstrål* essaie de vous joindre", annonça brièvement l'opérateur avant de les mettre en relation.

"Allô ? C'est toi, Krestyan ? On se dirige vers le sud. Ce soir. Vous venez ?

— Oui.
— Ce sera le Sorgfjord.
— Mais, mais…
— Y a pas de mais. *Teikitorli-ivite**."

Sur ce, la conversation fut terminée. L'opérateur inscrivit les données sur le journal de bord. Il resta ensuite à se balancer sur son fauteuil de bureau, tout en tapotant sur la table avec son stylo-bille. Ils mijotaient quelque chose, quelque chose dans le Nord qui avait tout intérêt à s'effectuer durant la période la plus sombre de la nuit polaire. Et il pensait savoir de quoi il s'agissait. Mais devait-il pour autant appeler le bureau du gouverneur et leur en toucher discrètement un mot ? C'était là tout le problème du secret professionnel. Qui était censé lui avoir donné ces informations ?

---

* "C'est à prendre ou à laisser" *(Take it or leave it)*, dans un anglais revu à la sauce du Nord.

XIII

DES TÉMOINS

Vendredi 23 février, 14 h 30

Les policiers avaient supposé que la priorité de l'enquêteur du Kripos, à son arrivée, serait d'aller voir le terminal du téléphérique, mais Jan Melum avait d'autres projets en tête. "Serait-il possible de rassembler tous les enfants de l'établissement de Kullungen ? Je voudrais bien parler aux petits copains d'Ella Olsen, ceux avec lesquels elle avait l'habitude de jouer."

Il regarda l'heure. Il aurait pu s'imaginer faire bien autre chose un vendredi après-midi que d'être assis dans une voiture glaciale en route pour le centre-ville de Longyearbyen. Sa valise, pleine de vêtements de plein air chauds qu'il n'avait pas ressortis depuis des années, était posée à l'arrière.

"Les parents et le personnel risquent fortement de ne pas apprécier." Tom Andreassen avait le visage gris et les traits tirés par le manque de sommeil. "Et tous les messages laissés sur le répondeur, qu'est-ce qu'on en fait ?"

Knut Fjeld était de garde ce week-end-là, mais il avait déposé le téléphone à la réception. Le répondeur prenait tous les nouveaux messages qui affluaient. Personne au bureau du gouverneur n'avait jamais rien vécu de tel.

"Combien d'appels avez-vous reçus ?

— Dix-sept que nous avons pris au sérieux et une cinquantaine d'autres tellement abracadabrants que nous n'en avons pas tenu compte.

— Qu'une personne qui connaît bien la ville et ses habitants les écoute tous et les trie selon leur pertinence.

— Et le terminal du téléphérique ?

— Veillez à ce que le bâtiment soit fermé à clé et l'accès à cette zone barré. Je ne suis pas la bonne personne pour une enquête technique, il me paraît donc peu probable que j'en découvre plus que vous.

— Mais…" Tom Andreassen se gratta le crâne en faisant une grimace. "J'ai peut-être raté quelque chose. Cela va bientôt faire vingt-quatre heures qu'Ella Olsen a disparu.

— Tu as toi-même affirmé qu'il te semblait peu vraisemblable qu'une fillette aussi jeune ait pu monter là-haut toute seule, sans un adulte. Et nous savons qu'ils ont quitté les lieux, peut-être pour une autre cachette que nous risquons d'avoir du mal à localiser. D'après ce que j'ai compris, vous avez déjà cherché dans tous les endroits logiques, mais personne n'a interrogé les enfants qu'elle côtoie tous les jours. Il se peut qu'ils aient des choses à nous apprendre, un truc qu'Ella leur aurait confié avant de disparaître. Qui sait ? Peut-être était-elle au courant que son père passerait la récupérer, peut-être même connaissait-elle l'endroit où il voulait l'emmener ? C'est pourquoi il est urgent de leur parler."

Les parents amenèrent leur progéniture des quatre coins de la ville. Aucun d'entre eux n'avait protesté.

Ils imaginaient bien le calvaire que vivait Tone Olsen et étaient prêts à faire tout ce qui était en leur pouvoir pour aider, même s'ils restaient intimement persuadés que les enfants leur avaient déjà tout dit et qu'ils ne pourraient rien leur apprendre de plus. Les vestiaires se remplirent de combinaisons, de parkas et de grosses chaussures et le couloir ne tarda pas à être lui aussi réquisitionné. Tout ce petit monde fut expédié dans la grande pièce commune. On alla chercher des bancs et des chaises supplémentaires dans les salles d'à côté. Ils étaient tellement nombreux que les derniers arrivants durent rester debout, adossés aux murs.

Tom Andreassen avait demandé à Knut d'accompagner l'enquêteur du Kripos. Jan Melum se chargea d'expliquer comment se déroulerait l'interrogatoire des enfants et Knut fut impressionné par la façon dont il gérait la situation et son aptitude à canaliser cette grande assemblée de parents inquiets et de gamins bruyants. "Vous avez des questions avant qu'on commence ?" conclut-il.

Un des parents restés debout se détacha du mur : "Ça va prendre combien de temps tout ça ? Nous venions juste de nous mettre à table quand vous avez appelé." Les mécontents et les râleurs étaient toujours les premiers à poser des questions, songea Melum. Ceux qui avaient peur ne le faisaient en général qu'après, en tête à tête.

Les parents sortirent de la pièce les uns après les autres et Jan Melum s'installa sur un petit banc dans un coin. À la surprise de Knut, il ne tenta même pas d'engager la conversation avec les gosses ; il les laissa jouer autour de lui, en les observant attentivement. Au bout de quelques minutes, Knut remarqua, lui aussi, un petit groupe de garçons qui se tenait un peu l'écart. Ces derniers lançaient des coups d'œil furtifs et prudents aux policiers. Melum se leva, traversa tranquillement la pièce et s'assit par terre à côté d'eux.

"Salut", dit-il en regardant ailleurs, vers d'autres enfants qui jouaient un peu plus loin.

"Saluuuut." Ils observaient l'enquêteur d'un œil vigilant.

"T'es policier, toi?" La question venait du plus grand d'entre eux.

"Je suis policier, oui. Et je suis arrivé par avion hier pour aider le gouverneur. Vous avez compris qu'Ella Olsen n'était pas rentrée chez elle hier en fin d'après-midi? On a besoin de votre aide maintenant.

— C'est pas un homme d'abord, c'est une femme." Les gamins pouffèrent de rire. "La gouverneuse."

Melum sourit, lui aussi. "L'un d'entre vous aurait-il une idée de l'endroit où elle a bien pu passer? Ella, je veux dire?

— Petit de Kullungen, où es-tu? Que fais-tu?" Un chœur de voix d'enfants se mit à fredonner avec entrain.

"C'est ce que chante Ingrid quand on se cache", expliqua le plus petit. Il leva vers Melum un regard timide sous une longue frange. "Et dans ces cas-là on sort, parce qu'elle nous donne un gâteau."

Melum hocha la tête.

"J'ai un frère jumeau, mais Arne Odd et moi, on se ressemble pas, parce qu'on est pas monogigote." Le garçonnet donna un coup de coude à un des autres garçons et Melum vit l'air de famille entre eux. "Monozygote, tu veux dire?"

L'autre garçon se tortilla un peu. Manifestement il était timide, mais il voulait dire quelque chose, lui aussi. "Elle est restée bloquée. Moi, je guettais la porte à l'intérieur et elle est pas rentrée en même temps que les autres.

— Ferme-la!" Le garçon le plus grand était devenu écarlate.

"Mais c'est vrai. Elle est restée bloquée sous la maison. J'ai dû m'en aller parce que Heidi est venue me chercher, mais j'ai pas refermé la porte à clé. Elle est arrivée après…" Sa lèvre inférieure se mit à trembler légèrement.

Melum garda le silence et vérifia d'un coup d'œil que Knut avait bien entendu leur discussion. Knut hocha doucement la tête. "Tu veux dire qu'Ella est restée bloquée? Mais comment vous arrivez à aller sous la maison?

— Oh ben ça, c'est pas compliqué." Le garçon qui n'avait rien dit jusque-là voulait lui aussi participer à la conversation maintenant qu'un de leurs secrets était éventé. "Je peux te montrer si tu veux." Il se leva.

Au même instant, le téléphone portable de Knut sonna. Il sortit pour répondre.

"Knut? C'est Kjell. Je t'appelle du bureau où je suis en train d'écouter tous les messages que nous avons reçus ces dernières heures. Il y a un paquet de trucs sans intérêt. Du moins… pas vraiment sans intérêt, mais ce sont des choses qui n'ont absolument rien à voir avec la disparition de la petite. Il s'agit plutôt de ragots sur Steinar Olsen et les relations qu'il entretient avec sa femme. Deux ou trois tuyaux, cependant, n'ont aucun rapport avec la famille Olsen. À mon avis, il serait peut-être bien que vous interrogiez les gamins à ce sujet-là. Plusieurs personnes ont vu un homme grand et costaud rôder autour de Kullungen. Il se serait tenu dans l'ombre autour des bâtiments. Et si les gens ont réagi, c'est parce qu'il ne bougeait pas, comme s'il espionnait les gosses. Il faisait un froid de canard ces derniers temps, je comprends donc bien que les gens s'interrogent sur les raisons qui peuvent pousser quelqu'un à rester devant le jardin d'enfants pendant près d'une demi-heure.

— Effectivement, c'est étrange. Je transmets l'information à Jan. On est justement avec des petits qui semblaient sur le point de nous en révéler un peu plus, mais…"

Kjell Lode l'interrompit : "Autre chose encore. Un de nos informateurs affirme qu'il connaît peut-être l'identité de notre bonhomme, le voyeur, comme il l'appelle. Il refuse d'en dire plus, il va donc falloir aller le voir."

Tom Andreassen et Erik Hanseid étaient sceptiques. À leur avis, cette visite serait une pure perte de temps, alors que celui-ci était précieux. Ils se rendirent tout de même à Blåmyra pour parler à l'homme qui les avait appelés.

Celui-ci, célibataire, habitait au rez-de-chaussée d'une vieille maison qui abritait quatre logements. L'appartement, petit et spartiate, était presque aménagé comme une de ces cabanes rustiques où les gens vont passer le week-end. Un panier de bois pour la cheminée et divers équipements de sport traînaient dans l'entrée. Les fenêtres du séjour étaient dépourvues de rideau et les murs presque uniquement décorés de posters de motoneiges. La seule exception était une photo tirée d'un catalogue d'agence de voyage, avec *PATTAYA BEACH* écrit en majuscules dorées sur une plage de sable blanc.

L'homme, de toute évidence, était nerveux, maintenant que les policiers se tenaient devant lui dans son appartement. "Je ne sais pas, dit-il en passant la main dans ses cheveux clairsemés, je voulais juste vous avertir. Il y a tellement de bruits bizarres qui courent en ville."

Tom Andreassen enleva une pile de *Villmarksliv** du canapé et s'assit. Il adressa un signe de tête à Erik Hanseid qui, obéissant, s'installa dans un des fauteuils. L'homme prit le deuxième. "Vous avez donc vu un homme au comportement étrange devant le jardin d'enfants de Kullungen?" Le policier allait droit au but, sans s'embarrasser des présentations d'usage. Celles-ci s'avéraient en effet inutiles à Longyearbyen où tout le monde se connaissait. Il savait ainsi que l'homme en face de lui travaillait au bureau de poste et qu'il passait probablement tous les jours devant le jardin d'enfants sur le chemin du boulot. Il n'avait vu aucune voiture garée devant l'appartement.

L'homme soupira et se gratta le cou. "Oui", répondit-il enfin. Tom soupira intérieurement. Cela allait prendre du temps. "Je vois. Et savez-vous de qui il s'agit?" L'homme le regarda avec de grands yeux.

"Avez-vous identifié la personne en question?" Erik Hanseid tentait de lui venir en aide. "C'est le même homme à chaque fois?

— Oui." Puis il comprit qu'il devait en dire un peu plus. "Il n'y a pas grand-chose à voir. Seulement un jardin d'enfants. J'ai trouvé ça bizarre.

— Oui, évidemment. Mais pouvez-vous nous dire de qui il s'agit?" Erik Hanseid jeta un coup d'œil à Tom Andreassen. Il se foutait de leur gueule ou quoi?!

---

* Magazine consacré aux activités de plein air, la pêche et la chasse.

Mais Tom Andreassen comprenait mieux que lui l'homme assis en face d'eux. Comme beaucoup d'autres, il était venu au Svalbard dans l'idée d'y rester un an ou deux, puis il n'avait jamais quitté ce paysage arctique désertique et avait développé une sorte d'anxiété sociale. Il ne s'exprimait généralement que par monosyllabes, mais à partir d'un certain taux d'alcoolémie, il pouvait devenir difficile de le faire taire. Peut-être avait-il appelé la nuit précédente pendant une bringue.

Mais bon, quand même. "C'est quelqu'un de l'extérieur?" s'obstina Hanseid. Il n'était pas venu à l'idée de Tom Andreassen qu'il pouvait s'agir de quelqu'un qui ne vivait pas ici.

— Non." L'homme soupira. Andreassen aussi. Ils gardèrent le silence un moment.

"Café?

— Non, merci. Nous sommes sous perfusion de café depuis plus de vingt-quatre heures pour rester éveillés. Mais merci quand même." Nouveau silence. Les minutes s'écoulaient.

Tom Andreassen tenta de nouveau sa chance. "Vous savez que la situation est grave? La fillette a tout de même disparu depuis hier après-midi. Et il fait froid dehors." Il se demanda combien de fois encore il allait devoir répéter cette phrase avant que l'enquête ne soit close. "Nous pensons que c'est son père qui est venu la chercher, mais c'est étrange qu'il ne soit pas rentré chez eux, ou qu'il n'ait pas donné le moindre signe de vie.

— Steinar Olsen? Le nouvel ingénieur à la Mine 7?

— Oui, tout à fait." Andreassen comprit que son interlocuteur n'avait posé cette question que par pure rhétorique, histoire de se donner le temps de réfléchir.

L'homme avait le visage rouge. Il passa de nouveau la main dans sa chevelure dégarnie. "L'autre aussi, il est de la mine."

Puis ce fut tout. Ils eurent beau insister, tourner la question différemment, ils n'obtinrent rien de plus de sa part. Il murmura seulement qu'il en avait trop dit et qu'il ne voulait pas colporter des ragots, et puis au fond il ne savait pas si…

Jan Melum était assis dans le jardin d'enfants, les jambes étendues devant lui. Il y avait quelque chose que les petits essayaient de cacher aux adultes. Ils étaient manifestement sur la défensive, même si cela n'avait pas forcément un rapport avec la disparition d'Ella. Ce fut finalement Magnus qui lui parla du sixième homme. Malheureusement, malgré son expérience, l'enquêteur interpréta mal ses propos. Peut-être n'était-ce pas si étonnant, vu qu'ils étaient cinq dans leur petite bande. "Donc, ce sixième homme, c'est l'un d'entre vous ? Avec Ella, je veux dire ?

— Ella ? demanda Magnus déconcerté. Mais elle a disparu, Ella !" Il lança un regard désemparé à Kalle. Quand même, des fois, ces adultes, qu'est-ce qu'ils étaient durs à la détente ! Comment pouvait-on être aussi bête ? Le policier n'était-il pas justement là pour cette raison ? Parce qu'Ella avait disparu ?

"Mais elle est pas là, Ella. Elle a disparu. Comme ça", expliqua Kalle en accompagnant ses derniers mots d'un claquement de doigts. Il avait adopté un ton supérieur, maintenant qu'il était évident que ses copains auraient finalement besoin de son aide, malgré tout. En même temps, il était fâché contre Magnus qui ne pouvait pas s'empêcher de faire le malin.

"Le sixième homme, c'est un autre enfant ? Un de vos camarades ?"

J'y crois pas ! pensa Kalle, mais il baissa les yeux et s'abstint de tout commentaire. Magnus n'osait plus rien dire non plus. Mais les jumeaux, qui avaient presque deux ans de moins que leurs camarades, luttaient contre l'envie d'expliquer au policier qui était le sixième homme et l'un d'entre eux finit par craquer : "Le sixième homme, c'est le monsieur qui nous apporte des gâteaux.

— C'est pas des gâteaux, c'est des chocolats !" Kalle essayait de reprendre le contrôle de la situation et il jeta un regard sévère aux jumeaux. "Ils savent à peine parler parce qu'ils ont que 4 ans.

— C'est même pas vrai, d'abord, on a presque 5 ans ! s'écria le deuxième jumeau avec indignation. Et le monsieur, il veut savoir qui c'est le sixième homme. Alors dis-lui, toi, puisque t'es si fort.

— Mais, mais…" Kalle bégayait tellement il était furieux. "Y a pas de sixième homme ! C'est seulement un truc que les mineurs racontent.

— Et c'est qui alors le monsieur qui nous donne les chocolats, tu peux me dire ?" demanda Magnus d'une voix triomphante. Enfin il avait réussi à faire la pige à son meilleur copain qui voulait toujours commander. "Tu l'appelles comment toi, alors ?"

Jan Melum regarda Knut, qui s'était assis pas très loin. "Tu entends ça ?"

Knut hocha la tête et rapprocha un peu sa chaise. L'enquêteur du Kripos était toujours installé par terre. Les autres enfants étaient rentrés chez eux. Les parents du petit groupe restant attendaient dans le bureau d'Ingrid, rassurés par ce qu'ils avaient vu de l'interrogatoire en douceur de leur progéniture.

Melum consulta sa montre. Il était presque 18 heures, mais il ne voulait pas laisser partir les gosses. Il sentait qu'ils étaient à deux doigts d'obtenir de nouvelles informations. "Ça vous dirait un bout de pizza ? demanda-t-il. Je peux m'arranger avec Ingrid pour qu'elle aille vous en chercher.

— Et quelque chose à boire aussi, répondit Kalle. Moi, je veux un Coca. Sinon je me tais."

Knut éclata de rire en secouant la tête. "Ils regardent trop la télé. Je m'occupe de la nourriture et des boissons. Reste avec eux, Jan, et continue à les faire parler." Il se leva avec peine, les membres ankylosés, et étira ses jambes. Il remonta le couloir et passa la tête par la porte du bureau de la directrice. "Nous en avons encore pour un petit moment. J'espère que ça ne pose pas de problème." Quand il revint, il fut impossible de tirer des propos sensés des gosses pendant un moment. Mais la bouteille de Coca finit par être bue et les rares morceaux de pizza que personne n'avait pu avaler restèrent dans la boîte en carton.

"Alors comme ça, le sixième homme apporte des chocolats ?" demanda Jan Melum. Les petits hochèrent vivement la tête, repus et en confiance. "Il travaille au jardin d'enfants ?" Ils gloussèrent. "Il est marié avec quelqu'un qui travaille ici, alors ? Ou bien est-ce un des parents ?" Les gamins commençaient à échanger des regards incertains. "C'est peut-être le Père Noël ?" Maintenant ils se roulaient par terre et se poussaient en riant. "Non, c'est pas le Père Noël. Lui, il a un manteau rouge et une barbe blanche. De toute façon, on sait bien que c'est le père de Marte qui se déguise.

— Tu ferais mieux de trouver autre chose, je crois, suggéra Knut discrètement.

— Mais il vous apporte des chocolats ? Des gâteaux ?

— Oui, et des chewing-gums. Et puis des bonbons. Des fois aussi il amène des réglisses, mais ça, beurk, j'aime pas." C'était le plus petit des jumeaux qui venait encore de parler.

"Et qu'est-ce que vous faites dans ces cas-là ? Quand il vous donne les chocolats et tout le reste…" Jan Melum avait redouté de poser cette question. Knut retint sa respiration, lui aussi.

"Ben on les mange !" répondit Kalle en levant les yeux au ciel. Des fois, quand même… Et puis il commençait à en avoir marre, il voulait rentrer à la maison.

"Oui, ça j'ai compris, mais… Vous devez faire quelque chose en échange des chocolats ? Quelque chose que vous trouvez honteux ou dégoûtant. Ou douloureux…" Quatre paires d'yeux ahuris le regardèrent. Dieu soit loué ! pensa l'enquêteur du Kripos. Pas cette fois-ci.

Il poursuivit, l'air de rien : "C'est Steinar que vous appelez le sixième homme ? Le papa d'Ella. Il vous a apporté des bonbons hier ? Et puis, peut-être qu'Ella a quitté le jardin d'enfants avec son père ? Et que vous avez promis de ne rien dire ?"

Mais les petits étaient redevenus nerveux. Ils commençaient à se donner des coups de coude, à se chicaner. "Arrête, euh !" "Mais, me touche pas !" Et soudain Odd, un des jumeaux, fondit en larmes. "C'est pas d'ma faute, geignit-il, je pouvais pas rester à la porte à cause que Heidi est venue me chercher.

— Et où est-ce qu'on vous donne des bonbons ? demanda soudain Knut, toujours assis un peu plus loin. À l'intérieur ou dehors ?

— Dehors ! répondit Magnus d'un ton triomphant. On a une grotte secrète. Je viens de le dire !

— Comment s'appelle le sixième homme ? Il a un nom ? Comment vous l'appelez ?" Jan Melum bouillait d'impatience, il n'en pouvait plus.

Mais Knut, imperturbable, continuait à poser ses questions. "Tu crois que tu peux nous montrer votre grotte ? demanda-t-il à Kalle. Promis, on ne dira rien à personne."

Quatre petites silhouettes toutes colorées apparurent en haut de l'escalier à l'arrière du jardin d'enfants. Elles s'immobilisèrent et observèrent la cour déserte. "Hou là, là, c'est pas très rassurant ici", constata Magnus. Kalle lâcha un pfff méprisant. Il se retourna et, d'un geste crâne, fit signe à Jan Melum et Knut de le suivre. Ingrid Eriksen et certains parents se pressaient à la fenêtre illuminée du bureau de la directrice. Jan Melum leur avait demandé de rester à l'intérieur.

Les deux policiers virent aussitôt le trou dans la congère derrière les marches. Il était suffisamment grand pour qu'un enfant à plat ventre puisse s'y glisser, mais il semblait impossible pour un adulte d'y entrer. Jan secoua la tête. "Comment avons-nous pu rater ça ? Il serait possible évidemment de prendre une pelle et de dégager l'entrée, mais je préférerais qu'on y touche le moins possible.

— Il faut en tout cas qu'on essaie de pénétrer là-dedans." Knut n'exprima pas à voix haute ce qu'il redoutait. "Il faut savoir ce qui s'est passé."

Kalle avait la tête levée vers eux. Son regard passait de l'un à l'autre. Ils ne voulaient pas entrer ? Alors qu'ils les bassinaient depuis des heures avec cette

grotte ? Et maintenant ils voulaient rester à l'extérieur ?
"Vous voulez que je passe en premier ?" demanda-t-il avec impatience.

— Non, non." Jan Melum ne put réprimer un sourire. "Je pense qu'il vaut mieux que ce soit nous." Et à l'attention de Knut : "Tu pourrais imaginer… ? Tu comprends, je suis un peu claustrophobe…"

Le policier s'agenouilla et essaya de presser son corps dans l'ouverture. "Il fait nuit noire là-dedans." Sa voix était assourdie par la neige. "Je ne vois rien du tout."

Kalle se pencha vers lui. "Rampe encore un peu et tu vas arriver à la grotte. Là-bas, on a fait des trous qui laissent passer la lumière." Il se sentait grand et important. "J'y vais", déclara-t-il à l'enquêteur du Kripos, et avant même que celui-ci ait eu le temps de réagir, le petit fond de pantalon bleu foncé s'était engouffré dans la neige à la suite de Knut.

Il s'ensuivit un long silence. Magnus et les jumeaux finirent par s'impatienter et voulurent rejoindre Kalle, mais Jan Melum les en empêcha. "Il vaut mieux qu'on reste ici." Puis au bout d'un moment : "Alors comme ça hier, le sixième homme vous a donné des bonbons que vous êtes allés manger dans le trou et après, Ella n'est pas rentrée en même temps que vous ?"

Il avait réussi à leur tirer les vers du nez et connaissait maintenant leur technique qui consistait à ce que l'un d'entre eux guette la porte et la garde ouverte afin que les autres puissent se cacher pour rester dehors un peu plus longtemps. Mais la veille, Ella n'était pas rentrée avec eux, elle était restée bloquée dans une galerie de neige sous la maison, et le jumeau qui surveillait la porte de la cour avait dû quitter son poste avant qu'elle ne revienne et la laisser ouverte. "Tu as bien fait, finalement", affirma Melum en baissant les yeux sur le garçonnet, dont le petit visage malheureux s'illumina de soulagement.

Knut ressortit en rampant, le visage rougi par le froid et l'effort. "Ça correspond bien à ce qu'ils nous ont raconté. C'est une bonne cachette pour des gosses, mais il est presque impossible pour un adulte d'y pénétrer. Je me suis pris un paquet de neige dans le cou." Il retira son blouson et le secoua.

Enfin la petite troupe put rentrer chez elle. Les parents brûlaient de savoir ce qu'ils avaient manigancé sous le jardin d'enfants. Le regard de Jan Melum croisa celui de Kalle. "Rien, répondit-il, on voulait juste vérifier quelque chose." Kalle trouva que c'était bien répondu pour un adulte et se dit que, tout compte fait, il serait peut-être policier quand il serait grand.

Les deux policiers s'attardèrent encore quelques minutes dans le bureau de la directrice après le départ de tout le monde. Il était près de sept heures et demie.

"Alors ? Qu'en penses-tu ?" L'enquêteur du Kripos paraissait déjà épuisé, songea Knut.

"On ne peut jamais être sûr, mais rien n'indique que la fillette ait été enlevée. Les gens d'ici ont eu l'œil sur elle jusqu'aux dernières minutes qui ont précédé sa disparition. Une des assistantes l'a aperçue dans le vestiaire une fois que tous les autres gosses étaient rentrés de la cour. Nous savons donc qu'elle n'est pas restée sous la maison.

— Et dire que nous n'avons jamais compris où ces petits malins se cachaient ! s'exclama la directrice dépitée. J'avais bien remarqué ce trou dans la congère, mais il ne me serait jamais venu à l'esprit qu'ils auraient l'idée de se glisser sous le bâtiment au beau milieu de l'hiver quand il fait aussi noir.

— Le monde des enfants n'est pas le même que le nôtre." Jan Melum semblait triste. "Ils voient d'autres choses que nous. Et ils ont une capacité à endurer les épreuves que les adultes ne peuvent même pas imaginer.

— Mais qu'en est-il des empreintes de l'autre côté de la cour ? Le passage creusé dans la neige qui remonte jusqu'au Hilmar Rekstens vei ?" Ingrid Eriksen regardait Knut. Il avait insisté à de multiples reprises pour que personne ne traîne à proximité de cette zone avant que celle-ci ne soit ratissée par la police.

"Bon sang !" L'enquêteur du Kripos se redressa sur sa chaise. "Un peu plus et j'oubliais. Tu as effectivement mentionné ces traces de pas dans ton rapport, Knut. Au temps pour moi. Où se trouvent-elles ?"

À cet instant-là, le téléphone portable de Knut se remit à sonner. "Je le prends, dit-il. C'est sûrement Kjell Lode qui a découvert autre chose parmi la tonne de messages." Mais il savait très bien que ce n'était pas le conseiller du patrimoine qui l'appelait. Le nom de Hannah Vibe s'était affiché sur le petit écran. Celle-ci était infirmière et plus qu'une amie pour Knut. Il sortit dans le couloir.

"Hannah ?

— Knut, mon Dieu ! Knut, il faut que tu viennes. Tout de suite !

— Mais Hannah. Qu'est-ce qui t'arrive ? Qu'est-ce qui se passe ?

— Le… le magasin… viens… insoutenable, Knut. Même pour moi." Elle parlait de façon incohérente, sanglotait. Hannah qui était toujours si maîtresse d'elle-même. Jamais il ne l'avait sentie ébranlée à ce point. Il l'avait connue en colère, éventuellement. Mais jamais sous le choc, comme à ce moment-là. En tant qu'infirmière au Svalbard, elle en avait vu des vertes et des pas mûres. Les accidents sur l'archipel étaient souvent dramatiques, sanglants et brusques.

"Hannah, calme-toi. Je suis là dans deux minutes. Mais tu peux me dire en deux mots ce qui est arrivé?"

En écoutant le bégaiement, la voix blanche et saccadée, il réalisa peu à peu ce qui était en train de se dérouler devant le Svalbardbutikk. Le visage gris, il retourna dans le bureau de la directrice. "Je dois absolument courir au supermarché, tout de suite, annonça-t-il. Un truc terrible est en train de se passer là-bas. Une voiture s'est enflammée sur le parking. Et manifestement, il y avait un homme à l'intérieur. Ses vêtements ont pris feu." Knut se précipita dans le couloir, plongea ses pieds dans ses grosses chaussures et enfila son manteau à la hâte. De l'escalier, il pouvait voir les flammes qui illuminaient les maisons juste derrière la Grand-place. Des cris affreux parvenaient jusqu'au jardin d'enfants.

XIV

LE SORGFJORD

Vendredi 26 janvier, 17 h 30

Kristian et Lars Ove quittèrent la ville en faisant le plus de ramdam possible, que ce soit au volant de leurs motoneiges pour remplir leurs réservoirs et les jerrycans d'essence, au Busen où ils burent un café rapide, ou encore au Karlsberger et au pub où ils s'arrêtèrent prendre un verre. Partout, ils veillèrent à discuter suffisamment fort pour que tous les gens autour d'eux les entendent, s'interpellèrent d'une voix tonitruante, marchèrent d'un pas lourd en traînant leurs énormes bottes de motoneige sur le sol et s'enquirent à la ronde de Steinar Olsen. "Mais il est passé où, ce clampin ? On n'a pas que ça à foutre ! Si tu le vois, dis-lui qu'on y va. Y a loin jusqu'au Wijdefjord."

Ils allèrent chercher plusieurs caisses qui étaient au frais depuis plusieurs semaines dans la remise à outils de Kristian, les arrimèrent aux traîneaux chargés à bloc et attachèrent leurs fusils à l'arrière des motoneiges. Plus personne à Longyearbyen n'était sans savoir que les trois copains de la Mine 7 avaient projeté de partir passer le week-end en montagne, avec un premier arrêt au refuge du Billefjord, avant de pousser jusqu'à la cité minière russe de Pyramiden, et peut-être même jusqu'au Wijdefjord. Et qui savait jusqu'où ils s'aventureraient dans celui-ci ? Pas étonnant qu'ils aient besoin d'autant de carburant et de provisions. Et ils ne rentreraient que tard le dimanche soir, il était donc inutile de s'inquiéter si personne n'avait de nouvelles d'eux avant le lundi matin. Une fois tout ce cirque accompli, Kristian et Lars Ove n'avaient plus aucune raison de ne pas se parler normalement quand ils se retrouvèrent côte à côte sur la banquise, moteurs éteints.

"Il a bien confirmé qu'il nous accompagnerait ?" Kristian avait le regard fixé droit devant lui.

Lars Ove jeta un coup d'œil inquiet dans sa direction. "Non, mais il a promis de nous retrouver au refuge du Billefjord, tu pourras donc voir ça directement avec lui.

— J'espère bien qu'il va venir. On n'arrivera jamais à rouler avec trois traîneaux, ce serait un véritable calvaire. Et on n'arrivera jamais non plus à charger toute la viande sur les deux nôtres. Et s'il y avait que ça, mais j'ai encore le double de marchandises avec les autres trucs. Douze cartons. Ça pèse pas bien lourd, mais c'est encombrant. Je peux te dire que s'il nous plante, je vais…" Mais Lars Ove n'entendit pas ce qu'il avait l'intention de faire à Steinar Olsen au cas où celui-ci les planterait, car Kristian rabattit la visière de son casque, mit le contact et le bruit du moteur couvrit ses derniers mots. Les motoneiges prirent leur virage et s'élancèrent au milieu de la piste en direction du nord-est. Il était inutile de se cacher, tout le monde savait où ils se rendaient.

Bien avant d'arriver au niveau de Pyramiden, les traces laissées par les autres motoneiges diminuèrent et commencèrent à disparaître dans un léger tourbillon de neige qui balayait la glace. Ils s'arrêtaient environ toutes les deux heures, parfois pour fumer une cigarette, d'autres fois pour s'accorder une vraie pause avec un café qu'ils prenaient dans une Thermos rangée dans la sacoche du scooter de Lars Ove. Mais ils ne s'attardaient jamais bien longtemps. Eux aussi avaient entendu les prévisions météo pour le week-end.

Ils auraient amplement préféré enchaîner directement, traverser le glacier du Mittag-Lefflerbree, descendre dans l'Austfjord et continuer jusqu'au Wijdefjord. Il n'y avait pas grande différence entre le jour et la nuit à cette époque-là de l'année, et pour des raisons de praticabilité, ils auraient souhaité pouvoir continuer à rouler jusqu'au matin. Mais ils devaient attendre Steinar, qui avait été retenu à la mine avec le porion et quelques ingénieurs du continent venus en visite. Il leur fallait un lieu de rendez-vous où Steinar puisse les rejoindre seul sans se perdre. Et sur la rive est du Billefjord, juste au pied de la montagne de Tyrellfjell, il y avait une vieille cabane de chasse délabrée. Les trois copains s'y étaient déjà arrêtés à de multiples reprises.

Plus au nord, Brucebyen était une autre possibilité. Ce hameau de trois bâtisses en bois de 1920 datait de l'époque où un ancien explorateur polaire, un Écossais optimiste du nom de William Spiers Bruce, s'était lancé dans l'exploitation du charbon. Comme tant d'autres projets d'entreprise au Svalbard, celui-ci n'avait duré que quelques années. Les maisons, cependant, étaient ingénieusement conçues, à partir d'éléments préfabriqués et numérotés, comme dans un jeu de construction. Quelques années auparavant, une de ces cabanes avait été restaurée et depuis elle servait de base aux agents du gouverneur. Le risque d'être découvert était donc minime mais bien réel, et les trois employés de la mine avaient préféré choisir la cabane délabrée située à mi-chemin environ entre le cap Phantomodd et le cap Ekholm.

Celle-ci ne paraissait pas loin sur la carte, mais ils étaient partis tard de Longyearbyen, et il était plus de 21 heures le vendredi soir quand ils purent enfin garer leurs motoneiges devant. La cabane était en piteux état. Un ours polaire avait fouiné et tout retourné autour de celle-ci. Il avait éventré un des sacs de charbon et à moitié enfoncé la porte de l'appentis. Avant de pouvoir pénétrer dans le refuge lui-même, ils durent commencer par déblayer la neige amassée devant. Une heure plus tard, cependant, Lars Ove se trouvait devant le poêle, à cuire des œufs au bacon ; du pain et du beurre étaient posés sur la table. Kristian sortit une bouteille de cognac dont il servit de généreuses rasades dans les tasses à café. Leurs agapes terminées, les deux mineurs, réchauffés, rassasiés et satisfaits se mirent à guetter l'arrivée de Steinar. Leur attente allait s'avérer beaucoup plus longue que prévu.

"Kjell ?" La voix était nerveuse. "Je crois que j'ai quelque chose qui pourrait t'intéresser.
— Ah oui ?" Kjell n'avait pas besoin de demander qui était son interlocuteur. Ce n'était pas la première fois qu'il recevait de précieuses informations venant de ce front-là.
"Il est question de contrebande.
— Il ne s'agirait pas de viande de renne par hasard ?
— C'est possible, oui.

— Et de tabac ? Et d'eau-de-vie aussi, peut-être ?

— Mmm. Et un crevettier s'apprête à pénétrer dans le détroit de Hinlopen par l'embouchure de Nordporten. Je ne peux pas te révéler d'où je tiens cette information.

— Qu'est-ce que tu dis ? Hinlopen ? À cette époque de l'année ? Mon Dieu, mais ils n'ont pas entendu les prévisions météo ?

— Il y a autre chose encore. Le bruit court en ville que trois mecs de la mine rouleraient en ce moment même vers le nord, avec des traîneaux chargés à bloc. On se demande ce qu'ils peuvent bien faire par là-bas. Même au Karlsberger les gens trouvaient bizarre de partir passer le week-end en montagne alors qu'on a annoncé une tempête de neige.

— Ah oui, tiens donc." La remarque de Kjell fut accueillie à l'autre bout du fil par un silence lourd de sens. "Et les personnes en question ont-elles été en contact ?" Knut choisissait soigneusement ses mots pour ne pas mettre l'opérateur radio dans l'embarras.

"On peut dire ça, oui." Eh merde ! Tant pis pour le secret professionnel, c'était trop important. Après une nouvelle pause, il demanda : "Ça peut te servir ?

— Un peu, oui, que ça peut me servir !" s'exclama Kjell, presque indigné.

Le détroit de Hinlopen fait plus de quatre-vingt-dix milles marins de long et c'est au niveau de Nordporten, "la porte du nord", qu'il est le plus large : quinze milles séparent la pointe de Verlegenhuken à l'ouest de celle de Langgrunnodden sur la péninsule de Storsteinhalvøya. En son point le plus étroit, situé à la hauteur du cap de Sparrenest au sud du Murchinsonfjord, il ne mesure plus que cinq milles. Mais à Sørporten, "la porte du sud", les eaux sont parsemées d'îles ou îlots plus ou moins grands, de récifs et de bancs de sable. Peut-être est-ce la zone où la navigation s'avère la plus dangereuse, quand les glaces de la banquise se compressent avec la force d'un moulin qui craque. Il est cependant difficile de dire où se trouve le pire endroit de la traversée du Hinlopen, car tout dépend des marées, de la force du vent et de sa direction – et, bien sûr, de la glace.

C'était le patron de l'*Ishavstrål* en personne qui se trouvait à la barre quand, dans la nuit du vendredi, le bateau s'engagea dans Nordporten à petite vitesse. Il faisait en sorte de se tenir à distance de la péninsule de Mosselhalvøya et la contourna en traçant un grand arc de cercle, de façon à avoir le Sorgfjord au milieu du navire avant de virer. "C'est en pente douce au large de Verlegenhuken", expliqua-t-il à l'équipage, rassemblé pour l'occasion dans la cabine de pilotage. Aucun de ses hommes ne fit le moindre commentaire, ils savaient qu'on n'attendait rien de tel de leur part.

Un vent frais soufflait du sud-ouest, la marée venait juste de changer, passant du flux au reflux, et l'étau de la banquise s'était relâché. La glace de mer soumise à la pression se balançait contre le navire. Heureusement, les machines et la coque de l'*Ishavstrål* étaient conçues pour naviguer dans les eaux prises par la glace. Lentement mais sûrement, l'étrave repoussait les floes. Dans le Sorgfjord, le vent tomba et la glace se dispersa quelque peu. Le capitaine accéléra la vitesse à 7 nœuds.

Enfin le second estima qu'il pouvait se permettre d'intervenir. "Regardez-moi ça, à l'ouest. C'est plat comme une crêpe. Vaut mieux pas se retrouver dans le coin par temps de brouillard. Avec un cap aussi bas que celui-là, dit-il en montrant ce dernier du doigt, t'as pas le temps de dire ouf que t'es déjà échoué sur la côte."

Ils jetèrent l'ancre sur la banquise côtière vers la rive est du fjord, dans la zone de mouillage recommandée au large de Heclahamna, au sud de la pointe de Crozierpynten. Les versants de la montagne, qui se dressaient à pic sur la péninsule, barraient le passage au clair de lune. Le bateau était à peine visible dans l'ombre de la montagne de Heclafjell, qui s'élevait à près de cinq cents mètres.

"Ok, on se pose pour quelques heures. Et puis on sortira les motoneiges de la cale pour les mettre sur la glace. Y a pas de temps à perdre." Le ton était plus léger et, quand le capitaine passa sur le moteur auxiliaire, les épaules étaient retombées.

Steinar n'arriva à la cabane du cap Ekholm que tard dans la nuit. Kristian et Lars Ove qui s'étaient endormis furent réveillés par le bruit de la motoneige.

"Tu n'aurais pas pu traîner encore un peu plus longtemps pendant que tu y étais?" marmonna Kristian, de mauvaise humeur. Il était penché au-dessus du poêle en train de s'éteindre et remettait une pelle de charbon.

Steinar s'immobilisa au milieu de la pièce, en combinaison et avec son casque sous le bras. "Putain, je fais ce que je peux! C'est la crise à la mine. Il y avait le directeur là-bas, ainsi que le porion et tout un tas de soi-disant experts. Il était quasiment 22 heures quand j'ai enfin réussi à m'échapper. Je ne suis même pas passé chez moi. J'ai chargé le matériel, je suis parti chercher la motoneige et je suis venu directement ici.

— Quel genre de crise? demanda Lars Ove suspicieux. Il n'y avait aucune crise quand on est partis.

— Bien sûr que si. Ça fait des semaines que ça dure, mais il y a des choses qu'on vous cache. Du reste, je ne peux pas vous en dire plus. Le porion nous a formellement interdit d'en parler."

Kristian, qui avait réussi à réanimer le feu dans le poêle, se redressa.

"Pff, c'est toujours pareil. Des histoires de mesures trop élevées et de gaz qui s'échappe de failles dans la roche. Et puis ils ont les jetons à cause des cavités qu'un géologue de mes deux affirme avoir vues dans les relevés sismiques. Ils ont fermé la taille 12. Bien trop tôt, si tu veux mon avis. Il y avait encore beaucoup de charbon à extraire là-bas. Mais si vous avez si peur que ça, vous avez qu'à fermer aussi la taille 13! Crois-moi, c'est pas le charbon qui manque dans la montagne."

Steinar avait passé suffisamment de temps avec la direction ces derniers jours pour s'irriter du ton de monsieur-je-sais-tout employé par Kristian. "En tout cas, je ne peux pas vous accompagner jusqu'à Hinlopen. Ça ne va pas être possible. J'ai rendez-vous à la mine demain matin de bonne heure.

— Putain…" Kristian sentait que son emprise sur le nouvel ingénieur diminuait, mais il ne savait pas quoi dire. Même lui comprenait que Steinar ne pouvait pas désobéir au porion.

Steinar recula dans l'embrasure de la porte et, peu après, ses deux copains entendirent sa motoneige démarrer. Kristian se précipita dehors en chaussettes. Steinar avait décroché le traîneau chargé à bloc et l'avait abandonné sur place.

"Eh merde! Qu'est-ce qu'on fait maintenant?" demanda Lars Ove. Il ne doutait pas un instant que Kristian trouverait une solution.

Celle-ci n'était pas brillante, mais c'était la seule envisageable. Il était hors de question que Kristian laisse une partie de la cargaison à la cabane. Il n'y avait rien de mieux pour que le gouverneur découvre leurs magouilles. Non, ils allaient devoir tout tracter. Il fut décidé qu'ils rouleraient chacun leur tour avec deux traîneaux. La traversée des zones sans piste de motoneige déjà tracée serait pénible et longue.

Ils partirent sur-le-champ en direction du nord. Le clair de lune leur facilitait un peu la tâche. Mais une fois arrivés au fond du Billefjord, la montée sur les glaciers et la descente jusqu'au Wijdefjord fut une galère indescriptible. Ils s'embourbèrent dans la poudreuse, un traîneau se renversa et ils durent défaire tout le chargement pour pouvoir le redresser – et tout ça dans un froid mordant.

"Manquerait plus qu'on croise un ours polaire…", marmonna Lars Ove quand, assis côte à côte sur leurs motoneiges, ils terminèrent la Thermos de café tiède.

"On n'est plus très loin maintenant", le rassura Kristian. C'est ce qu'il n'arrêtait pas de répéter depuis deux heures. Or Lars Ove avait bien vu sur la carte la longue distance qui leur restait encore à parcourir. Mais il était trop épuisé et frigorifié pour répondre.

Dans le Wijdefjord, la glace de mer était régulière et recouverte d'une couche de neige dure. Les deux mineurs luttaient pour garder les yeux ouverts et se demandaient s'ils n'allaient pas devoir s'arrêter pour dormir un peu, en s'allongeant sur les sièges de leurs scooters. Mais ils se forcèrent à continuer. Le samedi en fin de matinée, ils atteignirent la baie de Mosselbukta et traversèrent la péninsule de Mosselhalvøya jusqu'à celle de Heclahalvøya.

Ils coupèrent le contact des motoneiges sur une hauteur au-dessus de la vieille station de recherche suédoise, construite à l'origine pour une expédition scientifique en 1899. De leur poste d'observation, ils ne voyaient aucun signe de vie. La maison donnait presque l'impression de s'être effondrée. Toute la façade sud n'était plus qu'un tas de planches, qui ne soutenait que partiellement le toit. Puis Kristian aperçut un trait de lumière sur la façade nord de la station. Il y avait donc quand même du monde, malgré les apparences.

L'*Ishavstrål* transportait deux motoneiges vieilles comme Mathusalem. Le cuistot estimait qu'avoir ce genre d'antiquités à bord portait la poisse, mais il ne l'exprimait pas à voix haute, en tout cas pas devant le patron, qui avait une idée derrière la tête avec ses engins. Harald était connu pour être un sacré filou. Après quelques heures d'un sommeil réparateur bercé par le roulis et le ronflement agréable du moteur auxiliaire, la vie était revenue à bord à l'heure du petit déjeuner. Le second alla sur la bande VHF pour annoncer aux deux autres chalutiers que l'*Ishavstrål* mouillait sur la banquise côtière au fond du Sorgfjord. Les motoneiges furent chargées sur la grue et déposées sur la glace, suivies de quatre traîneaux ; le patron, accompagné de trois membres de l'équipage, descendit l'échelle.

Ils montèrent jusqu'à la façade nord de la station de recherche suédoise, déblayèrent la neige amoncelée sous une fenêtre cassée, dénichèrent quelques planches avec lesquelles ils réussirent à boucher l'ouverture. Un énorme poêle à charbon occupait le centre de la pièce. Après l'avoir dégivré et nettoyé de toutes les saletés qui s'y étaient accumulées au fil des ans, ils purent enfin l'allumer. Peu après, une revigorante odeur de café frais se répandit dans ce qu'il restait de la salle de séjour. Il n'y avait plus qu'à attendre maintenant. Les quatre membres de l'*Ishavstrål* fumaient tranquillement, sans dire grand-chose. Ils savouraient le silence à terre. Sous les assauts du vent qui se levait une planche mal fixée s'était mise à battre contre le mur. À part ça, le silence régnait dans la pièce.

Kristian et Lars Ove dévalèrent la montagne à pic un peu plus rapidement que prévu, mais le chargement était bien arrimé sur leurs traîneaux et ils ne perdirent rien. Ils franchirent la porte de la vieille baraque en bois d'un pas raide, les jambes engourdies, et presque à bout de forces après leur long périple. Le contraste de température était saisissant entre l'extérieur et l'intérieur, et il faisait une chaleur cuisante dans la pièce plongée dans la pénombre, où la seule source de lumière venait des braises apparaissant par la porte entrouverte du poêle à charbon.

"Nom d'une pipe, ils ont des bonnes femmes à bord?" murmura Lars Ove à Kristian en restant planté sur le seuil. Kristian lui lança un regard furtif. "Bah ouais, tu sais bien qu'ils passent de longs mois loin de chez eux lors de la saison de pêche au nord du Svalbard." Il ricana et poussa Lars Ove dans le dos pour qu'il avance. "En plus, c'est une étrangère!" Lars Ove écarquilla les yeux en apercevant la longue tresse noire qui arrivait jusqu'à la taille de la femme devant lui.

Le patron de l'*Ishavstrål*, qui s'était levé de la table près du mur, s'approcha d'eux. "Ce fut long?

— Ça tu peux le dire, nom de Dieu! Je redoute déjà le retour." Kristian tendit un lourd sac en plastique qu'il était allé chercher dans la sacoche de la motoneige. "Mais on se pose un peu avant?

— J'imagine que t'as d'autres choses pour moi dans le traîneau?" Le patron plongea une main dans le sac et en sortit de la viande de renne sous vide, quelques paquets de tabac à rouler et deux bouteilles de cognac.

Après avoir enlevé sa combinaison, Kristian s'assit lourdement sur un banc. "De la viande, du tabac, de l'eau-de-vie. Stockés dans des caisses. Prêts à être chargés. Tu devrais pouvoir en tirer dans les 800 000 ou 900 000 couronnes au marché noir à Tromsø*. 30 % pour vous et 70 pour nous.

— On n'avait pas dit 50-50? interrogea le second.

— Non." Kristian souriait. Cela faisait partie du jeu. "C'est nous qui payons tous les frais annexes et qui prenons le plus de risques."

Lars Ove, sur le banc, transpirait et somnolait. La fumée se pressait sous le plafond et la viande grésillait dans la poêle à frire que la bonne femme surveillait. Les yeux mi-clos, il partit dans ses rêveries. Il sentit la douce odeur exotique qui émanait d'elle quand elle fit le tour de la table pour remplir son assiette.

"Donne-lui une petite tape sur les fesses, lui dit Kristian à mi-voix. Elle aime ça." Le patron laissa échapper un petit rire sec. Le reste de l'équipage les écoutait sans piper mot, le visage impassible.

---

* Soit 100 000-115 000 euros.

"Tu crois? Ils se la gardent pas pour eux?" Lars Ove ne semblait pas très sûr.

Le patron se mit de nouveau à rire et la bonne femme lança à Lars Ove un regard insaisissable avant de se détourner. Il tendit rapidement la main et pinça les fesses dans le pantalon de survêtement vert.

"Non mais, nom de Dieu, tu te prends pour qui espèce de sale petit con?" La femme aux cheveux de jais avait fait volte-face et toisait Lars Ove d'un œil noir. "T'as pas peur, pauv'couillon, va! Tu veux mon poing sur la gueule, c'est ça? Non mais qu'est-ce que tu crois?"

Le dialecte était indéfinissable mais elle ne manquait pas de vocabulaire. Jamais encore de sa vie, Lars Ove n'avait entendu quelqu'un jurer comme ça. Elle continua à l'invectiver pendant plusieurs minutes encore, son flot d'insultes uniquement entrecoupé par les grands éclats de rire de l'équipage de l'*Ishavstrål*. Kristian rigolait lui aussi. "C'est la femme du patron! hoqueta-t-il. C'est une légende sur la banquise. T'en as jamais entendu parler? Elle est d'origine philippine. Elle a bossé dans une pêcherie du Finnmark pendant une dizaine d'années avant de rencontrer Harald et elle l'accompagne toujours pendant la saison de pêche au Svalbard.

— Même si ça porte malheur d'avoir des bonnes femmes à bord", plaisanta le cuistot qui reçut une petite tape bon enfant derrière la tête de la part du patron.

Kjell Lode appela sa supérieure et lui rapporta sa conversation avec l'opérateur radio, qu'il transforma en un tuyau anonyme.

"Tu veux dire qu'on devrait envoyer l'hélicoptère dans le nord pour vérifier?" demanda Anne Lise Isaksen, hésitante. Elle n'occupait le poste de gouverneur à titre temporaire que depuis quelques semaines et elle ne voulait pas commettre d'erreurs.

Elle passa un coup de fil à Tom Andreassen pour discuter avec lui de la décision à prendre, puis contacta le pilote de garde à Airlift. Enfin, elle joignit le policier Erik Hanseid à son domicile. C'était lui qui aurait l'occasion d'effectuer quelques heures supplémentaires payées le double, puisqu'on était le week-end. Du reste, une petite visite de reconnaissance dans le nord de l'archipel ne lui ferait pas de mal. Apparemment, il semblait appelé à travailler encore un petit moment pour le bureau du gouverneur.

Au nord du Groenland, une dépression était en train de rassembler ses forces au-dessus de l'inlandsis. Dans quelques heures, elle commencerait sa course capricieuse vers l'ouest et le nord. À l'Institut météorologique, l'homme de garde secouait la tête en regardant la carte.

"Oh, putain! Il va falloir que les crevettiers qui traînent là-haut se bougent, s'exclama-t-il en tournant un regard soucieux vers son collègue. Tu crois qu'il faut déclencher la vigilance rouge?"

XV

LA PETITE CHÉRIE À SON PAPA

> *Dans la salle des pendus,*
> *chaque jour ils enfilent leur tenue.*
> *Ni repassée,*
> *ni raffinée,*
> *elle n'a rien d'extraordinaire*
> *et pourtant ils en sont fiers.*

Jeudi 22 février, 5 h 20

Steinar Olsen, assis au bord de son lit, ne savait pas quoi faire. Il était vraiment dans la panade. Le porion lui avait annoncé la veille au soir que si les choses ne s'amélioraient pas au boulot d'ici le mois prochain, il se verrait obligé de le faire licencier à la fin de sa période d'essai.

Sa période d'essai ? Steinar ignorait qu'une telle clause était stipulée dans son contrat d'embauche. Cela dit, il ne l'avait même pas lu. Il s'était contenté de le glisser au fond d'un tiroir du bureau qui se trouvait dans un coin du séjour où il traînait rarement. Soudain il se sentit saisi par la peur. Qu'adviendrait-il de lui s'il était renvoyé de la Store Norske et devait quitter le Svalbard ? Il fallait qu'il se ressaisisse, qu'il arrête de boire. Finies les longues soirées et toutes ces magouilles avec Kristian et Lars Ove. De toute façon, cette histoire était déjà terminée, s'il avait bien compris. Depuis cette expédition dans le Sorgfjord où il ne les avait pas accompagnés, les deux autres ne voulaient plus entendre parler de lui.

Malgré ses bonnes résolutions, il s'était une fois de plus réveillé le matin avec la gueule de bois et mauvaise conscience. Il ne se souvenait presque pas de la soirée de la veille, il se rappelait seulement que, furieux contre Tone, il avait refusé de dormir avec elle et avait couché dans le canapé.

"Qu'elle aille se faire enculer, elle comprendra sa douleur!" s'était exclamé Kristian quand il avait appris les problèmes de couple de Steinar. Lui et Lars Ove avaient soutenu leur copain du mieux qu'ils avaient pu, mais aucun d'eux n'était marié, et leur propre impuissance à aider Steinar ne semblait guère les troubler.

Ces derniers temps, les trois copains de boulot étaient en froid, une certaine méfiance régnait désormais entre eux. Cela n'arrangeait rien que Steinar oublie toute dignité et s'abaisse à demander ce qui n'allait pas. Kristian et Lars Ove ne lui avaient évidemment pas dit qu'ils ne lui faisaient plus confiance, mais ils l'évitaient. Et puis c'était bientôt la fin de la saison de toute façon. Les crevettiers avaient regagné le continent avec leurs cargaisons officielles et non officielles à leur bord.

Kristian avait pris une semaine de vacances et prévu de rester un jour ou deux à Tromsø afin de tout régler et de déposer l'argent sur le compte de Lars Ove. Il n'avait toujours pas décidé de ce qu'il ferait de la part de Steinar. Il la lui donnerait probablement, mais il lui enverrait aussi des signaux tellement menaçants que l'autre la bouclerait. Cela dit, le pauvre vieux était déjà aussi mal en point qu'un écureuil sous les roues d'un semi-remorque et avait suffisamment de problèmes chez lui.

Mais Steinar n'était plus des leurs. Kristian et Lars Ove veillaient à ne plus traîner à leur table attitrée au pub et trouvaient n'importe quel prétexte pour s'éclipser. Ils surgissaient ainsi au comptoir avant de partir au Kroa ou au Karlsberger quelques minutes plus tard et ce, sans prévenir Steinar. Ce dernier supposait que leur attitude était liée à son absence lors de l'expédition dans le Sorgfjord.

Steinar en fut affecté comme seul un homme isolé peut l'être. Grincheux et s'emportant pour la moindre vétille, il passait de plus en plus de temps devant la télé avec une bouteille de vodka sous le canapé. Et Tone avait fini par en avoir assez. Elle l'avait tellement engueulé, cependant, qu'il avait dû riposter. Il y avait des limites quand même à ce qu'il pouvait tolérer. Peut-être l'avait-il secouée un petit peu trop fort? Soudain il avait vu sa fille sur le pas de la porte. Réveillée par tout ce vacarme dans la pièce au-dessus de sa tête, elle avait poussé des hurlements hystériques que rien n'avait réussi à calmer. Cela s'était terminé par une gifle que Steinar avait flanquée à une Ella stupéfaite. Celle-ci s'était tue au beau milieu d'un sanglot, le souffle comme coupé. La mère et la fille avaient ensuite dévalé l'escalier et s'étaient enfermées à clé dans la chambre de la fillette. Une fois Ella endormie, Tone était remontée dans le séjour et, d'une voix égale et glaciale, avait dicté ses volontés : elle voulait le divorce, retourner chez elle et que Steinar passe un minimum de temps avec Ella.

Il avait fait le tour du séjour en titubant, balayé le contenu des étagères, balancé tout ce qui lui tombait sous la main en le jetant sur elle. Mais cette fois-ci, elle s'était montrée inflexible ; son courage avait effrayé Steinar malgré son fort taux d'alcoolémie. Elle avait fini par redescendre dans leur chambre, et lui avait bu pour trouver le sommeil. Il s'était effondré sur le canapé, sous une couverture, en bavant sur les coussins, entouré d'objets cassés, de bouteilles et de débris de verre.

Bon sang, quelle heure était-il ? Se serait-il rendormi ? Derrière les fenêtres du séjour, la rue était noire et silencieuse. Des aiguilles de glace scintillaient sous la lumière des lampadaires. Il se redressa dans le canapé, rejeta le plaid sur le côté et se coupa sur un tesson. Le courant aurait-il sauté ? Il faisait un froid de canard dans le séjour.

Il se frotta le visage et avala un verre à moitié plein qui se trouvait sur la table devant lui, au milieu des cendriers et des canettes de bière vides. Il y avait aussi une assiette contenant des tartines entamées. Mais le liquide transparent n'était pas de l'eau. Il hoqueta en sentant l'alcool fort couler dans sa gorge. Puis il éprouva une pointe d'angoisse à la pensée du porion. Putain, quelle heure était-il ? Et où avait-il bien pu poser sa montre ?

Il tâtonna autour de lui, à la recherche de la télécommande. Au bout de quelques secondes, l'image apparut sur l'écran. Il était 5 h 20, le jeudi 22 février.

Le nouvel ingénieur – dont on ne pouvait plus vraiment dire qu'il était nouveau puisqu'il était maintenant arrivé depuis plusieurs mois – avait poussé la patience du porion à bout. Un jour ou l'autre, cela finirait pas péter, tout le monde à la Mine 7 le savait. Le pire dans tout ça, cependant, c'était que plus personne n'accordait la moindre crédibilité aux jugements de l'ingénieur. Il avait tellement cafouillé qu'il était devenu évident qu'il ne connaissait rien au fonctionnement d'une mine de charbon. Et ce n'était pas vraiment le moment idéal pour apprendre. Le directeur en personne était passé la veille, avec tout un cortège de chefs et d'experts. Robert le Rouge était un homme difficile à cerner. Il pouvait en effet paraître doux et indulgent avant de faire preuve de la plus extrême sévérité au moment où l'on s'y attendait le moins. Ses employés préféreraient encore marcher pieds nus sur la longue route de montagne verglacée plutôt que d'entrer en conflit avec lui.

Steinar Olsen se recoucha et dormit quelques heures. Vers 9 heures, cependant, il téléphona au bureau du personnel pour dire qu'il était malade. Des maux de ventre, les sinus bouchés, mal à la tête, à la gorge. "La moitié des symptômes aurait suffi, lui répliqua la mégère qui avait pris l'appel. Peut-être ferions-nous aussi bien de commander une couronne dès maintenant ?" Elle n'avait aucune tolérance à l'égard de ceux qui tiraient au flanc et entendait bien la différence entre les gens malades et les simulateurs. Les jeudis, vendredis et lundis étaient des jours particulièrement prisés des candidats à l'absentéisme. Steinar était le premier à appeler, mais d'autres coups de fil ne manqueraient pas de suivre dans le courant de la matinée. Par ce temps clair et froid, certains employés ne résisteraient pas à la tentation de partir en motoneige pour un long week-end en montagne, dans un des refuges du nord de l'île.

L'appartement était silencieux. Tone et Ella s'étaient préparées si discrètement avant de se rendre au jardin d'enfants qu'il ne les avait pas entendues. Steinar éprouvait le sentiment presque insoutenable d'avoir commis un mal irréparable. Il rangea et jeta le plus gros du bazar de la nuit précédente. C'était un peu comme si son sentiment de culpabilité, ou en tout cas une partie, disparaissait avec les sacs-poubelles qu'il transporta jusqu'au container au bord de la route. Oh purée, qu'est-ce qu'il faisait froid ! Il était tellement frigorifié en rentrant qu'il claquait des dents.

À quoi allait-il occuper sa journée ? Non pas qu'il doutât d'avoir pris la bonne décision en se faisant porter malade. Avec le verre de vodka avalé par inadvertance, il y avait de fortes chances qu'il soit de nouveau positif et puis il puait certainement l'alcool, comme un mec qui a passé la nuit à picoler. Le porion l'aurait écharpé s'il était arrivé à la mine dans cet état.

Mais il avait les nerfs à fleur de peau. Il ne tenait pas en place, c'était affreux. Et s'il descendait au Busen manger un morceau ? Des œufs au bacon avec du pain revenu dans la graisse de celui-ci et des litres de café corsé. L'eau lui monta à la bouche à cette pensée. Mais le café n'ouvrait pas avant midi. Après tout, une petite bière pour se requinquer ne lui ferait peut-être pas de mal et pourrait l'aider à passer le temps ?

Au fond de la taille 12, on pouvait entrapercevoir dans la lumière des nombreuses lampes frontales tout un rassemblement de combinaisons sombres et poussiéreuses et de casques blancs et jaunes. L'équipe ne s'était pas mise au travail ce jour-là et le chef d'équipe ne quittait pas le grisoumètre des yeux. L'aiguille se situait complètement dans le rouge. Le visage des hommes était d'un blanc fantomatique. On avait épandu partout d'épaisses couches de poussière calcaire. Une des pires catastrophes imaginables pour un mineur était le coup de grisou au fond d'une galerie. Le coup de poussier, cependant, était encore dix fois, non, cent fois pire. Le calcaire empêchait que la poussière de charbon présente dans toute la mine ne s'enflamme lors d'une éventuelle explosion de gaz.

Les hommes discutaient âprement, la bouche desséchée par le goût fade de la poussière de calcaire. Mais quel que soit le sens dans lequel ils tournaient et retournaient le problème, ils en revenaient toujours aux mêmes faits : il y avait trop de gaz dans la taille, et il se propageait dans le reste de la mine. Il provenait d'une cavité dans la roche derrière les veines de charbon. Tout le monde s'accordait sur ce point. Mais que faire ?

"Si la vieille mine s'étend vraiment aussi loin que ça dans la montagne, il vaudrait alors mieux creuser pour la rejoindre et déclencher l'aérage dans toutes les galeries. Il faudrait donc entrer par le carreau de la vieille mine, ramener des ventilateurs et tendre un câble avant de mettre en route la circulation de l'air, de manière à aspirer le gaz", préconisa un des experts que l'on avait fait venir.

Mais le porion ne partageait pas son avis. "Personne n'a mis les pieds sur le carreau de la vieille mine depuis une éternité. La route jusque là-haut est difficile, je dirais presque impraticable. À mon avis, le mieux est de fermer la taille, tout bonnement, et peut-être aussi tout le travers-banc, puis d'installer quelques ventilateurs avec des conduits qui ressortent au jour sur la Mine 7, et surveiller ensuite attentivement. Avec un peu de patience, au bout d'un moment, le gaz devrait redescendre à un niveau normal et on pourrait alors revenir sur ce chantier.

— Et entre-temps? demanda le directeur d'une voix posée. Où extrait-on le charbon? On peut légèrement réduire le rythme de production, mais pas beaucoup. Il faut au moins continuer à alimenter la centrale électrique du centre-ville. Ou sinon, la Mine 7 n'a plus de raison d'être.

— Ouais…" Le porion repoussa son casque et se gratta la tête. "Ça, on n'en a pas encore discuté. Mais à mon avis, il faut qu'on déménage carrément ailleurs dans la mine."

Le directeur avait paru tendu en sortant alors qu'il poussait tout le monde vers les voitures qui les attendaient. La taille 12 resterait fermée jusqu'à nouvel ordre. L'extraction du charbon ne reprendrait pas tant que le niveau de gaz n'aurait pas baissé de façon significative. Peut-être tout le travers-banc devrait-il être abandonné. Lui seul avait une idée précise des conséquences économiques que pourrait entraîner une telle décision et de la menace qu'elle pouvait représenter pour l'avenir de la mine.

Vers 15 heures, Steinar s'habilla et enfonça ses grosses chaussettes de laine dans ses énormes bottes en cuir. Il mit sa chapka et enroula une écharpe autour de son cou. Si quelqu'un l'arrêtait pour lui demander s'il n'était pas malade finalement, il devrait réussir à simuler une toux aussi crédible que celle de n'importe quelle personne grippée. Les gens comprendraient qu'il avait besoin de manger. Il gara sa voiture devant le Polar Hotel et prit le chemin piétonnier qui menait à la Grand-place et au Kafé Busen.

Sur une impulsion, il fit coucou de la main à Ella qui se tenait derrière une des fenêtres du jardin d'enfants de Kullungen, l'air triste et solitaire. Il s'immobilisa et observa la petite silhouette derrière le carreau. Si seulement Kristian lui payait ce qu'il avait promis, il l'emmènerait faire un voyage au soleil, un séjour de deux semaines au moins. Et puis il réduirait sa consommation d'alcool. Perdu dans ses rêveries, il se sentit subitement un peu rasséréné. Puis il constata, à sa grande honte, que des larmes avaient commencé à rouler sur ses joues. Sous l'effet du froid, elles avaient instantanément gelé et lui brûlaient la peau. Peut-être était-il vraiment malade malgré tout ? Ella le regardait, les yeux ronds, et soudain, elle disparut à l'intérieur.

Elle avait mal compris, il n'avait pas l'intention de l'emmener. Pourtant, quand après avoir tourné les talons et avancé de quelques pas sur le chemin piétonnier, il atteignit le parking de la poste, il la vit accourir vers lui, la combinaison ouverte, l'écharpe enroulée à la va-vite autour du cou, le bonnet d'ours de travers sur la tête et les moufles à la main.

"Papa, paaa-paaa ! Mais attends-moi !" Elle s'arrêta une fois parvenue à sa hauteur, essoufflée et les pommettes rouges.

"Mais Ella, ma chérie, il faut fermer tes vêtements et te couvrir soigneusement, tu le sais bien. Il fait froid dehors. Tu pourrais tomber malade. Mais comment as-tu réussi à t'échapper du jardin d'enfants ? Personne ne vous surveille ? Et la porte d'entrée, elle n'est pas fermée à clé ?

— Si, si, mais je suis sortie par-derrière et j'ai escaladé la clôture. Comme il y avait déjà des traces de pas, c'était pas dur. Et puis j'ai couru aussi vite que j'ai pu. Très vite, tu sais." Elle leva un regard fier sur son père. "Je peux venir avec toi ? Tu vas où ? Au supermarché ? On peut acheter du chocolat ?"

Et s'il emmenait Ella ? Ce n'était peut-être pas si bête comme idée après tout. Histoire de faire une petite frayeur à Tone quand elle irait chercher sa fille. "C'est comme ça que vous surveillez les enfants à ton foutu boulot ? lui dirait-il. C'est du beau pour une mère qui ne travaille qu'à quelques mètres de sa fille. Moi je passe devant chez vous, sans me douter de rien en allant manger un morceau en ville, et voilà que j'aperçois la petite, sur le chemin, qui court vers moi. Je serais toi, je réfléchirais peut-être un peu avant de vouloir m'accuser de négligence." Mais il savait qu'il rêvait. La marque écarlate sur la joue d'Ella en était la preuve.

Ils s'engagèrent en direction du Polar Hotel. Il s'était mis à neiger – des petits éclats d'argent dans la lumière des lampadaires. Il faisait un froid de canard et Ella avait les pieds gelés. Il envisagea un instant de l'amener au pub et de lui acheter un hamburger avec des pommes de terre rôties. Il commençait à avoir faim. Il réalisa cependant que cela cadrerait assez mal avec son arrêt maladie et le coup de fil passé le matin même au bureau du personnel, c'est pourquoi ils regagnèrent la voiture et rentrèrent à la maison. Mais quand Ella grimpa l'escalier de l'entrée, son petit visage était grave et soucieux. Ils montèrent dans la cuisine.

"Beurk, qu'est-ce que ça sent mauvais ici !

— Oui, papa a été malade, ma chérie."

Sur sa chaise, elle donnait des coups de pieds dans le vide, sans le regarder.

"Maman dit que tu es alcoolique. Et que des fois tu vas pas bien. C'est pour ça qu'on va bientôt partir. Chez mamie, elle a dit.

— Ne fais pas attention à ce que raconte ta mère." Il serra les dents et s'efforça de respirer lentement. Elle méritait une bonne punition. Et s'ils n'étaient pas à la maison quand elle rentrerait hors d'haleine et hystérique parce qu'elle ne trouvait plus la petite ? Il lui suffirait de revenir quelque temps après, mine de rien, avec une Ella toute contente parce que papa et elle s'étaient bien amusés.

"Je connais un endroit où le Père Noël a un de ses ateliers et où il y a plein de lutins qui travaillent. On pourrait préparer des sandwichs et partir là-bas, qu'est-ce que tu en penses ?" Il venait d'avoir une idée. Ils allaient se cacher pendant une heure ou deux. Rien que pour faire une frayeur à Tone et l'humilier.

"Oh, ouiiii… tu crois qu'ils ont des chocolats là-bas ?" Ella bondit de sa chaise. "Dépêche-toi, papa, pour qu'on soit rentrés à temps avant que maman revienne. Mais il faut que Basse nous accompagne. Il a jamais vu de lutins, tu sais."

Le terminal du téléphérique ressemblait à une forteresse perchée sur des échasses. Sombre et imposante. Il gara la voiture derrière l'entrepôt.

"C'est là, papa ?" Ella leva la tête pour voir la construction en fer tout au-dessus d'elle et manqua tomber en arrière. "Il est pas chez lui le Père Noël ?

Y a pas de lumière aux fenêtres." Au dernier moment, elle se rappela Basse. Elle alla prendre la petite peluche jaune dans la voiture.

L'ascension de l'échelle glissante et gelée s'avéra longue et pénible. Quand ils pénétrèrent à l'intérieur du terminal, Ella retint un sanglot et murmura : "Papa, je voudrais rentrer à la maison. C'est pas très grave pour les lutins, tu sais. Et puis j'ai froid aux mains.

— T'as qu'à mettre tes moufles." Il commençait à s'énerver. C'était elle qui avait insisté pour venir, non ? Ella reconnut le ton dur et le regarda d'un air effrayé. Ce qui l'énerva encore davantage. Il avait un mal de crâne terrible, une douleur lancinante au niveau des tempes.

Steinar devait avouer que le terminal du téléphérique était un endroit lugubre. Le froid et l'obscurité formaient comme un étau autour d'eux. Ici et là dans la pénombre, il distinguait plus ou moins la machinerie, des vieilles bennes à charbon, des containers et tout un bric-à-brac. Puis il lui sembla apercevoir quelque chose dans un coin... des silhouettes de rennes peintes en rouge sur un wagon ainsi que des lettres inscrites sur le devant de celui-ci. Autrefois blanches, elles étaient maintenant complètement écaillées et il ne restait plus que JYX NOL.

"Regarde, Ella. Qu'est-ce que je t'avais dit ?" Il était lui-même sincèrement étonné. De toute évidence, ils avaient devant eux une vieille benne décorée de lutins et de rennes. "Tu vois bien que c'est l'atelier du Père Noël. C'est ici qu'il descend les paquets qui viennent de la montagne.

— Ah bon, répondit-elle, sceptique et toujours inquiète. Mais ils sont où, les paquets ?

— Au fond de la mine, sans doute. C'est là que vit le roi de la montagne, ma chérie. Avec un marteau, il extrait de l'or qu'il donne ensuite au Père Noël." Ella garda le silence. Il comprit que l'or ne l'intéressait pas plus que ça. "Tout au fond, il y a aussi la femme du Père Noël qui fait fondre du chocolat dans des grandes marmites pour fabriquer plein de bonnes choses avec.

— Quel genre de choses?" Était-ce un petit sourire qu'il voyait sur sa bouche?

"Je ne sais pas moi... des anges, des lutins, des cœurs, des trucs comme ça, quoi.

— En chocolat?

— Oh oui, sûrement."

Au milieu du terminal, ils tombèrent sur la salle de commande, éclairée et chauffée. Il y avait un vieux canapé en cuir, qui avait probablement servi un peu à tout, constata-t-il. Une couverture neuve était posée dessus et il enveloppa Ella dedans. Ils ne resteraient ici qu'une heure, tout au plus. Le père et la fille mangèrent leurs sandwichs et burent du chocolat chaud à même la Thermos. Ils ne distinguaient plus le terminal derrière les fenêtres du bureau, seuls quelques carrés gris qui donnaient directement sur la nuit polaire étaient encore visibles. Mais dans le bureau, ils se trouvaient bien au chaud. L'un contre l'autre, le père et la fille s'endormirent.

Le mal de tête le réveilla. L'espace d'un instant, il ne sut plus où il était. Paniqué, il regarda partout autour de lui. Puis il se souvint. Mon Dieu, quelle heure était-il? Quatre heures et quart. Mais...? Sa montre s'était-elle arrêtée? Ils avaient quitté l'appartement vers 16 heures.

Puis il comprit. C'était la nuit. Ils avaient dormi un paquet d'heures.

Ella remua et marmonna quelque chose, mais sans se réveiller. Il la borda soigneusement et la laissa dormir. Il avait besoin de réfléchir. Mon Dieu, qu'allait-il faire ? Et que dirait-il à Tone ? Et si elle avait averti la police ? En plus il mourait de soif, jamais il n'avait eu aussi soif de sa vie. Il inspecta la salle. Les tiroirs du bureau ne contenaient rien. L'étagère déglinguée croulait sous les papiers. Sous le canapé ? Rien.

Il sortit de la pièce. Le froid glacial lui écorcha les poumons. Il fallait absolument qu'il trouve quelque chose à boire. Ses yeux tombèrent sur des petits tas de neige ; celle-ci avait pénétré par les ouvertures où passaient les bennes autrefois. Il avança prudemment sur le vieux plancher sale en mauvais état, en prenant garde à ne pas marcher sur des lattes susceptibles de se relever ou encore sur la glace et tout ce qui traînait par terre. Il gratta d'abord la neige du bout du pied, puis s'allongea sur le ventre et la racla avec les dents. Elle lui brûlait la bouche. Il se rappela avoir lu quelque part qu'il était dangereux de manger de la neige.

La lumière des feux d'une voiture s'infiltra par une des ouvertures et balaya le mur derrière lui. Il s'approcha avec précaution du trou et jeta un œil à l'extérieur. Cela devait bien faire au moins vingt mètres jusqu'au sol. Malgré l'heure, il y avait beaucoup de monde dehors. Des voitures passaient sur la route de l'église. Au bureau du gouverneur, des gens arrivaient et repartaient. Et il n'avait pas besoin de se demander pourquoi. Tout ce monde-là cherchait Ella.

XVI

LA TEMPÊTE

Samedi 27 janvier, 15 h 30

La tempête s'abattit sur les bateaux comme un coup de poing. Brusquement quelques rafales de vent arrachèrent la porte de la timonerie et la claquèrent. L'instant d'après, la tempête était au-dessus d'eux. "Mon Dieu!" eut juste le temps de s'exclamer Oddemann sur l'*Edgeøya* avant que le mur d'acier, formé par une bourrasque de neige en provenance du nord-ouest, ne les frappe au milieu du navire. Il n'eut pas besoin de donner un ordre quelconque aux matelots : ils étaient déjà sur le pont et s'escrimaient à détacher les amarres entre les deux chalutiers. Il n'y avait pas un instant à perdre. Les deux coques se chevauchaient et s'entrechoquaient dans des crissements stridents. Le patron du *Polarjenta* poussa à fond le propulseur d'étrave, mais l'espace d'une seconde vertigineuse les deux crevettiers semblèrent condamnés à s'écraser l'un contre l'autre. Quand, enfin, les deux navires parvinrent à s'écarter un peu, un nouveau danger survint.

Malgré tous leurs efforts, la banquise à la dérive repoussait inexorablement l'*Edgeøya* et le *Polarjenta* de l'autre côté de Nordporten, vers l'autre rive. C'était la marée haute et le courant les entraînait vers le sud, dans la même direction que le vent. Oddemann eut une pensée fugace pour ceux de l'*Ishavstrål* qui, il le savait, venaient juste de quitter le Sorgfjord. Ils se trouvaient vraisemblablement dans le détroit, à quelques milles marins plus au sud. Ils avaient été en contact une demi-heure auparavant seulement. Mais il n'avait plus le temps de lancer une alerte radio. À partir de maintenant, chaque bateau devrait se débrouiller et s'arranger pour ressortir vivant des prochaines heures à venir.

Quelques heures plus tôt, les gens de l'*Ishavstrål* avaient pris congé des gars de Longyearbyen. Les adieux, à la fois amicaux et respectueux, avaient été des plus chaleureux, bien aidés en cela par l'absorption de deux bouteilles de cognac. Seule la femme du patron ne participa pas aux réjouissances et ne but pas une goutte d'alcool. Ses yeux vifs et noirs surveillaient attentivement ce que son mari ingurgitait. Elle fut la première à entendre l'hélicoptère. "Nom de Dieu, j'crois bien qu'on a d'la visite !" s'exclama-t-elle avant d'aller entrouvrir la porte d'entrée. Une rafale de vent balança une bourrasque de neige glaciale à l'intérieur. "Chut, fermez vos gueules un peu ! Vous entendez pas ?"

Kristian et Lars Ove échangèrent un regard. Les hommes du gouverneur. Ils ne voyaient pas qui cela pouvait être d'autre. Ils savaient depuis longtemps que la police ne tarderait pas à découvrir leurs activités dans le Nord. Mais maintenant ? Et si soudainement ? "Tu crois quand même pas que Steinar a cafté ? murmura Lars Ove inquiet.

— Il nous reste plus qu'à remballer nos affaires et filer." Harald se leva de la banquette contre le mur. En un clin d'œil, la cabane fut vidée et rangée. Ils s'habillèrent, sortirent et chargèrent les traîneaux. La porte d'entrée, qui refusait de se fermer à cause de toute la neige qui s'était infiltrée à l'intérieur, claquait dans le vent. "Le noroît. Faut dire qu'on l'attendait", grommela la femme du patron en rejoignant péniblement un des scooters, le dos voûté et les jambes arquées.

"Vous allez rouler là-dessus?" Kristian jeta un œil amusé aux deux véhicules à chenille étroite et dotés d'un seul ski à l'avant. "Vous les avez empruntés au Musée polaire de Tromsø?

— Oh! Ils font amplement l'affaire pour parcourir quelques centaines de mètres sur la banquise, répondit Harald en rabattant la visière de son casque.

— Si ça ne tenait qu'à moi, ils resteraient à terre, marmonna le cuistot en s'asseyant à l'arrière de la motoneige conduite par le matelot. Ils portent la poisse, si vous voulez mon avis."

Mais l'heure n'était plus aux bavardages. Kristian et Harald avaient déjà convenu de se retrouver à Tromsø à la fin du mois de février pour régler leurs affaires. Le patron leur adressa un signe de la main, puis l'équipage de l'*Ishavstrål* démarra. Le bruit des motoneiges couvrit celui de l'hélicoptère qui ne cessait de se rapprocher.

"Merde alors, ils sont où? Je vois pas d'hélicoptère." Lars Ove se tordait le cou à la recherche des lumières du Super Puma dans le ciel. Mais Kristian avait le regard tourné dans une autre direction, vers la mer, où le crevettier était amarré à la banquise côtière. Les deux motoneiges et les quatre traîneaux qu'ils tractaient avaient enfin atteint le bateau. En quatre allers et retours de la grue, la cargaison fut chargée dans les cales. Quelques minutes plus tard, les motoneiges les y rejoignirent. L'équipage grimpa à l'échelle. À travers les bourrasques qui avaient encore gagné en violence au cours des dernières minutes, les deux hommes à terre entendirent que les machines de l'*Ishavstrål* avaient démarré. Lentement le chalutier, en glissant, s'éloigna de la lisière des glaces. Kristian soupira, soulagé. "Voilà qui est fait. Bon, va falloir penser à se rentrer, nous aussi, et les hommes du gouverneur l'auront bien dans le cul, car y aura plus personne ici quand ils atterriront."

Plusieurs heures auparavant, la tour de contrôle de l'aéroport de Longyearbyen avait reçu la visite de tout un groupe de gens. L'opérateur radio de garde se tenait devant le bureau à l'autre bout de la salle d'observation. Il ne voulait pas se mêler à la conversation. C'était au météorologue que Tor Bergerud, Erik Hanseid et un chercheur de l'Institut polaire devaient s'adresser, pas à lui. Le météorologue remonta les lunettes sur son front, se gratta le cou et étudia les dernières photos-satellite qu'il avait imprimées. "Ça a l'air d'aller. La dépression se déplace relativement lentement ces derniers jours. Ny-Ålesund l'a un peu sentie passer hier, mais il semblerait qu'elle reparte vers le nord-est."

Tor Bergerud prit les prévisions des jours à venir parmi l'amas de feuilles éparpillées sur le bureau. "Pas de vigilance rouge ?

— Non, mais l'Institut météo, juste en dessous, a appelé pour nous avertir qu'il pouvait s'agir d'une dépression polaire. Ces dernières sont difficiles à anticiper, et violentes en plus. Le problème c'est que nous n'avons aucune station météo dans le Nord et que les données dont nous disposons pour les modèles numériques sont maigres, tout ça doit donc se faire un peu au jugé.

— Mouais, tu en penses quoi ?" Le pilote d'hélicoptère regardait Erik Hanseid. "La mission est-elle importante au point de partir malgré le risque de mauvais temps ?

— Eh bien…" Hanseid ne savait pas quoi répondre, mais il n'alla pas plus loin. Le chercheur de l'Institut polaire l'interrompit.

"Cette fois-ci, nous avons une chance de les prendre en flagrant délit avec de la viande de renne abattu illégalement et peut-être même de la marchandise de contrebande. Nous n'avons jamais été aussi près de les coincer. Qu'on y aille, merde ! L'hélico, c'est un Super Puma, si je ne m'abuse ? Il devrait donc pouvoir supporter quelques coups de vent, non ?"

L'opérateur radio savait parfaitement ce qu'il aurait répondu si on lui avait demandé son avis. Mais personne ne le lui demanda. Il secoua la tête en les suivant d'un œil inquiet quand ils sortirent à la queue leu leu de la tour de contrôle. "Pourquoi tu n'as rien dit ?" demanda-t-il. Le météorologue avait les yeux baissés sur son bureau. "Ce n'est pas à nous de dicter aux gens ce qu'ils doivent faire. Ou alors on risque de s'enfoncer dans un bourbier de responsabilités. Nous leur expliquons du mieux que nous le pouvons ce que nous pensons être l'évolution du temps. Mais au final, c'est au pilote d'hélicoptère de décider si oui ou non il veut voler."

Au panneau de commande radio, un "Lima, Novembre, Oscar Tango Golf. Prêt au décollage.

Destination Gråhuken, Mosselbukta et détroit de Hinlopen. Six personnes à bord. Temps de vol estimé à trois heures et treize minutes…" éclata sur la bande UHF. Peu après, l'hélicoptère s'envolait et disparaissait de leur champ de vision. Magnor les suivit sur le radar aussi longtemps que possible.

Le chercheur était monté dans l'hélicoptère en tant que passager, et non en tant que donneur d'ordres. D'ordinaire, l'Institut polaire n'avait pas les moyens de partir pour de longues et coûteuses missions de reconnaissance en avion. De plus, le décompte des rennes s'effectuait au printemps, quand la lumière revenait sur le paysage polaire et que les pistes de motoneige étaient bonnes. Mais le chercheur savait à peu près où se trouvaient les rennes, surtout le troupeau qu'il soupçonnait d'être décimé par l'abattage clandestin.

Ils cherchèrent celui-ci à plusieurs endroits au nord-est. Les projecteurs en dessous de l'hélicoptère balayaient le paysage plongé dans l'obscurité, mais ils ne virent aucune trace de rennes et, après avoir fait de nouveau chou blanc sur les versants des montagnes où le chercheur les avait aperçus pour la dernière fois, ils reprirent la direction du nord.

C'était le copilote qui était aux commandes. Il était nouveau et devait s'aguerrir. L'hélicoptère se balançait et tremblait dans les zones de turbulences aux abords des sommets, mais tout cela n'empêchait pas Tor Bergerud de garder les yeux mi-clos et les autres passagers de s'ennuyer ferme en scrutant par les vitres les étendues désertes et monotones. Ils ne pouvaient même pas discuter de la pluie et du beau temps, puisque le moindre échange devait passer par la liaison radio à cause du bruit du rotor et pouvait donc être entendu de tous.

Aux abords de la calotte glaciaire du Vestfonna, le vent changea brusquement de direction, et l'hélicoptère prit le noroît de biais. Tor Bergerud se redressa sur son siège et jeta un coup d'œil aux instruments de bord. "Le vent se lève", dit-il à l'intention du copilote et il rapprocha le micro de sa bouche. "Svalbard Radio, Oscar Tango Golf." Un grésillement crépita dans les écouteurs. "Svalbard Radio, Oscar Tango Golf, vous m'entendez ?" Et à l'intention du copilote : "Ils ne nous entendent pas, tu crois ? Ce devrait pourtant être le cas d'ici…"

L'*Edgeøya* et le *Polarjenta* se démenaient au milieu du pack soumis à la pression pour progresser vers le nord-est et ressortir une nouvelle fois du détroit de Hinlopen. Les coques en acier tonnaient à chaque fois qu'un lourd morceau de glace dure et bleue venait cogner contre le navire. Cela craquait de partout et le vent sifflait tellement fort qu'ils ne s'entendaient presque pas parler dans la timonerie. La visibilité était quasiment nulle à travers les rafales de neige d'un gris de plomb qui se posaient en couches épaisses et visqueuses sur les vitres. Il ne servait à rien de mettre la tête dehors pour mieux voir, car avec la bise glaciale, les yeux se remplissaient immédiatement de larmes. Le radar n'était peut-être pas d'une grande aide pour trouver des chenaux dans la banquise, mais il donnait une idée du littoral le plus proche. Après ce qui leur sembla être une éternité et à une vitesse de seulement 2 nœuds, les deux chalutiers remportèrent la lutte contre la marée et le vent, laissant derrière eux le détroit tant redouté. Mais soudain une tache blanche apparut sur le radar, un objet flottant suffisamment grand pour se démarquer de la multitude de réflexions émises par les floes plus petits. Or celui-ci se trouvait juste devant eux. Il bloquait la sortie de l'embouchure de Nordporten.

"Putain, qu'est-ce que c'est?" s'écria le second devant l'écran radar. La panique dans sa voix était perceptible. Oddemann accourut en titubant. La barre fut confiée au matelot qui fixait d'un regard épouvanté l'immense masse sombre surgie juste devant l'étrave. "Un iceberg!" Avec la rapidité de l'éclair, Oddemann était revenu à la barre. Il vira de toutes ses forces à tribord. "Viens m'aider!" Il se cramponnait à la roue du gouvernail et contraignait le bateau à virer très très lentement en direction du nord-est.

Le second du *Polarjenta* avait lui aussi vu l'iceberg. Le chalutier, plus ancien, était légèrement derrière et disposait d'un peu plus de temps pour agir, mais l'équipage constata avec horreur que l'iceberg se déplaçait bien plus vite que la banquise. Et le géant se dirigeait droit sur eux.

Quand les chalutiers eurent la marée et le vent au milieu du navire, il devint plus difficile de manœuvrer, et ils perdaient de la vitesse en essayant de distancer l'iceberg.

"Nous n'arriverons pas à le contourner, cria Oddemann. Cette saloperie doit faire des mètres de long. Il faut qu'on aille vers le sud."

Au large de la rive est du détroit, la banquise s'était agglutinée en grandes crêtes qui se chevauchaient dans tous les sens et qui, inexorablement, se soulevaient sous la pression. Il serait redoutable pour les chalutiers d'évoluer là-dedans. Comme par télépathie, les deux patrons eurent la même idée : suivis de dangereusement près par le gigantesque iceberg, les deux chalutiers mirent le cap sur l'intérieur du détroit, vers le sud-est.

Le premier arrêt de l'hélicoptère dans le Nord était censé être Gråhuken, où un chasseur habitait pour la troisième année consécutive dans une vieille cabane pleine d'histoire. Le policier Hanseid avait apporté le courrier, des provisions et un peu de nourriture fraîche. Mais le noroît qui forcissait rapidement les obligea à prendre une décision : faire demi-tour ou "se poser" ainsi que le dit Bergerud, comme s'il s'agissait d'un jeu d'enfant. Mais le chercheur savait par expérience ce que cela risquait de signifier : de nombreuses heures d'attente dans le froid glacial d'un hélicoptère rivé au sol. "Et si on montait vers le Sorgfjord ? proposa-t-il. Il y a une vieille station de recherche là-bas.

— Elle ne s'est pas effondrée ? Je crois avoir entendu dire que le toit s'était envolé." Bergerud se retourna et regarda les autres passagers par-dessus son épaule.

"Non, il a été remis en place. Je suis allé y faire un tour l'hiver dernier. Mais réussira-t-on à arriver jusque-là ?

— On peut toujours essayer." Le copilote, la mâchoire contractée, avait les mains crispées sur le manche à balai. L'hélicoptère tanguait sous l'assaut des bourrasques.

Au fond du Sorgfjord, une rafale de neige s'abattit sur eux. En un clin d'œil, la visibilité devint nulle et l'hélicoptère vola dans une épaisse bouillie de neige fondue qui collait aux vitres. "Il faut qu'on se pose." Le copilote était livide dans la lumière des instruments de bord.

Bergerud serra le micro contre sa bouche. "Sur le radar, je vois le versant de la montagne sur la rive ouest du Sorgfjord. Nous en sommes à environ un demi-mille nautique. Tu vois ce promontoire ?" Il montrait un point sur le petit écran rond. "Selon la carte, il se trouve juste à côté de la vieille station. Tu peux essayer d'atterrir là ?"

Les six hommes dans l'hélicoptère avaient la chance avec eux. Juste au moment où ils approchaient le cap, une éclaircie soudaine leur permit d'apercevoir le sol au-dessous d'eux. Au bout de trois tentatives, le copilote réussit à poser les patins sur la neige tassée. Il laissa cependant tourner le rotor jusqu'à ce que tous soient sortis. La dernière chose qu'il fit avant d'éteindre fut d'appeler la Svalbard Radio, mais il n'obtint aucune réponse.

XVII

LES LETTRES

Jeudi 8 février, 8 heures

Elle était au lit, les yeux secs et le visage cramoisi. Avec une forte fièvre et le souffle rauque. Une bronchite peut-être, à moins que ce ne soit une pneumonie. Elle semblait indifférente à ce qu'il lui disait. Elle se détournait, ne répondait pas.

Erik Hanseid crut d'abord à une mauvaise grippe. Il lui coupa des fruits de toutes sortes et lui apporta des verres d'eau et des tasses de thé au lit. Elle ne voulait rien. Il n'alla pas travailler, acheta des journaux et des magazines qu'elle ne lut pas, aéra la chambre, prépara le dîner. Mais elle ne quitta son lit que pour aller aux toilettes. Elle dormait presque tout le temps. En tout cas, elle restait immobile, les yeux fermés.

"Je vais mourir", déclara soudain Frøydis en fin d'après-midi. Mis à part les quelques réponses qu'elle avait données à ses questions sans importance, ce fut la première phrase qu'elle prononça de la journée. Son mari appela l'hôpital.

Frøydis eut une chambre pour elle toute seule. Le nouvel hôpital étant grand et les patients peu nombreux, cela n'avait rien d'un privilège, mais tenait simplement au hasard. Elle se sentit néanmoins choyée et commença à apprécier cette attention que l'on manifestait à son égard. Le médecin pensa d'abord qu'elle avait peut-être une pneumonie, mais ce n'était pas le cas. La fièvre tomba au bout de quelques jours. Sa tension redevint rapidement normale et la grippe perdit du terrain. La patiente, cependant, restait faible.

"Je ne comprends pas très bien, dit le médecin. Elle devrait être en voie de guérison, mais elle est là, complètement apathique. Y aurait-il quelque chose qui m'aurait échappé?"

Il était sur le point de prescrire de nouveaux examens à effectuer au centre hospitalier de Tromsø. Hannah, l'infirmière, adressa un clin d'œil au médecin: "Laisse-moi faire." Elle entra dans la chambre de la malade et s'assit à côté du lit où Frøydis semblait dormir, une fois encore.

"Le médecin veut vous envoyer à l'hôpital sur le continent, murmura-t-elle au visage pâle et immobile. Il veut que vous passiez des examens qui ne peuvent être effectués que là-bas. Voyez-vous, il ne comprend pas pourquoi vous ne vous rétablissez pas."

Le silence régnait dans la pièce. La lampe sur la table de nuit était allumée. Dehors, dans la nuit polaire, une motoneige passa sur la route. Hannah, sur sa chaise, les mains sur les genoux, regardait en l'air.

"Personnellement, je ne pense pas que ce soit une très bonne idée… de laisser votre mari seul ici à Longyearbyen. Je me trompe?" demanda-t-elle tranquillement.

Un petit bruit lui parvint du lit, mais le corps n'avait pas bougé.

"Ce serait peut-être aussi bien de guérir, non?" suggéra Hannah. Enfin, elle jeta un coup d'œil furtif vers la patiente et tressaillit. Frøydis avait ouvert les yeux et la fixait sans ciller.

Ce qui se passait sous le nez de toute la ville, Trulte Hansen trouvait cela inacceptable. Elle arriva à l'hôpital avec de la lecture, des fruits et du chocolat. Comme elle ne connaissait pas si bien que ça Frøydis Hanseid – elle avait simplement voulu se montrer gentille –, elle ne savait pas trop quoi lui raconter. Elle croqua donc bruyamment dans une pomme et se mit à parler nerveusement. "Goûtez donc une mandarine, Frøydis. On vient juste de les recevoir du continent. Et un petit chocolat? Il faut que vous repreniez des forces, mon petit. La grippe est parfois plus méchante qu'on ne le croit. Il paraîtrait aussi qu'on est un peu déprimé après. Du moins... ce n'est pas votre faute, loin de moi cette idée, non..." Elle cligna des yeux, d'un air navré, et s'empressa de poursuivre : "Le comité d'organisation de la fête du Soleil va de nouveau se réunir dans quelques semaines. Ça vous embêterait de vous joindre à nous? Nous recherchons des gens à la fois capables de perpétuer les traditions et d'apporter de nouvelles idées. Je commence à me faire vieille, vous savez. La fête du Soleil, c'est avant tout pour les jeunes. Ça vous tenterait?"

Frøydis souriait en pensant : Je suis invisible. Personne ne me voit.

Quelle femme admirable, songeait Trulte. Calme et patiente, pas mauvaise langue. Elle serre les dents et se résigne à prendre la vie comme elle est. Son mari finira bien par revenir à la raison.

Au bout de quelques jours, on renvoya Frøydis chez elle, mais elle rechuta. Elle fut prise de diarrhées et de vomissements, et se retrouva une fois de plus dans la salle d'attente du médecin. "Hmm, murmura celui-ci. Il ne faut pas vous inquiéter. Ce genre de maladie, c'est viral. Ça ne s'attrape pas à cause du froid ou en ayant les pieds gelés." Il détourna le regard, gêné. "C'est sans doute une saleté qu'un touriste nous a ramenée du continent."

Mais la semaine suivante, il se montra moins compréhensif. Il l'examina sans desserrer les dents ou presque. Entre-temps, Hannah avait mené sa petite enquête au supermarché, où la parfumerie faisait aussi office de pharmacie et vendait des cachets contre le mal de tête, des sprays pour le nez et des traitements contre la constipation. Or Hannah lui avait glissé à l'oreille que Frøydis s'était rendue à la parfumerie.

"Maintenant ça suffit", lui déclara le médecin sans détour. La psychologie ne faisait peut-être pas partie des matières qui l'avaient passionné durant ses études, mais depuis qu'il était arrivé au Svalbard quelques années auparavant il avait eu l'occasion d'observer un certain nombre de comportements un peu bizarres. "Si vous n'êtes pas malade, vous allez finir par le devenir si vous continuez comme ça."

Frøydis ne répondit rien, néanmoins elle cessa de prendre les petits cachets laxatifs bleu clair. Malgré tout, elle se mit à souffrir de brûlures à l'estomac et à la poitrine, un peu comme sous l'effet d'une flamme ou d'un liquide corrosif.

Même si je m'arrache les bras, ils ne me verront pas, pensait-elle. Ils verront l'autre Frøydis, celle qui n'existe plus. Ils verront la carapace qui s'est formée sur mon visage – le masque de Frøydis –, mais moi, ils ne me verront pas.

Elle écrivit une lettre à Tor Bergerud. *"J'aurais préféré marcher pieds nus sur la banquise plutôt que de m'attacher à toi, lui déclara-t-elle. Je ferais n'importe quoi pour me débarrasser de mes sentiments pour toi."*

Tor Bergerud prit peur. Il éprouvait une sorte de pitié froide envers elle, un peu comme quand on écrase un petit animal et qu'il gît sur la route derrière la voiture en se convulsant dans d'atroces souffrances. Il fallait qu'il agisse afin que Frøydis cesse de lui porter cette attention exaspérante. Si seulement elle avait pu considérer ce qui s'était passé entre eux comme une erreur à la fois amusante et sympa, un secret qu'ils partageaient et dont ils pouvaient sourire quand personne ne les voyait!

Il avait besoin de s'épancher auprès de quelqu'un, car il ne savait pas quoi faire pour empêcher que l'état de Frøydis ne s'aggrave encore. Peut-être irait-elle même jusqu'à tout raconter à Line? Ce fut finalement à Tom Andreassen qu'il choisit de se confier. "Il faut que tu lui parles", lui répondit celui-ci en se dandinant. La confidence le mettait mal à l'aise et ne s'avérait pas nécessaire. "On réagit tous de façon très différente à la nuit polaire la première année. Certains la vivent très, très mal. À vrai dire, certains ne devraient même pas être là. Leur place est sur le continent, dans la lumière du jour et sous le soleil, parmi des gens ordinaires. Mais toi, Tor, tu as aussi ta part de responsabilité dans tout ça. Comme je te l'ai dit, il faut que tu lui parles."

Tor Bergerud se chargea de régler cette affaire et invita une Frøydis Hanseid amaigrie et grise, mais pleine d'espoir, à dîner au Polar Hotel. Il ne commença à parler sérieusement qu'une fois le plat de résistance bien entamé.

Avant cela, le dîner avait été plutôt classe ; il avait choisi le menu arctique avec cinq plats, accompagnés d'un grand millésime, la totale quoi. Le client était rare, mais un feu n'en était pas moins allumé dans la grande cheminée au coin de la salle. Le serveur, qui faisait partie des gens dans la confidence, se tenait à distance.

Elle s'était habillée pour sortir, et maquillée. Elle portait une robe rouge foncé – une robe en laine à manches longues et au décolleté profond. Elle avait un collier et des boucles d'oreilles en perles. Aucune bague. Le masque de Frøydis était presque transparent : elle aurait tant voulu qu'il la voie. Mais lui, tout ce qu'il voyait, c'était une lueur affamée dans ses yeux et des attentes qui flottaient comme des ombres autour de son front.

Il pensa qu'il valait mieux jouer la carte de l'honnêteté même si les gens devaient se moquer de lui. "Il n'a pas vraiment inventé le fil à couper le beurre, ce Tor Bergerud, plaisanteraient-ils, mais il faut reconnaître que c'est un bon pilote d'hélicoptère." Ils pourraient dire ce qu'ils voudraient. Quoi qu'il en soit, sa stratégie ce soir-là était de lui exposer sa vision des choses. Et lentement, au fur et à mesure qu'il parlait, le visage de Frøydis se figea et la rougeur enjouée sur ses joues disparut.

Dieu merci, pensa-t-il. Elle comprend qu'elle doit se ressaisir, que cela ne peut pas durer. Et que, de toute façon, je n'ai pas l'intention de quitter Line.

Il n'y eut ni scandale, ni dispute bruyante, ni pleurs. Bon, pensa Tor Bergerud satisfait. Voilà qui est fait. Cette histoire est terminée. Retour à la normale.

Frøydis errait dans Longyearbyen. De nouveau, elle était invisible. Chaque matin, elle effectuait une longue promenade aux abords de la ville. Et le soir aussi, souvent. "Étrange, songeait-elle, que personne n'évoque le sentiment de satisfaction que suscite la haine, son côté jouissif et excitant. L'impression, presque, de tomber amoureux. Mais pour cela, il faut avoir quelqu'un à haïr. Quelqu'un qui a tout fait pour. Quelqu'un qui mérite de souffrir."

Les lettres commencèrent à arriver au bureau du gouverneur à la fin du mois de janvier. Anonymes, avec presque rien d'écrit dessus. Tout d'abord, aucun des policiers ne les prit au sérieux, c'est pourquoi ils ne gardèrent pas les premières. Mais par la suite, en discutant avec le Kripos, plusieurs d'entre eux se souvinrent qu'ils avaient dû en recevoir au moins quatre.

Le papier ordinaire, de format A4, était celui communément utilisé dans les photocopieuses et les imprimantes. La police, parfaitement standard, était toutefois plus grande que dans un courrier normal. Aucune adresse et aucun expéditeur n'étaient indiqués. Leur apparente sobriété n'avait rien d'exaltant, c'était un peu comme si quelqu'un avait imprimé le brouillon inachevé d'un roman policier avant de décider de le jeter. Le contenu, lui, en revanche, n'était pas anodin. Au centre de chaque page, on pouvait lire en Times New Roman corps 20 : "*Quelqu'un doit mourir.*" À chaque fois la même phrase, sauf dans la dernière missive, qui disait : "*Quelqu'un va mourir.*"

Le gouverneur Isaksen demanda à Tom Andreassen de regarder cette histoire de lettres de plus près et d'en découvrir l'auteur. Elle était curieuse aussi de savoir comment celles-ci avaient bien pu arriver par le courrier interne ; les enveloppes, en effet, n'étaient pas affranchies. Le policier, qui dirigeait alors le commissariat, montra les courriers à Knut Fjeld et Erik Hanseid. "C'est certainement une blague stupide, dit Knut. Si on les avait déposées à la réception, quelqu'un s'en serait souvenu. Il doit donc s'agir de quelqu'un de chez nous. Mais qu'on puisse trouver ça drôle, franchement ça me dépasse.

— Je peux la photocopier ?" demanda Hanseid. Tom Andreassen haussa les épaules.

Erik et Frøydis Hanseid dînaient dans la cuisine. Ils parlaient peu. Il lui montra les lettres photocopiées.

"C'est là-dessus que tu travailles tous les soirs ?" lui demanda-t-elle sur un ton presque enjoué.

Il la regarda longuement, sans un mot.

"Vous avez peut-être un assassin qui se promène dans Longyearbyen, qui sait ? plaisanta-t-elle.

— Ce n'est pas drôle, répondit-il. Nous prenons ce genre de menaces au sérieux, même s'il ne s'agit sans doute que d'une blague bête et méchante. Nous avons envisagé de mettre le Kripos sur l'affaire."

Ils passèrent au salon et allumèrent la télé. À la fin du journal, il s'étira, bâilla et annonça qu'il partirait au travail à l'aube et qu'il ne rentrerait que très tard dans la nuit. Il allait dans le Nord, vers le détroit de Hinlopen, pour une tournée d'inspection en hélicoptère. Elle lui lança un regard furtif, mais garda le silence.

Il laissa les photocopies traîner sur la table de la cuisine. Les semaines suivantes, le bureau du gouverneur ne reçut aucune autre lettre anonyme.

Frøydis écrivait un journal intime depuis de très nombreuses années. Elle ne prenait même plus la peine de le cacher et le posait en évidence sur sa table de nuit, persuadée que son mari n'aurait pas le courage de lire en douce ce qu'elle racontait sur lui. Elle était en effet convaincue qu'il pensait en être le sujet principal, tellement il était présomptueux. Mais ce n'était pas le cas.

Elle était une personne d'ordre et une routine bien établie la rassurait, c'est pourquoi elle commençait toujours en haut d'une page vierge. Elle inscrivait d'abord la date, le lieu où elle se trouvait, le temps qu'il faisait et ce qu'elle avait mangé au petit déjeuner. Elle indiquait ensuite son humeur et ce qu'elle avait de prévu ce jour-là, si elle avait quelque chose de prévu. Après cela, elle pouvait laisser libre cours à sa plume. Derrière la description minutieuse d'une vie ennuyeuse et bien rangée, elle pouvait explorer les dessous de la réalité.

Ces derniers temps, elle s'était mise à l'ordinateur. Elle utilisait celui qui trônait sur le bureau de son mari. Au début, elle ne connaissait rien à Internet mais, sous prétexte de chercher des modèles de tricots, elle avait demandé à Trulte Hansen de lui montrer comment cela fonctionnait. Ce qu'elle trouvait, elle le consignait scrupuleusement dans son journal, d'une écriture d'écolière appliquée. *Tr*, notait-elle. Mais cela ne signifiait pas tricot. *Ars*, *cy*, *sou* faisaient aussi partie des abréviations peu explicites qu'elle employait.

Mais au fur et à mesure, elle s'enhardit. L'envie de voir dans son carnet ce qu'elle lisait sur Internet fut de plus en plus forte. D'une certaine façon, les descriptions horribles prenaient un caractère réel une fois couchées de sa propre main dans son journal intime. Il devint ainsi vrai que Frøydis avait versé en catimini de l'arsenic dans le café et vu cet individu mourir dans d'atroces souffrances. Mais personne ne se doutait que c'était elle, car elle se déplaçait comme une ombre au milieu de tout le monde. Elle était libre d'aller où bon lui semblait. Seule et invisible. Et il était en son pouvoir de laisser quelqu'un mourir si elle le souhaitait. En tout cas, dans le monde de l'imaginaire.

Bien sûr, elle savait que tout cela n'était que le pur fruit de son imagination. Il était probablement impossible de trouver de l'arsenic au Svalbard, et certainement pas du cyanure. Mais elle cherchait sur Internet, lisait puis écrivait dans son carnet. Elle éprouvait alors un étrange sentiment de réconfort, de bien-être, et souriait à Erik Hanseid, qui presque chaque soir devait rester travailler tard.

Un jour, elle tomba sur un entrefilet dans un journal. Ce devait être *Dagbladet,* car le petit article était suivi d'une description deux fois plus longue que l'entrefilet lui-même, sur ce qu'il convenait de faire si pareille mésaventure vous arrivait. La femme avait bu de la soude caustique. Le journal ne s'attardait guère sur ce point, un peu comme si boire de la soude caustique était une chose que tout le monde pouvait faire par accident. Frøydis sourit d'un air entendu. Il était marqué qu'il fallait boire du lait, que cela soulageait la douleur. Il était dit aussi que la soude était un produit terriblement corrosif qui brûlait tout sur son passage et que le malheureux qui en ingurgitait souffrait horriblement. Elle n'était cependant pas mortelle, du moins pas en petites quantités.

Frøydis songea qu'il ne devait pas être bien difficile de se procurer de la soude. Les raisons d'en acheter ne manquaient pas. Une canalisation bouchée, en raison de trop de résidus de nourriture dans l'évier de la cuisine, ou de cheveux dans la douche, par exemple. Mais que les gens puissent absorber ce liquide corrosif par accident, ça elle n'y croyait pas un instant. Il fallait pour cela qu'on les y aide discrètement.

Frøydis écrivit avec assiduité dans son journal intime plusieurs soirs de suite. La date, appartement 226-8, le temps, froid, et une tempête de neige annoncée. Elle réalisa qu'Erik devait partir en hélicoptère pour une tournée d'inspection sur l'île de Nordauslandet. Celle-ci avait déjà été reportée plusieurs fois. Elle n'avait rien de prévu pour sa part. Il faut dire qu'elle avait été malade et qu'elle ne se sentait pas encore vraiment assez en forme pour participer aux réunions du comité d'organisation de la fête du Soleil. Et puis elle avait pensé à acheter la soude caustique. Il fallait la mélanger à quelque chose de froid. Du lait ? Non, cela atténuerait les effets. Du coca ? Oui, du coca, évidemment. C'était parfait. Dans une bouteille en verre d'un demi-litre qu'elle décapsula en prenant garde à ne pas abîmer le bouchon, pour qu'on ne voie pas qu'elle avait été ouverte.

Même si elle savait que son journal n'était lu que par elle seule, elle ne citait aucun nom. Elle n'osait pas. Tant qu'aucun nom n'était précisé, elle pourrait en rire et faire passer tout cela pour un fantasme honteux. Mais elle imaginait les crampes, les douleurs violentes, le vomi, les yeux écarquillés et injectés de sang. Peut-être même des cris rauques implorant de l'aide. Frøydis souriait en écrivant. Puis elle réalisa qu'il serait difficile de placer la bouteille de Coca de façon à ce que personne d'autre n'en boive, car, malgré tout, elle ne voulait de mal qu'à un seul individu. En tout cas, pour l'instant.

Elle se promenait en ville et, par les fenêtres éclairées, elle observait l'intérieur des maisons où les gens vivaient leur vie, tout en réfléchissant aux éventuelles possibilités ; elle était frigorifiée mais ne s'en rendait même pas compte. Elle empruntait souvent la route qui passait devant le nouvel hôpital, la même que celle qui passait devant le jardin d'enfants. Un soir en sortant de sa garde, le médecin l'aperçut alors qu'il partait au supermarché s'acheter quelque chose à manger. Il se dit qu'il n'était nul besoin d'un doctorat en psychologie pour remarquer que quelque chose ne tournait pas rond chez Mme Hanseid. "Il doit bien y avoir quelqu'un pour lui parler, confia-t-il sincèrement inquiet à Hannah, l'infirmière. Un beau jour, on va se retrouver avec un suicide sur les bras."

Hannah secoua la tête. "Je crois bien qu'il n'y a rien à faire. C'est à elle de le comprendre toute seule. La lumière ne va pas tarder à revenir, et puis ce sera le soleil de minuit et l'été. Et comme chacun sait, le Svalbard est alors un autre pays. Ça finira par lui passer. Son mari doit bien se rendre compte qu'elle souffre, la pauvre !

— Ah oui, tu crois ?" Le médecin lança un regard compatissant à Hannah. Elle avait eu ses propres démons à combattre quelques années auparavant.

Frøydis avait beau chercher, elle ne voyait pas comment mettre la bouteille de Coca au bon endroit et au bon moment devant la personne en question. Elle était surprise que cela l'affecte autant. Elle marchait. Elle écrivait. Elle réfléchissait, et en pleurait presque de frustration et d'excitation. Puis elle imagina un autre scénario. Un scénario où aucun poison n'entrait en jeu, mais qui offrirait un spectacle tout aussi jouissif à contempler.

XVIII

À TRAVERS LA GLACE

Samedi 27 janvier, 14 h 30

Kristian et Lars Ove étaient en train de fumer derrière le mur de la station de recherche délabrée, dans le Sorgfjord, quand ils aperçurent les lumières de l'hélicoptère juste au-dessus d'eux. Ils se préparèrent à partir en un clin d'œil. Les trois traîneaux furent attelés à l'arrière des motoneiges, vides à l'exception de quelques jerrycans d'essence pour le retour.

"Ils ont l'intention d'atterrir." Kristian écrasa son mégot sous sa botte de moto. "On va prendre par là-haut. T'as qu'à me suivre de près pour pas me perdre de vue." Il contourna rapidement la station et ouvrit la porte d'un grand coup de pied. Une grosse congère ne tarderait pas à se former sur le sol. Il envisagea un instant d'aller remplir le poêle de neige, mais celui-ci se refroidirait rapidement de lui-même. Il regagna la motoneige en trottinant et démarra.

Lars Ove roulait juste derrière Kristian, si près qu'il faillit foncer dans son traîneau. Le versant de la montagne montait à pic. Ils se couchèrent sur leur guidon et s'élancèrent dans la côte en accélérant à fond. Il s'agissait de maintenir une vitesse élevée afin de ne pas se renverser et dévaler la pente. Dans les montées raides, ils savaient tous les deux que c'était à pile ou face. Soit ils fonçaient vers le sommet à une vitesse vertigineuse en espérant avoir suffisamment de place à l'arrivée pour freiner et ne pas dégringoler de l'autre côté, soit ils se retournaient et dévalaient toute la pente jusqu'en bas où, dans le meilleur des cas, ils devraient extraire les motoneiges et les traîneaux de la poudreuse.

Ils parvinrent là-haut sans encombre. Juste de l'autre côté de la crête, il y avait un petit creux derrière une grosse pierre. Une fois celui-ci atteint, ils ralentirent et coupèrent le contact puis rampèrent jusqu'au bord pour regarder l'hélicoptère se poser juste à côté de la station de recherche au-dessous d'eux.

"Le temps se lèverait pas un peu? demanda Lars Ove plein d'espoir. J'ai l'impression de les voir pas trop mal.

— Je crois pas." Kristian se pinça le nez et se moucha au-dessus de la neige. "C'est seulement le bon Dieu qui reprend son souffle.

— On fait quoi dans ce cas? On continue ou…

— J'avais pensé rester dans la cabane en bas. J'espérais que l'hélicoptère poursuivrait sa route jusqu'à Mosselbukta, mais il a fallu qu'ils atterrissent ici. Tu trouves pas ça un peu bizarre, toi? Nom de Dieu, comment ont-ils bien pu savoir qu'on était ici?

— Eh ben…" Lars Ove hésita. Il reconnaissait les premiers signes des violentes colères de Kristian.

"Se pourrait-il qu'un petit ingénieur de mes deux ait cafté? Et que pour se concilier les bonnes grâces de la direction et des autorités, il nous ait vendus? C'est seulement une question, Lars Ove. Je dis ça, je dis rien. Pour le moment, en tout cas. Mais si jamais il a fait ça, Lars Ove… crois-moi, il va le payer cher."

Les deux hommes au sommet de la montagne perdirent assez vite tout espoir de voir l'hélicoptère repartir. Les petites silhouettes en bas déchargèrent les bagages, arrimèrent le rotor, recouvrirent le nez du Super Puma et se réfugièrent ensuite dans la station de recherche. Le vent et les rafales de neige continuaient à s'intensifier. Kristian se leva et scruta l'horizon. Il secoua la tête. "Je connais pas le terrain par ici. Il faut qu'on attende d'avoir une meilleure visibilité pour redescendre. On va devoir rester ici quelques heures, le temps que ça se calme."

En se déplaçant tant bien que mal dans la neige, les deux hommes réussirent à ramener les trois traîneaux au niveau des motoneiges et à les basculer sur le côté de façon à ce que l'ensemble forme une sorte d'abri. Kristian sortit les tapis de sol et les sacs de couchage et les donna à Lars Ove. "Il faut qu'on s'emmitoufle. On sait pas combien de temps ça peut encore durer ce bordel."

Tor Bergerud tapota l'épaule du copilote. "Tu t'en es bien tiré. Je crois que j'aurais pas fait mieux." Il souriait mais le copilote, encore blême, se contenta de secouer la tête.

Le chercheur passa la tête dehors. "Entrez donc. Restez pas dans le froid. Le poêle est encore chaud. Des gens étaient ici il n'y a encore pas si longtemps que ça. Mais quelle bande de rigolos ! Laisser la porte ouverte ! Le sol est couvert de neige.

— Tu n'as pas vu les traces de motoneiges sur le versant de la montagne ?" lui cria Bergerud en réponse, mais le chercheur était déjà retourné à l'intérieur et avait fermé la porte derrière lui.

Dans la station, ils s'étaient déjà organisés. Le chercheur s'affairait ici et là, mettait des grandes bûches dans le poêle, allumait les bougies qu'il plaçait dans des bouteilles vides dénichées dans un placard, rangeait la nourriture sur un plan de travail qui, à en juger par les taches, avait servi de coin cuisine précédemment. "Ce sera quoi pour dîner ? demanda-t-il satisfait. Un ragoût lyophilisé ou une conserve ?"

Erik Hanseid, quant à lui, furetait un peu partout. Le faisceau de sa lampe de poche tomba soudain sur un sac en plastique posé dans un coin. Celui-ci était rempli de déchets. Il se retourna vers le chercheur, le regard pensif. "Je me demande si on n'aurait pas mangé de la nourriture fraîche ici il n'y a pas si longtemps que ça. À ton avis, ce sont des restes de viande de renne ?"

Tor Bergerud avait enlevé son blouson d'aviateur et s'était assis sur la banquette contre l'autre mur. "Des crevettiers étaient en liaison radio il y a une heure, dit-il. Ils n'arrêtaient pas de brailler sur la moyenne fréquence. Ils semblaient avoir quelques petits problèmes sur la banquise. Et j'ai eu l'impression qu'ils appelaient un autre chalutier qui se trouvait dans le détroit, pas loin de l'embouchure du Sorgfjord. Vous croyez que ce sont eux qui sont venus ici ?

— Ce n'est pas impossible." Le visage d'Erik Hanseid s'était durci.

"Eh bien, dans ce cas, c'était l'équipage de l'*Ishavstrål*. Ça peut toujours servir pour plus tard de savoir que c'était le seul bateau à proximité."

Le chercheur les rejoignit. "Mais où sont passés les deux types de Longyearbyen à motoneige ? Bon sang, dommage qu'on ne soit pas arrivés quelques heures plus tôt. On aurait peut-être pu les prendre en flagrant délit juste au moment où ils livraient la viande abattue illégalement et les produits de contrebande.

— Ouais, et on aurait peut-être pu aussi éviter ce temps-là." Le copilote montrait le plafond du doigt, où des planches mal fixées battaient sous les rafales de vent.

"Je n'aimerais pas être à leur place pour le retour." Tor Bergerud secoua la tête. "Cela ne me surprendrait pas que Svalbard Radio nous appelle à l'aide, soit pour les mecs en motoneige, soit pour un chalutier en train de sombrer."

L'*Ishavstrål* ne tenta même pas de se frayer un passage vers le nord. Le courant et la banquise les entraînaient avec une telle force vers le sud que le patron prit le risque de partir dans cette direction. Lui et le second, penchés au-dessus des cartes marines, consultaient en même temps le journal de bord. "Écueils et bas-fonds, lut le second. Eaux imprévisibles… mal cartographiées. Tu peux m'expliquer ça? Comment se fait-il que les environs de la capitale soient cartographiés au millimètre près, alors qu'ici, où on lutte seul contre la force des éléments, ils sont même pas foutus de nous dessiner un truc grosso modo? Non, mais j'y crois pas!" Il criait presque pour couvrir le bruit du vent qui sifflait autour de la timonerie et celui de la glace qui raclait les bords du bateau.

Le matelot était à la barre. Il plissait les yeux et le nez, mais ne voyait rien d'autre que la neige qui zébrait l'air dans les lumières du projecteur antibrouillard sur le toit. Brusquement, à sa grande surprise, il prit la barre dans le ventre et ses dents s'écrasèrent sur le maneton le plus haut. Le chalutier tressaillit plusieurs fois violemment, un peu comme si on le secouait, et s'inclina à bâbord. Ils entendirent les machines s'emballer, sans que le bateau avance pour autant. Puis le bateau fut plongé dans le noir. "Harald!" cria le matelot affolé en se cramponnant à la barre. Tout à coup, le plancher s'était redressé, comme dans une grosse côte. En luttant pour ne pas glisser, il perdit un de ses sabots et se retrouva à genoux, pendu au chevalet.

Harald et le second avaient tous les deux dérapé contre le mur. Ils se relevèrent à grand-peine et rampèrent jusqu'à l'avant de la timonerie, où ils réussirent à agripper une baguette sous les hublots. La porte du gaillard s'ouvrit et se mit à battre dans le vent. Des livres, des tasses et tous les objets non fixés glissèrent sur le parquet et disparurent par la porte. "V'là tes jumelles qui viennent de s'faire la malle!" fit remarquer le second qui observait le chaos ambiant. Mais le capitaine avait réussi à se hisser sur ses jambes et scrutait l'obscurité devant le chalutier. "Bon sang de bonsoir, je crois bien qu'on s'est échoué."

L'équipage de l'*Ishavstrål* réussit peu à peu à comprendre ce qu'il lui était arrivé. Le bateau s'était effectivement échoué. "Ne nous plaignons pas, c'était un atterrissage en douceur", relativisa le mécanicien, optimiste comme toujours. Il avait démarré le moteur auxiliaire. "C'est sans doute un banc de sable. Qu'est-ce qu'on fait maintenant, Harald? On démarre le moteur principal et on essaie de s'extraire de là?" Mais ce n'était pas la première fois que le patron s'échouait. "Non, on attend encore quelques heures que ce soit marée haute et on garde que le strict nécessaire dans les réservoirs." Il fit un clin d'œil au mécanicien. C'était strictement interdit, mais qui les verrait ici dans ce paysage d'apocalypse, au milieu des glaces et des rafales de neige ?

À quelques milles nautiques plus au nord dans le détroit, l'équipage de l'*Edgeøya* tentait désespérément de s'éloigner de l'iceberg. Il n'était pas question de chercher des passages en recourant à une navigation de haute précision, il fallait avancer, coûte que coûte. Les floes les percutaient et les faisaient dévier. Ils changeaient de direction, ouvraient des chenaux pour les refermer aussitôt. La couverture de glace était parfaitement imprévisible et le chalutier poussait son moteur à fond pour s'éloigner de l'énorme géant qui, lui, derrière eux, tranquillement et majestueusement, ne cessait de se rapprocher en se frayant un passage au milieu des glaces comme si celles-ci n'étaient que des miettes à la surface de l'eau.

Les hummocks* craquaient et tonnaient contre le navire. Des grands floes raclaient la coque en crissant bruyamment. Parfois, ils restaient coincés et devaient faire machine arrière. Le matelot, toujours à la barre, jetait des coups d'œil inquiets au second. "On devrait pas utiliser un peu plus le radar ? Imagine que les couples soient pris en étau et que l'eau commence à s'infiltrer dans le bateau ?" Mais le second l'ignora et se pencha sur la carte marine. Il avait répondu la même chose à chaque fois que le matelot lui avait posé cette question durant la dernière demi-heure : ils n'avaient pas le temps de se mettre à slalomer entre les floes.

* Des monticules de glace brisée qui a été soulevée par la pression.

L'iceberg derrière eux avançait trop vite. Il n'osait pas non plus naviguer trop près des terres sur la rive ouest du détroit, là où se trouvaient les récifs à la funeste réputation au large des îles Storøy.

Lentement, ils réussirent à distancer l'iceberg. Ils tentèrent de changer prudemment de cap et de faire route vers l'ouest. Le patron ouvrit la porte de la timonerie et scruta l'horizon à la recherche du *Polarjenta*, mais il ne distingua qu'une bouillie de neige. Puis brusquement, la chance infime qui les avait accompagnés durant la dernière heure les abandonna. De la tempête de neige, un vaisseau fantôme jaillit devant eux. Aucune lanterne, aucune lumière visible.

Le bateau roulait et tanguait. Inexorablement, il se rapprochait d'eux. Le matelot laissa échapper un hoquet et lâcha la barre. L'*Edgeøya* vira et fonça à bâbord dans une crête de plusieurs mètres de haut. Le chalutier dévia sous le choc et un grincement métallique couvrit presque la voix du patron qui hurlait au second : "Cette fois-ci, c'est trop! Descends voir si on prend l'eau, vite!" Puis il bondit comme un tigre et revint à la barre, tout en fouillant du regard l'obscurité devant lui pour essayer de reconnaître le chalutier devant eux.

"Appelle le *Førkja* ou l'*Ishavstrål*! cria-t-il au matelot. Ça ne peut être que l'un d'eux."

Lentement, l'*Edgeøya* réussit à manœuvrer et à s'extraire de la crête. Le patron parvint à faire virer le bateau à bâbord du chalutier plongé dans le noir. Derrière lui, il entendit le matelot qui avait réussi à établir le contact radio.

"*Førkja*, c'est toi devant nous?

— Ben ouais, tu croyais que c'était qui, nom de Dieu? La *Mary Celeste*? Dis à Oddemann qu'il faut nous remorquer jusqu'à la sortie du détroit. On a pris d'la glace dans la prise d'eau de refroidissement et les machines se sont complètement arrêtées. Ça va s'arranger, faut juste qu'on se sorte de là."

Le second était pâle en remontant dans la timonerie. "Une des cloisons a pris un sacré coup. Plusieurs rivets ont sauté. Mais si on évite d'autres chocs de ce genre, on devrait pouvoir tenir jusqu'à Tromsø."

La tempête se termina aussi soudainement qu'elle avait commencé. Un temps clair et un froid glacial venant du nord lui succédèrent. La lune s'éleva au-dessus de la montagne de Heclafjell, tel un éclat de verre. Les congères qui s'étaient amassées autour de la station de recherche suédoise scintillaient. La moitié du toit s'était envolée. Le sol de ce qui avait été une cantine douillette était désormais couvert de longues traînées de neige en éventail. Le poêle s'était éteint depuis plusieurs heures.

Les six hommes de l'hélicoptère s'étaient regroupés dans un coin tout au fond de la pièce, le plus loin possible de la neige. Toujours vêtus de leurs blousons et de leurs combinaisons, ils dormaient, emmitouflés dans leurs sacs de couchage. Le mécanicien se réveilla le premier. Il balaya la neige tombée sur les autres et les força à se lever. Erik Hanseid, qui avait dormi au plus proche de l'extérieur, à la place la plus exposée aux intempéries, était engourdi par le froid et dur à réveiller.

"Je n'arrive pas à allumer le poêle", murmura le chercheur à Tor Bergerud, qui entrait dans la cabane en tapant les pieds sur le sol et en époussetant la neige sur lui. "Il faut qu'on arrive à réchauffer ce garçon.

Tu crois que tu vas réussir à redémarrer l'hélicoptère une fois qu'on l'aura dégagé? Il faut qu'on rentre à Longyearbyen.

— Ça peut se faire, mais nous devrons voler sans contact radio. La fixation de l'antenne est bousillée, c'est pour ça que nous n'avons pas réussi à joindre Svalbard Radio hier. S'il nous arrive quoi que ce soit en route, personne ne saura où nous sommes. Évidemment, dans le pire des cas, il nous reste toujours l'émetteur de détresse."

Ils se retournèrent et regardèrent les autres hommes, en train de remballer le matériel. Le policier n'avait pas bougé. Recroquevillé dans son sac de couchage, il fixait un point devant lui d'un œil apathique.

"Le mieux est de ne rien dire aux autres, constata Tor Bergerud. Il est impossible de réparer quoi que ce soit ici. Mieux vaut ne pas les inquiéter."

Kristian et Lars Ove avaient fait en sorte de se tenir mutuellement éveillés durant la tempête de neige. Chacun leur tour, ils se glissaient hors de leur sac de couchage et déblayaient la neige qui s'infiltrait dans le petit coin abrité qu'ils s'étaient créé derrière les motoneiges et les traîneaux. Lars Ove avait perdu toute sensation dans les doigts et il les fourra sous ses aisselles, à l'intérieur de sa combinaison. Kristian souffrait le martyre à un pied, mais il n'osait pas retirer sa botte pour le frotter et ramener la chaleur dans ses orteils. Il garda la douleur à distance en spéculant longuement sur l'éventuelle culpabilité de Steinar et la probabilité que celui-ci ait tuyauté les hommes du gouverneur sur la contrebande et le rendez-vous dans le Sorgfjord.

"Il n'aurait quand même pas fait ça ! tenta Lars Ove d'un ton conciliant. Après tout, c'est dans son intérêt à lui aussi que les marchandises arrivent à Tromsø et soient vendues, non ?"

Kristian toisa son camarade, l'œil noir. "Qui d'autre ? Si, si, c'est sûrement lui. Je te le dis, moi, Lars Ove, fais jamais confiance à un putain de chef. Ce salopard brûlera en enfer, et je peux te garantir que c'est moi qui vais y mettre le feu à ce connard."

Quand le vent tomba enfin, les deux copains s'activèrent, le corps raide, ils attelèrent les traîneaux et démarrèrent les motoneiges. Kristian s'avança jusqu'au bord de la crête et, au-dessous d'eux, observa la station de recherche qui baignait dans le clair de lune.

"Le toit s'est envolé, cria-t-il à Lars Ove par-dessus son épaule. C'est complètement mort en bas.

— On descend y jeter un œil ?

— Non, ils dorment probablement dans l'hélico. Vaut mieux pas les réveiller. Ils s'en sortiront bien tout seuls. J'en dirais pas autant pour nous. Putain, qu'est-ce qu'il fait froid !"

Le retour jusqu'à Longyearbyen fut pour tous les deux le trajet le plus long et le plus glacial de leur vie. Mais le soir de leur arrivée, après avoir traversé la ville dans un état pitoyable, ils furent accueillis en héros au Karlsberger, où Kristian dut exhiber à plusieurs reprises son orteil gangrené par le froid.

Comme de vieux boxeurs à la fin de leur dernier combat, les trois crevettiers sortirent en roulant du détroit de Hinlopen, l'*Ishavstrål* en tête. L'avant du bateau était salement cabossé juste au-dessus de la ligne de flottaison. Au milieu du navire à bâbord, le chalutier était aussi profondément enfoncé. Il était suivi à très petite vitesse par un *Edgeøya* tout aussi amoché et bosselé, qui remorquait un *Polarjenta* plongé dans le noir. Mais la glace s'était considérablement dispersée. Les eaux étaient bonnes entre l'île de Barents et Kong Karls Land, et bientôt ils seraient en haute mer. Dans deux ou trois jours, ils accosteraient à Tromsø, après un court arrêt dans un tout petit débarcadère quelque part en route.

"Le fait est qu'c'est sacrément rude l'Arctique!" dit le capitaine dans la timonerie du *Polarjenta* en mâchonnant avec satisfaction un mégot marron jaune coincé dans la commissure de ses lèvres. "Sacré nom de Dieu, on a bien mérité de se torcher la gueule un bon coup. Et je crois bien que Harald a ce qu'il nous faut!"

XIX

DANS LA MONTAGNE

> *Ils ne passent pas des heures à louvoyer*
> *en pensant à la mort et aux dangers*
> *de leur éreintant gagne-pain.*
> *Ils suivent la routine de la mine,*
> *exécutent les mêmes gestes au quotidien.*

Vendredi 23 février, 6 h 30

"Maman?! Je veux maman, je veux rentrer à la maison." Ella était seule quand elle se réveilla sur le canapé de la salle de commande, mais Steinar accourut vers elle dès qu'elle ouvrit la porte de l'immense hall glacial.

Il la repoussa dans la chaleur et sortit les derniers sandwichs et la Thermos de chocolat tiède. "Bien sûr que nous allons rentrer voir maman si c'est ce que tu souhaites." Il lut dans ses yeux qu'elle ne le croyait pas. "Mais on ne devait pas partir se promener en montagne tous les deux? Passer un bon moment ensemble dans un refuge, rien que toi et moi?

— C'est pas un refuge ici.

— Non, c'est vrai. Mais je devais te montrer l'endroit dans la montagne où sont fabriqués les cadeaux de Noël. Tu sais, là où le Père Noël habite. Et puis tu t'es endormie et je n'ai pas voulu te réveiller." Ella but son chocolat en le regardant, sans rien dire.

Mon Dieu! pensa-t-il. Qu'est-ce que je vais faire? Ses pensées n'étaient qu'un long gémissement silencieux. On se moquerait de lui dans toute la ville. Il serait viré. Tone le quitterait. Il ne reverrait plus jamais Ella. Peut-être même irait-il en prison? Mon Dieu, mon Dieu, mon... Si seulement au moins il avait eu un peu d'alcool sous la main pour se calmer les nerfs. De façon à avoir les idées claires ne serait-ce qu'une seconde. Quant à rentrer à la maison, c'était hors de question. Il ne pouvait pas non plus... Il était bientôt 6h30 du matin.

La veille, Kristian avait pris l'avion pour Tromsø où il avait prévu de passer des petites vacances. Son appartement était vide. Sa motoneige se trouvait dans le garage qui n'était pas fermé à clé. Et si Steinar la lui empruntait, garait sa propre voiture à la place et emmenait Ella à la petite cabane qu'utilisait rarement Kristian, à Vinodden? De cette façon, il pourrait s'en tenir à son plan d'origine, en faisant comme si lui et sa fille avaient dormi dans un chalet. Il pourrait toujours prétendre que cette excursion avait été convenue au préalable avec la mère. Et là, ce serait elle qui aurait entraîné la police et la Croix-Rouge dans des recherches inutiles. Il se mit presque à rire de soulagement.

Il alla chercher Ella, la prit dans ses bras et se glissa discrètement sur la plate-forme où se trouvait l'échelle en fer. Au même instant, une voiture passa devant le terminal du téléphérique. Heureusement, il aperçut la lumière des phares et se recula à temps derrière la porte. Le chauffeur ne pouvait pas l'avoir vu et le vrombissement du moteur s'éloigna en direction du bureau du gouverneur. Avec Ella calée sur sa hanche, il descendit l'échelle à reculons en s'agrippant aux barreaux de sa main libre. À mi-chemin, il dut s'arrêter et se retenir maladroitement par le creux du coude pour enfiler ses gants. Le froid lui brûlait les paumes. Ella ne bougeait pas, une main autour de son cou, muette et les yeux ronds.

La portière de la Subaru s'ouvrit péniblement, en grinçant. Steinar regarda autour de lui avant de s'asseoir sur le siège glacial. Il était tellement tôt qu'il n'y avait pas beaucoup de circulation sur les routes, mais de la lumière brillait à presque toutes les fenêtres du bureau du gouverneur et des voitures étaient garées sur le parking. Il fit demi-tour et s'engagea sur la Burmavei, l'ancienne voie d'accès au quai d'expédition où les tas de charbon, noirs, se découpaient sur la glace du fjord en arrière-plan. Puis il retourna en ville en suivant le rivage. Il ne rencontra personne.

En dépassant les bureaux de la compagnie minière, il vit de la lumière à l'intérieur, ainsi que quelques véhicules stationnés devant. Puis il se rendit compte qu'à cette heure-là beaucoup trop de monde – motorisé ou à pied – empruntait la route pour aller chez Kristian à Blåmyra. Il était trop tôt pour tenter un échange de véhicules. Il fallait qu'il réfléchisse vite mais il était à court d'idées, et il ne pouvait pas s'arrêter. Devant le Polar Hotel, son cœur s'accéléra, mais les Subaru blanches n'étaient pas rares à Longyearbyen. En tout cas, personne parmi les gens croisés ne lui fit signe de se ranger sur le côté.

Sans destination précise en tête, il se dirigea presque automatiquement vers la Mine 7, dans l'Adventdal.

De vastes étendues où la banquise se confondait avec les terres enneigées s'ouvrirent devant lui. Les montagnes apparaissaient en arrière-plan, dans le lointain. Des rennes surgirent sur le bas-côté, mais comme ils ne couraient pas, ils ne représentaient aucun danger. Il s'étonna légèrement du peu de circulation. Au niveau de la vieille station de recherche, qui appartenait à l'Observatoire des aurores boréales de Tromsø, enfouie sous la neige et plongée dans le noir, il comprit pourquoi. L'extraction du charbon dans la Mine 7 était interrompue jusqu'à nouvel ordre. C'était sûrement pour ça. Peut-être des équipes de sécurité surveillaient-elles les lieux ? Mais il n'était même pas 8 heures. Il y avait de fortes chances que le carreau soit désert.

"On va où, papa ?" demanda une petite voix dans le siège passager. Il était tellement absorbé dans ses pensées qu'il en avait complètement oublié Ella. La peur l'étreignit de nouveau, mais il la repoussa. Il s'agissait de garder son calme maintenant et de mettre à exécution le plan qu'il avait élaboré. C'était un bon plan. Tout n'était pas perdu.

"On va faire comme on a dit, Ella, lui répondit-il sur un ton persuasif. On va jeter un coup d'œil rapide à la mine. Tu as envie de voir l'endroit où papa travaille, n'est-ce pas ? Et puis on redescendra chez tonton Kristian pour prendre sa motoneige, vu que celle de papa est en panne. Et puis on ira se promener et dormir dans une cabane."

Ella ressentit une douleur à la poitrine. Elle cherchait ce qu'elle pourrait dire à son père pour le convaincre de rentrer à la maison. Sa maman lui manquait terriblement. Et en même temps, une ombre, une menace semblait se rapprocher. Elle poussa un long soupir tremblant et demanda : "On achètera des bonbons pour la nuit dans la cabane ? Tu crois qu'on verra un ours polaire ?" Elle ne voulait pas montrer à son père qu'elle avait peur. Elle ignorait pourquoi, elle savait seulement qu'il était important de faire comme si tout était normal.

La voiture chassait dans les virages raides en montant à la mine. Longyearbyen, avec toutes ses lumières, s'étendait derrière eux. La route ne lui faisait plus peur, il s'y était habitué depuis ce premier jour au boulot, quand Kristian et Lars Ove s'étaient moqués de lui en l'emmenant dans la vieille mine désaffectée. Mais pourquoi s'était-il donc laissé entraîner dans les magouilles des deux mineurs ? Il en aurait pleuré.

Le carreau, tout éclairé mais désert, baignait dans l'ombre de la montagne qui s'élevait juste au-dessus. Les immenses constructions qui conduisaient à l'entrée des galeries paraissaient presque effrayantes dans leur abandon, un peu comme si une grande catastrophe venait de se produire et que tout le monde avait posé ses outils avant de décamper. Mais les gros appareils de ventilation ronronnaient, propulsant de l'air frais dans la mine pour en ressortir un air mélangé de méthane. À la taille 12, la concentration explosive avait atteint l'extrême limite de ce qui était autorisé. Mieux valait ne pas s'approcher de cette zone.

Il arrêta la voiture derrière un container. Ella descendit du véhicule, hésita et passa les minutes suivantes à chercher son nounours. Elle fondit de nouveau en larmes en se rendant compte qu'il ne se trouvait pas sur le siège et qu'elle l'avait oublié dans le terminal du téléphérique. "On ira le récupérer après, dit-il, impatient. Personne ne va te le voler ton nounours. Il a ton nom marqué sur la patte." Mais ces paroles restèrent sans effet et Ella continua à pleurer. Nounours avait peur. Il était tout seul dans le noir, perché là-haut. Elle se tint à l'écart dans l'obscurité tandis qu'il ouvrait la porte du container vide et y garait la voiture, une petite silhouette dans une combinaison beaucoup trop grande pour elle, le bonnet d'ourson de travers sur la tête. Ils marchèrent lentement, main dans la main, jusqu'aux portes de la mine. Il leva les yeux et vit que tout était éteint dans le télévigile. Le site était parfaitement désert et les endroits où cacher Ella ne manquaient pas. Ils se dirigeaient vers le vestiaire quand il entendit un bruit. Une sorte de ronronnements, que l'on distinguait à peine de celui de la ventilation. Il se précipita hors de la montagne et courut à l'autre bout du parking, d'où l'on apercevait la route. Il ne s'était pas trompé. Les feux d'une voiture serpentaient au-dessous de lui. Il s'empressa de retourner à l'intérieur, prit Ella par la main et accéléra le pas, sans courir toutefois pour ne pas effrayer la petite. Mais Ella avait déjà peur. Seulement, elle ne voulait pas le montrer à son père.

Il percevait la grande galerie d'accès tout à fait différemment aujourd'hui. Les odeurs lui semblaient plus nettes, il voyait la roche luire entre les poteaux de bois qui renforçaient les parois de chaque côté. Des gouttes d'eau, qui tombaient du toit quelque part, atterrissaient dans une petite flaque sur le sol. De l'eau? D'où pouvait-elle bien venir? Puis il réalisa que certaines parties de la Mine 7 se trouvaient sous un immense glacier. Il eut soudain l'impression de sentir au-dessus de lui le poids de chaque tonne de glace et, sous celles-ci, celui du charbon et du granit. Il s'arrêta et écouta. Tous les craquements, petits et grands. Il savait, bien sûr, que l'intérieur d'une mine n'était jamais tout à fait silencieux, mais il comprenait seulement maintenant que le bruit qu'il entendait était celui d'un poids colossal qui exerçait une pression phénoménale sur la petite galerie de rien du tout. Les grands poteaux de bois, les énormes poutres en fer au plafond, les pistons et tous les vérins lui semblaient soudain ridicules et insuffisants.

Sur une impulsion, il quitta la galerie d'accès et franchit l'étroite entrée barrée de la vieille mine. Aussitôt, il se sentit plus calme. Même si des gens montaient jusqu'à la mine, c'était à la Mine 7 qu'ils avaient à faire, et non ici. Ils ne pouvaient pas voir sa voiture, puisqu'elle était cachée dans le container vide. Lui et Ella n'avaient guère laissé de traces.

Si seulement il avait eu le temps de prendre une lampe frontale et un masque antipoussière, et puis deux autosauveteurs aussi ! La dangereuse concentration de gaz qui s'échappait de la roche était toutefois assez loin d'ici, à la taille 12. Et les ventilateurs tournaient à plein régime depuis quelques jours. Il était parfaitement improbable qu'il y ait un risque d'explosion dans les anciennes galeries. Au même moment, cependant, comme un présage ou une sorte de réprimande de la montagne, il se cogna le front dans une saillie du toit. La hauteur de plafond commençait à se réduire.

"Papaaa, paaaapa !" Ella ne pouvait plus se contenir. Où son père les emmenait-il ? Elle claquait des dents de peur.

"Eh bien quoi, tu ne veux pas voir l'atelier du Père Noël ? Là où il prépare tous les cadeaux et là où sa femme confectionne des chocolats pour tous les enfants sages?" Il parlait d'une petite voix qui sonnait faux. Lui-même trouvait que ce qu'il racontait manquait de crédibilité, mais Ella éprouvait un besoin intense de croire à quelque chose, une chose qui, en quelque sorte, lui permettrait de s'échapper de cette mine, ne serait-ce qu'en pensée.

"Et puis après on ira au chalet de Kristian?
— Oui, promis."

Ils marchèrent pendant une éternité en trébuchant sur des cailloux et des morceaux de charbon sur le mur qui commençait à devenir de plus en plus impraticable ; ils avançaient à tâtons dans la lumière faible de la lampe de poche. Devant eux, la galerie disparaissait dans une obscurité à l'odeur âcre et dangereuse. Sa mémoire lui aurait-elle joué un tour? Se serait-il trompé? Le vieux réfectoire délabré se situerait-il encore plus loin dans la galerie?

Puis il aperçut au loin les contours d'une espèce de remise dont le toit incliné en piteux état reposait contre la roche. Une pelle à long manche était appuyée contre le mur. Il avait appris quelque temps auparavant que le prénom *Otto* y était gravé sur le manche, d'une écriture à l'ancienne pleine de fioritures. D'une certaine façon, lui, Kristian et Lars Ove avaient pris soin de l'ancienne salle de repos de la mine désaffectée. Ce n'était pas que des filous, ils avaient aussi de bons côtés. Ils avaient vraiment traité avec respect les objets découverts lors de leurs petites excursions en Jeep dans les galeries abandonnées.

"Ça y est, on est arrivés, Ella", dit-il. Les ombres qui flottaient sur le visage de la fillette semblèrent s'estomper.

Il faisait nuit noire dans la remise. Il s'avança à tâtons jusqu'à un banc où il réussit à mettre la main sur une bougie qu'il savait être là. Il l'alluma avec le briquet qu'il avait dans la poche de son blouson et pendant une fraction de seconde, il pensa à l'éventuel risque d'explosion. Mais il ne se passa rien, seule la petite flamme jaillit et grésilla un peu avant de devenir plus gaillarde et de brûler correctement, diffusant une lumière douce sur les vieux murs de planches.

Le mur le plus proche de la montagne était en partie occupé par une banquette et une table rustique. À chaque bout de celle-ci, on avait installé des sièges bricolés à partir de vieilles caisses d'explosifs – vides, évidemment. Kristian avait fouillé la petite pièce de fond en comble et constaté qu'elle ne contenait ni dynamite ni amorce. L'explosif qu'ils avaient trouvé dans les galeries, ils n'y avaient pas touché. Sinon, ils avaient fait le ménage et accroché des vieilles lampes de mineurs, des casques, un gant et quelques pioches rouillées.

Il regarda autour de lui. "Eh bien, Ella. Comme tu peux toi-même le constater, le Père Noël n'est pas chez lui. Il n'y a que son matériel, prêt à l'emploi. Il reviendra peut-être à l'approche de Noël, l'année prochaine."

Il faisait nettement plus chaud dans la galerie qu'à l'extérieur. Il ôta la combinaison à sa fille et la posa sur le banc. "Tu peux rester là une petite heure, tu crois, le temps que papa aille chercher la motoneige chez tonton Kristian ? Papa se dépêche. Je ne serai pas parti longtemps."

Mais Ella paraissait complètement épouvantée. "Je veux pas rester ici toute seule. Et si jamais le sixième homme vient m'enlever ?

— Ne sois pas idiote, ne fais pas ton bébé. Toi qui es si courageuse d'habitude. Tu n'as rien à craindre, le sixième homme ne vient que quand les mineurs sont en train d'extraire le charbon. Alors, oui, il se glisse derrière eux, mais c'est seulement pour leur faire peur, tu comprends. Il est gentil en fait, le sixième homme. Et puis il surveille l'atelier du père Noël quand celui-ci est au pôle Nord. Qu'est-ce que tu dis de ça ?" improvisa Steinar. Il devait reconnaître qu'il n'était pas très doué pour inventer des histoires. Il se leva pour bien montrer qu'il ne changerait pas d'avis.

Ella regarda son père d'un air déçu, mais soudain son visage s'éclaira. "Papa, regarde ! Peut-être que le sixième homme est déjà passé ? Il nous a laissé des bonbons. Il savait donc qu'on allait venir ?" Steinar suivit son regard et frissonna. Deux paquets de biscuits et un sachet de chocolats étaient posés au milieu du vieux banc en bois à l'autre bout de la pièce. Quelqu'un avait pénétré récemment dans l'ancien réfectoire.

La tête lui tourna. Qui ? Ses pensées se bousculaient et, l'espace d'un instant, il fut plus effrayé que sa fille. Puis il écarta de son esprit ces idées ridicules. Ce n'était pas le moment de se mettre à croire aux fantômes et aux vieilles légendes de la mine. "Ella, il faut que tu sois une petite fille courageuse et que tu laisses papa partir. Mange autant de bonbons ou de biscuits que tu voudras, mais ne te rends pas malade, quand même ! Je suis de retour dans une demi-heure. Regarde, prends ma montre. Quand la grande aiguille sera sur le 12 et la petite sur le 5, tu pourras commencer à guetter le bruit de mes pas. Tu les entendras dans la galerie bien avant de me voir. Et puis, je mets une bougie sur la table à côté de celle qui est allumée. Si celle-là descend jusqu'ici…" Il montrait le bas de la bougie qu'il avait mise dans une vieille boîte percée à cette intention. "… alors tu prends la bougie neuve et tu l'enfonces dans le trou et tu verras, l'autre s'éteindra."

Ella poussa un long soupir tremblant. "Papa, je peux pas venir avec toi?

— Ne sois pas bête, Ella. On mettra beaucoup plus de temps si tu m'accompagnes. Allez, attends-moi ici." Et, comme après réflexion, comme s'il pensait à une chose qu'il ne se souvenait pas avoir dite auparavant : "Papa t'aime très fort, ma chérie. Tu sais bien qu'il ne t'abandonnerait jamais seule ici." Puis il disparut rapidement derrière la porte qu'il referma derrière lui.

Ella se recroquevilla sur le banc en bois dans le coin entre la paroi de la montagne et les planches grises et poussiéreuses. Elle ramena sa combinaison sur elle. Les pas de son père s'éloignaient de plus en plus dans la galerie. Et pour finir, elle fut seule.

Il avait pensé se dépêcher, bien sûr, mais il y avait du monde à l'entrée de la mine, près de l'escalier qui montait au télévigile. Il eut l'impression de devoir attendre presque une éternité avant que les personnes ne s'en aillent et il était frigorifié. Les deux silhouettes ne semblaient pas pressées, mais elles finirent tout de même par disparaître par la porte du vestiaire. Il traversa le parking en courant et rejoignit le container. Il ouvrit la voiture, desserra le frein à main et poussa le véhicule à l'extérieur, puis il referma la porte et monta dans la Subaru. Au moment de tourner la clé, il se mit au point mort et appuya sur la pédale d'embrayage.

La voiture commença à descendre doucement la pente toute seule. Il ne démarra le moteur qu'après avoir parcouru une bonne distance. Personne ne l'avait vu, une fois encore.

Cette fois-ci, il prit le risque d'aller directement chez Kristian. Il n'avait pas le temps de faire autrement. La motoneige du mineur était devant le garage. Il descendit de voiture et se dirigea vers celui-ci. La porte était fermée à clé. Il jura à voix basse. Il ne fallait pas que la chance qu'il avait eue jusqu'à maintenant cesse. Heureusement, il découvrit la clé de la motoneige sur le contact. Kristian devait avoir oublié de l'enlever. Et puis il était rare que des gens volent des motoneiges à Longyearbyen. Il faut dire qu'un voleur serait assez vite démasqué.

Steinar regarda de chaque côté de la route, pour vérifier qu'il n'y avait aucun véhicule ou passant. Personne. Le garage étant fermé, qu'allait-il donc bien pouvoir faire de sa voiture ?

"Ressaisis-toi, se dit-il à mi-voix. Tout va bien se passer. Tu es tout près du but." Ces encouragements qu'il s'était murmurés à lui-même semblèrent efficaces, car tout à coup il trouva la solution. Sur le parking devant le kafé Busen, il y avait toujours beaucoup de va-et-vient. Il ne se souvenait pas avoir jamais vu cet endroit vide. Il pourrait y abandonner sa voiture.

Il fit le tour du parking et s'arrêta discrètement devant, en laissant tourner le moteur pendant qu'il scrutait les environs. Il ne disposait pas de beaucoup de temps pour se décider et en plus il tremblait, tellement il avait froid. Il aurait préféré garer la Subaru près du magasin de sports, c'est là qu'elle aurait été le moins visible, mais il faudrait alors stationner à côté du seul autre véhicule devant le Kafé Busen. Toutefois, les gens dans le café ne voyaient pas grand-chose à l'extérieur à cause de l'obscurité. Il pourrait rejoindre rapidement la route qui traversait Sjøområdet et effectuer un détour pour retourner chez Kristian et récupérer la motoneige.

Steinar vint se garer à côté du break bleu foncé. Il alluma le mégot qu'il avait mâchonné durant la dernière demi-heure, aspira profondément quelques bouffées, tendit le cou de droite et de gauche pour regarder autour de lui. Personne en vue. Il descendit de voiture, la portière se referma en claquant beaucoup trop fort à son goût, puis il marcha dans une flaque au liquide indéfini.

De l'eau ? pensa-t-il étonné. Avec ce froid ?

Et il comprit. Il sentit l'odeur. Mais il avait déjà jeté le mégot de sa cigarette encore allumée. Celui-ci dessina un petit arc rougeoyant avant de tomber en plein dans la flaque.

XX

UN HOMME EN FEU

Vendredi 23 février, 19 h 30

Quelque chose d'incompréhensible était en train de se produire sur le parking du supermarché. Au départ, il n'y avait presque personne quand les vêtements de Steinar Olsen prirent feu. Mais bien vite les gens sortirent des bâtiments tout autour, du Kafé Busen notamment, dont toutes les fenêtres donnaient sur le parking. Knut arriva du jardin d'enfants en courant, écartant les gens qui se trouvaient sur son passage et redoutant de découvrir ce qui l'attendait un peu plus loin. Les cris de l'homme en feu s'intensifiaient de plus en plus et s'étaient mués en une sorte de hurlement inhumain. Rien cependant n'aurait pu préparer Knut à la vision à laquelle il se heurta. La scène rappelait l'enfer tel qu'il était décrit au Moyen Âge. Des ombres noires se découpaient sur les flammes hautes qui vacillaient dans le vent. Il ne le vit pas dans un premier temps, mais en s'approchant, il trébucha presque sur des corps agenouillés auprès d'un tas de vêtements calcinés d'où s'échappait de la fumée. C'était de ce tas de vêtements que venaient les cris.

"Ohmondieu ohmondieu…" Il reconnut la voix de Hannah dans cette longue plainte prononcée à voix basse. Tête nue dans le froid, elle était penchée sur la silhouette par terre, mais sans rien pouvoir faire.

"Hannah." Il parlait doucement. Il lui posa la main sur l'épaule. Elle leva les yeux et secoua la tête. "Non, pas toi. C'est Tore que je veux. Il nous faut de la morphine, tout de suite." Le désespoir se lisait dans ses yeux écarquillés.

Knut regarda autour de lui. Ceux qui les avaient rejoints se tenaient légèrement à l'écart ; l'horreur et la pitié se reflétaient sur leurs visages. Il reconnaissait la plupart d'entre eux, mais le médecin en chef de l'hôpital ne se trouvait pas parmi eux. "Il peut mourir de ses douleurs et du choc, murmura Hannah. Il nous faut des analgésiques, et maintenant. Il est passé où, Tore ?" Knut se souvint soudain d'une histoire étrange qu'il avait lue à propos d'un homme poursuivi pour avoir battu à mort tous les gens gravement brûlés autour de lui lors d'un incendie. Il frémit et se sentit envahi de compassion pour Hannah. Elle était trop impliquée dans ce qui se passait aujourd'hui sur le parking pour pouvoir un jour l'oublier. Mais il ne pouvait rien faire, ni pour elle, ni pour la pauvre chose par terre.

Jan Melum arriva juste après Knut. Il repoussa l'affreuse vision et se concentra sur son travail de policier. Légèrement en retrait, il étudiait les visages horrifiés. Au bout de quelques minutes, les yeux rivés au sol, il se dirigea vers le feu qui continuait à brûler derrière eux. Il s'en approcha le plus possible, la main tendue devant son visage pour se protéger de la chaleur. Dans les flammes, il distingua le contour de deux épaves de voiture. Le sol tout autour était couvert de suie et la glace qui avait commencé à fondre se répandait en grandes flaques d'eau. Il hocha la tête d'un air entendu et repartit vers l'homme qui se tordait par terre. L'ambulance de l'hôpital était enfin arrivée. Progressivement, les gens attroupés autour du corps reculèrent pour laisser au personnel médical la place de travailler. L'instant d'après, le camion des pompiers se gara derrière les voitures en feu. Jan Melum soupira. La plupart des traces et les éventuels indices allaient être piétinés.

La voiture du bureau du gouverneur apparut à son tour sur le parking et s'arrêta à une bonne distance de l'incendie. Jan Melum s'avança vers eux.

Tom Andreassen bondit du siège conducteur. "Tu sais ce qui s'est passé ?"

Jan Melum secoua la tête. "Il est impossible de poser la moindre question à qui que ce soit pour le moment, mais je propose que nous fermions toute la zone et éloignions les gens. Les pompiers maîtrisent sûrement la situation, mais on ne sait jamais." Il avait à peine fini sa phrase qu'un des véhicules laissa échapper un bruit tonitruant et la hauteur des flammes dans le ciel redoubla.

"Bon sang, c'était quoi ?" Erik Hanseid était lui aussi sorti de la voiture.

"Le réservoir, peut-être ?"

Les pompiers avaient déjà commencé à pulvériser de la mousse carbonique sur les deux épaves, mais les policiers ne s'attardèrent guère à les regarder s'activer. Le parking fut sécurisé. Tous ceux qui se trouvaient à l'intérieur du périmètre délimité furent priés de s'éloigner en empruntant le chemin piétonnier entre le supermarché et le Kafé Busen. Tom Andreassen et Erik Hanseid notaient le nom de toutes les personnes présentes sur les lieux. Ils demandèrent aux témoins de se rendre au café et de patienter là-bas. Les deux policiers ne soupçonnaient personne d'être responsable de l'incendie qui se déployait encore sous leurs yeux. Ils étaient tellement sous le choc qu'ils n'avaient pas encore pensé à une cause éventuelle. Une longue expérience et l'application de la procédure à suivre dans de tels cas leur permirent cependant de faire ce que l'on attendait d'eux.

Erik Hanseid constata à sa grande surprise que manifestement Frøydis se trouvait elle aussi sur les lieux quand les voitures avaient pris feu. Elle avait le visage gris, les traits tirés et déambulait entre les gens, un peu comme si elle cherchait quelque chose. Il la reconnut à peine sur le coup. Elle avait l'air si maigre et voûtée. Sa longue doudoune, grande ouverte, tombait n'importe comment. "Frøydis?" Il s'avança vers elle et lui saisit le bras. L'espace d'un instant, il eut l'impression qu'elle non plus ne le reconnaissait pas. Son regard était mort. "Ma chérie… qu'est-ce que tu fais là? Tu étais allée au supermarché?"

Elle lui sourit, en une grimace étrange. Il se figea. Il ne pouvait pas la laisser comme ça. "Une minute. Ne bouge pas."

Il rejoignit Tom Andreassen. "Frøydis est ici. Elle doit avoir tout vu. Elle semble avoir subi un sacré choc. Ça t'embête si je la reconduis à la maison?

— Bien sûr que non. Vas-y." Andreassen soupira, découragé. "Ce n'est pas ta faute si on a toujours le sentiment d'être en sous-effectif. Et encore, aujourd'hui on a de la chance, si on peut dire. L'enquêteur du Kripos est présent."

La place se vidait lentement. L'ambulance parcourut la courte distance jusqu'à l'hôpital. Les policiers locaux et l'enquêteur du Kripos se regroupèrent et observèrent les pompiers qui éteignaient les dernières flammes à l'intérieur des deux voitures.

"Tu penses vraiment que celui qui est parti en ambulance est le père de l'enfant que nous recherchons? demanda Jan Melum, l'air presque désemparé.

— Oui, c'était Steinar Olsen, répondit Tom Andreassen, avant de se tourner vers Knut. Dis-moi, tu ne devrais pas te couvrir un peu? Tu vas attraper la mort maintenant qu'il n'y a plus de feu."

Knut remarqua alors seulement qu'il tremblait. "J'ai dû laisser traîner mon blouson quelque part." Il jeta un œil distrait autour de lui, mais le blouson manquant n'était pas ce qui le préoccupait. Il y avait autre chose. "J'ai écouté un peu ce qui se racontait autour de moi et plusieurs personnes ont affirmé qu'Olsen avait pris feu en premier, et les voitures seulement ensuite. Comment est-ce possible? Les gens ne s'enflamment pas comme ça, sans raison?"

Jan Melum hocha lentement la tête. "J'ai entendu la même chose, mais j'ai une question encore plus macabre. Sommes-nous bien sûrs qu'il n'y avait personne d'autre dans les voitures? Et si quelqu'un dormait dans l'une d'entre elles? Un enfant, par exemple.

— Non. Non, non, non..." Tom Andreassen secouait fortement la tête. Knut pâlit et se détourna. "Ce n'est pas possible. Ça n'aurait pas pu arriver. Ce n'est quand même pas allé si vite que ça. Les gens ont accouru immédiatement. Ils l'auraient remarqué s'il y avait quelqu'un dans la voiture.

— En tout cas, si cette personne était en vie." Erik Hanseid les avait rejoints après avoir reconduit sa femme chez eux. Il n'avait pas eu le temps de lui demander ce qu'elle avait vu sur le parking, ni ce qu'elle faisait là-bas au juste. Il lui avait servi un grand verre de cognac et promis de revenir dès que possible.

"Espérons que vous avez raison." Jan Melum avait toujours le regard rivé sur les équipes de sapeurs-pompiers. Un extincteur entre les mains, ces derniers surveillaient les épaves calcinées et fumantes.

Tom Andreassen semblait au bord des larmes. Il pensait à ses propres enfants qui, espérait-il, dormaient à cette heure-là, ignorant ce qui venait de se produire à moins d'un kilomètre de chez eux. "Je n'arrive pas à y croire. Que s'est-il passé ? Le Svalbard était une petite communauté paisible. Le tapage domestique, le trafic d'alcool et, dans une moindre mesure, la criminalité environnementale, voilà les pires délits auxquels nous étions confrontés jusqu'ici. Et subitement, il y a tout ça qui nous tombe dessus. J'habite ici depuis presque cinq ans et je n'y comprends rien." Il enfonça les mains dans les poches de son blouson noir portant l'insigne du bureau du gouverneur. "Serions-nous naïfs ? Commencerions-nous à considérer l'harmonie comme une évidence ? Que peut bien être cette folie qui pousse quelqu'un à kidnapper une petite fille et à assassiner son père ? Et où étions-nous pendant ce temps-là ?

— Écoute, Tom. Rien ne nous dit qu'il s'agit d'autre chose que d'un accident." Erik Hanseid posa une main sur l'épaule de son collègue. "Et maintenant, il va falloir nous diriger vers le Kafé Busen pour parler aux témoins qui nous attendent là-bas. On finira bien par démêler un peu tout ça.

— Peut-être bien, murmura Knut, mais où est la fille de Steinar Olsen ? Que lui est-il arrivé ?"

L'enquêteur du Kripos s'était retourné et regardait pensivement les policiers. "J'appelle mon chef. Il faut qu'il nous envoie un technicien."

Tom hocha la tête. "Nous avons fait de notre mieux et sécurisé la zone comme pour une scène de crime. Mais s'il se met à neiger ? Tu crois qu'on a intérêt à étendre une bâche sur les voitures ? Ou bien on laisse aux pompiers le soin de les enlever ?"

Le chef des pompiers, justement, s'avançait vers eux. C'était un homme grand, au regard gris-bleu tranquille ; en le voyant, on avait l'impression qu'éteindre des voitures en feu en plein centre de Longyearbyen était une chose qu'il faisait tous les jours, mais ce calme n'était qu'une façade. "C'est bon, on a fini, annonça-t-il. Le feu ne repartira pas. C'est curieux, quand même. Normalement, les voitures ne s'enflamment pas toutes seules. Mais bon, ces questions-là, c'est de votre ressort.

— Vous avez vérifié s'il y avait d'autres personnes dans les voitures ? D'éventuels passagers qui n'auraient pas réussi à sortir avant de brûler ?"

Le pompier les dévisagea, l'air inexpressif. "Nous avons l'habitude de sauver d'abord les gens. Ensuite, seulement, nous éteignons les incendies. Il n'y avait personne d'autre dans les voitures. À moins qu'il n'y ait eu quelqu'un dans un coffre. Mais, comme je l'ai dit, ça c'est de votre ressort. Faites-nous signe si vous avez besoin d'aide quand vous examinerez les véhicules. Je suppose que pour le moment on les laisse ici ?"

Knut se tourna vers Tom Andreassen. "Dis-moi, tu ne crois pas que ça pourrait être utile qu'il soit présent quand on interrogera les témoins au café ? Il s'est passé quelque chose d'étrange sur le parking. Ce n'est pas un incendie ordinaire."

Le pompier soupira bruyamment, mais les accompagna néanmoins à l'intérieur du Busen.

Ils décidèrent de se répartir les tâches. Tom Andreassen et Jan Melum se chargèrent d'interroger les témoins, Erik Hanseid prit la voiture et regagna le bureau du gouverneur pour informer Anne Lise Isaksen. Knut, quant à lui, se rendit à l'hôpital pour discuter avec Hannah et s'enquérir de l'état de santé de Steinar Olsen. Il voulait savoir si, par hasard, il aurait pu dire quelque chose.

"Dire quelque chose?" Hannah était tellement en colère que les larmes perlèrent à ses yeux. "Tu es complètement débile ou quoi? Tu n'as pas vu l'état dans lequel il était? Tu peux t'imaginer ce qu'il a souffert?" Le médecin-chef entra dans le bureau derrière elle et l'attrapa doucement par le bras. "Calme-toi, Hannah. Il faut bien qu'il fasse son travail, tu sais." Il se tourna vers Knut. "Il est peu probable qu'il soit en mesure de prononcer le moindre mot avant longtemps. S'il survit. Il est grièvement brûlé sur tout le corps et au visage. Pour le moment, il est plongé dans un coma artificiel, pour éviter un état de choc. Nous faisons de notre mieux, mais nous avons demandé à Tromsø de nous envoyer un avion-ambulance. A priori, il devrait arriver dans la nuit. Steinar Olsen sera très probablement transporté à Haukeland, l'hôpital spécialisé dans les soins aux grands brûlés."

Knut déglutit et croisa le regard furieux de Hannah, mais il devait insister. "Il est donc inimaginable qu'il ait dit quoi que ce soit? À personne?

— En effet, ça me paraît improbable." Le médecin secoua pensivement la tête. "Ou alors, à la rigueur, quand ses vêtements ont pris feu, au tout début, mais je ne sais pas s'il y avait quelqu'un à proximité à ce moment-là. Il faut poser la question aux premières personnes qui se trouvaient sur place. Hannah, il y avait quelqu'un quand tu es arrivée?"

Hannah les dévisageait, elle se mit à trembler. "Vous êtes cinglés, ma parole. L'homme dont vous causez est en train de mourir. Il a enduré les pires… et toi…" Elle s'avança vers Knut et le gifla si fort que la claque retentit. "Tu ne penses qu'à ton putain de boulot de flic. Non mais t'as aucune pitié!" Elle se précipita hors du bureau et disparut dans le couloir.

Le médecin se tourna vers Knut. "N'y fais pas attention. Elle vient de vivre quelque chose de terrible, elle est complètement sous le choc. On a beau bosser dans un service d'urgences, ça nous arrive, à nous aussi. Nous ne sommes que des êtres humains après tout, et des fois c'est trop. Je ne te cacherai pas non plus que c'est une des pires choses qu'il m'a été donné de voir. Je vais lui parler. Reviens donc demain. Nous aurons évacué le blessé vers le continent. Pour l'instant, à vrai dire, nous sommes débordés."

Knut se toucha la joue où une marque rouge vif s'était formée. "S'il dit quelque chose, ne serait-ce qu'une toute petite chose, et même si cela te semble complètement incohérent, appelle-moi aussitôt, s'il te plaît. Nous devons absolument savoir si c'est lui qui est allé chercher sa fille au jardin d'enfants. Et où elle se trouve à l'heure qu'il est."

Le propriétaire du Busen contemplait la salle pleine à craquer. La maison offrait le café, mais il avait posé sur le comptoir plusieurs plateaux de sandwichs et de gaufres et la plupart des gens présents achetaient quelque chose à grignoter. Les policiers s'installèrent dans un coin de la pièce et firent en sorte d'éloigner un peu les gens autour d'eux, afin de pouvoir parler en paix avec les témoins, sans que tout le monde écoute la conversation. Le café toutefois n'était pas assez grand pour qu'on ne saisisse pas un ou deux mots ici et là. En arrivant, les policiers avaient commencé par allumer les puissants néons au plafond. Il était immédiatement apparu que les témoins du parking n'étaient pas les seuls à avoir pris le chemin du café, loin de là. Le rédacteur en chef du *Svalbardposten*, notamment, se trouvait au fond de la salle.

Tom Andreassen se leva et se racla la gorge. "Je vais devoir demander à tous ceux qui n'étaient pas sur le parking au moment de l'incendie de bien vouloir quitter la salle, déclara-t-il d'une voix sévère. Le café est dorénavant fermé au public et la police souhaite pouvoir parler aux témoins sans être dérangée." Surpris par le ton autoritaire du policier habituellement si doux, les deux tiers des personnes présentes sortirent de la salle sans broncher, y compris le journaliste – bien que ce soit à contrecœur.

Il régnait parmi les gens qui étaient restés une certaine nervosité. La plupart voulaient rentrer chez eux. Un homme se leva et déclara qu'il n'était pas d'ici, qu'il était seulement là pour son travail aux télécoms, et qu'il n'avait rien à voir avec cette affaire. On pouvait donc le laisser partir, non?

"Personne parmi nous n'a "rien à voir avec cette affaire", lâcha un habitant irrité. Vous attendrez votre tour comme tout le monde."

Mais Tom Andreassen se tourna vers l'homme des télécoms : "Quand êtes-vous arrivé sur le parking ? Les voitures brûlaient-elles déjà à ce moment-là ?

— Oui, oui." L'homme hocha vivement la tête. "J'étais sur la route. J'étais parti me promener et je regagnais euh… là où se trouvent les télécoms, quoi. Et puis j'ai entendu des cris et tout un raffut, et j'ai aperçu les flammes. Alors je suis venu tout près… mais je n'ai rien vu de ce qui s'est passé avant.

— OK, c'est bon. Pourriez-vous vous diriger vers cet homme assis à la table là-bas, s'il vous plaît ? C'est un enquêteur du Kripos, il a peut-être encore quelques questions à vous poser par précaution."

Tom Andreassen regarda tous les visages massés autour de lui. "Y en a-t-il d'autres parmi vous qui ne sont que de passage ici ?" Personne ne répondit. "Bien, nous allons donc procéder par ordre alphabétique. À ce que je vois, il y a onze personnes dans cette salle. Le chef des pompiers ne fait pas partie des témoins, il sera assis à côté de nous, les policiers, et notera toutes les informations susceptibles d'expliquer l'incendie et son origine. D'accord ?"

Jonas Lund Hagen venait juste d'éteindre le poste, sans même attendre la météo, une fois de plus. Le sport à la télé l'ennuyait à tel point qu'il tombait dans une sorte de transe lorsque les résultats de toute une série de compétitions de ski à travers le pays défilaient sur l'écran. Comme d'habitude, il se mit à débarrasser les tasses à café et les verres sur la table du salon. "Tu ne pourrais pas, pour une fois, rester un peu assis ?" demanda sa femme, agacée, comme si elle découvrait seulement maintenant cette manie chez lui et ne partageait pas sa vie depuis bientôt vingt ans. Elle-même s'intéressait au sport et le pratiquait.

Ce soir-là, il n'eut pas à répondre, comme il le faisait d'ordinaire, qu'il devait se coucher tôt parce que, lui, le lendemain, à la différence de sa chère épouse, il se levait de bonne heure. Il fut sauvé par le téléphone portable. La petite sonnerie de celui-ci était agréable mais difficile à localiser. Comme toujours, la personne qui l'appelait avait déjà raccroché quand, enfin, il retrouva l'appareil, coincé entre le coussin et le canapé. Mais il put lire sur le petit écran que c'était Jan Melum qui avait cherché à le joindre.

"Jan ? Comment va notre bonhomme ? Il a dit quelque chose à propos de sa fille ?

— Non et il ne sera pas en mesure de le faire avant un bon moment, d'après le médecin. Ils le maintiennent dans un coma artificiel.

— Hmm." Lund Hagen se tut un moment. "Et sur le lieu de l'accident, on a quelque chose ?

— Rien pour le moment. Malheureusement on risque d'avoir du mal à reconstituer quoi que ce soit à partir des empreintes et des indices sur le sol. Les pompiers et les ambulanciers ont piétiné la scène de crime, ou même roulé dessus. En plus, ils ont pulvérisé plein de mousse carbonique autour des voitures brûlées et la neige a fondu. Sans parler de la vingtaine de personnes qui devaient se trouver sur les lieux à la fin, même si la plupart ne sont arrivées qu'après coup.

— J'entends bien, tu parles de « scène de crime » ?

— Oui. Effectivement." Cette fois-ci, ce fut au tour de Jan Melum de garder le silence. "J'ai comme un pressentiment. Un truc vague. Dis, tu pourrais nous envoyer un technicien, s'il te plaît?"

Lund Hagen soupira. "Nous manquons cruellement de monde. Je vais voir ce que je peux faire, mais je n'ai pas envie d'envoyer là-haut quelqu'un d'inexpérimenté. Il faut savoir la prendre, cette petite communauté et cela requiert une bonne dose de patience." Lund Hagen entrechoqua les tasses à café qu'il rangeait dans le lave-vaisselle.

"Qu'est-ce que tu as dit?

— J'ai dit : je vais peut-être venir." Il s'était réfugié dans la cuisine pour pouvoir parler tranquillement, mais elle l'entendit.

"Non, Jonas. Il est hors de question que tu partes, lui cria-t-elle du salon. Nous avons promis à ma sœur…

— Que demander de mieux? En tout cas, je sais d'ores et déjà qu'un avion-ambulance part cette nuit de Tromsø. Par contre, j'ignore s'il y a un avion au départ d'Oslo qui te permette de l'attraper. Ce serait bien que vous arriviez dès que possible, dans quelques heures au maximum. Ils sont en sous-effectif au bureau du gouverneur. Ils croulent sous les appels concernant la petite et nous ne les avons pas encore exploités. En revanche, je te préviens, il fait un froid de gueux là-haut. Prends ta parka."

XXI

SEULE

Dans les montagnes tout au fond,
ils marchent à quatre pattes,
mais sans craindre pour leur peau
car en leur étoile ils croient.

Vendredi 23 février, 16 h 30

Son monde se limitait à trois murs, la montagne, quelques caisses, une table et un banc. Grâce à la lumière, la pièce paraissait rassurante. Les ombres s'étaient retirées dans les coins et n'étaient pas dangereuses, non, elles ne lui voulaient que du bien. Elle avait mangé tous les biscuits au chocolat qui traînaient sur le banc, et maintenant elle avait un peu soif, mais rien à boire.

Si seulement papa pouvait revenir. Elle pensa à la soirée qu'ils passeraient au chalet et à la motoneige qu'il devait récupérer. Elle n'avait pas peur de monter à motoneige quand c'était papa au volant. Il l'asseyait devant et la serrait entre ses bras tendus sur les poignées. Et même qu'une fois, il l'avait laissée tenir le guidon. Mais comme la motoneige était lourde et difficile à manœuvrer, elle ne pouvait conduire que sur les pistes toutes droites. Elle hésitait à remettre sa combinaison. Il commençait à faire un peu froid. Et puis comme ça, elle serait prête quand papa viendrait la chercher.

À l'extérieur, il y avait la galerie. Elle ouvrit la porte, tout doucement, et regarda dehors. Mais c'était tout noir et tout brillant là-dedans, et ça sentait vraiment bizarre. Elle préférait l'odeur de la pièce. Elle renifla l'intérieur du sac qui avait contenu les biscuits au chocolat. Dommage qu'il n'y en ait pas eu un peu plus. Elle sentait qu'elle avait encore faim, mais surtout, elle avait soif.

La première bougie s'était consumée depuis un moment déjà. Elle avait alors fait comme papa le lui avait expliqué, et l'avait changée. Elle regarda la montre posée sur la table, mais la grande aiguille avait fait le tour et ne pointait pas sur le douze. Et la petite aiguille était sur le sept. Ou bien était-ce le huit ? Elle constata qu'elle se situait plus près du huit que du sept. À quelle heure papa avait-il promis de revenir ? Il fallait que la grande aiguille se trouve sur le douze, ça elle s'en souvenait. Et celle-ci le serait bientôt.

Mais elle n'entendait personne marcher dans la galerie. Elle commença à fredonner une chanson qu'elle avait apprise au jardin d'enfants avant Noël. *"Tenn lys, et lys skal brenne, for alle barn på jord*."* Mais sa voix tremblait un peu. Elle était malheureuse. En fait, elle ne voulait pas partir passer la nuit dans le chalet de Kristian. Ce qu'elle voulait, c'était rentrer

---

* Litt. : "Allume la bougie, une bougie doit briller pour chaque enfant sur Terre." Chanson de Noël très populaire en Norvège, chantée au moment d'allumer la première bougie lors du premier dimanche de l'avent.

à la maison voir maman. Elle aurait tant rêvé être en ce moment même dans la cuisine en train de manger des tartines de confiture et de boire un grand verre de lait. Mais il ne fallait pas qu'elle y pense sinon elle allait avoir peur.

Qu'est-ce qu'on s'ennuyait dans l'atelier du Père Noël! Les outils accrochés au mur étaient super vieux et moches. Elle se demandait pourquoi ce n'était pas mieux que ça chez lui, alors qu'il distribuait tout plein de cadeaux à Noël. C'était bizarre quand même. Quand papa reviendrait, elle lui raconterait que Kalle au jardin d'enfants avait dit que le Père Noël existait pas. Mais c'était qui alors qui habitait ici?

Elle s'approcha prudemment du banc et jeta un coup d'œil parmi les ombres. Sait-on jamais, il y avait peut-être un soda caché quelque part? Un Fanta, ce serait bien. Elle adorait le Fanta, à cause des bulles. Quand on secouait la bouteille, des fois ça éclaboussait partout dans la pièce et même que papa se fâchait. Mais elle ne voulait plus penser à ça. En plus, il n'y avait aucune bouteille, ni rien à boire sur le banc.

"Merde! s'exclama-t-elle. Putain de merde! Gros cul." Mais elle savait que ce n'était pas bien de jurer comme ça, on le lui avait expliqué au jardin d'enfants. Et Ingrid l'avait regardée d'un air affligé avant de lui caresser les cheveux, ce qui l'avait rendue triste, elle aussi, alors elle s'était mise à pleurer.

Mais le mal était fait. Les ombres dans le coin grossissaient et devenaient de plus en plus noires. Elle savait qu'il y avait un animal à cet endroit-là, un animal qu'elle ne voyait pas mais qui crachait dans sa direction. Un chat, peut-être? Un gros chat noir aux yeux brillants et aux longues griffes, comme celui qui l'avait attaquée un jour chez sa mamie qui habite au bord de la mer. "Pcht, va-t'en, saleté!" avait grondé mamie. Et le chat avait disparu, mais il s'était retourné, et elle se souvenait de ses yeux, étroits et perçants, un peu comme s'il riait en se disant qu'il reviendrait plus tard, quand mamie ne serait pas là.

Elle n'entendait plus rien dans le coin. Elle avait beau tendre l'oreille, ne plus bouger. Elle retint son souffle, mais non, rien. Le chat était devenu invisible.

Elle se mit à avoir très peur et entonna une fois encore la chanson *"må alle dele håpet, så gode ting kan skje…"* Après avoir chanté trois couplets en fredonnant quand elle ne se rappelait plus les paroles, les ombres lui parurent à nouveau gentilles et l'animal, devenu tout riquiqui, ne lui semblait plus dangereux.

La bougie sur la table commençait à vaciller. Elle ne tarderait pas non plus à s'éteindre, mais elle en avait aperçu d'autres, déjà entamées, dans une boîte sur le banc. Elle alla chercher la plus longue d'entre elles et trouva qu'elle se débrouillait très bien. C'est ce que lui dirait papa. Mais pourquoi il était pas encore là? Il avait promis de faire vite. Elle s'allongea sur le banc et ramena la combinaison sur elle. Si elle dormait, le temps passerait plus rapidement, et quand il reviendrait, il la réveillerait. Elle s'y voyait déjà. Elle se redresserait et se frotterait les yeux puis dirait "Coucou, papa. Tu es déjà revenu?" Alors papa serait très content et ne sentirait pas mauvais de la bouche et il lui répondrait : "Eh oui, Ella, me voilà. Et comme tu as été très gentille, demain nous irons t'acheter un chien."

Ella rêvait d'avoir un chien. Si elle en avait eu un, ici, ils auraient pu jouer ensemble. Et puis il aurait montré les dents aux ombres et grogné, et il aurait aboyé si un chat s'était caché quelque part. À la maison, il aurait le droit de dormir avec elle, mais il ne fallait pas qu'il morde les poupées ou Basse, ah ça non, parce que sinon ouste ! il descendrait du lit. Elle sourit toute seule, mais se rappela soudain que Basse traînait quelque part dans cet endroit perché tout en haut au-dessus du sol, où il faisait si froid.

Elle s'endormit et rêva du chien. Il s'écoula un long moment. Un très très long moment. La troisième bougie était presque arrivée tout en bas, elle aussi, et elle dut aller en chercher d'autres sur le banc. Elle était au bord des larmes, il ne fallait pas que la lumière s'éteigne, car il ferait tout noir dans la pièce et alors le chat risquait de revenir, très gros et très en colère. Et si papa ne la retrouvait pas ?

Les yeux sur la chandelle, elle se dit qu'elle avait tellement, mais tellement soif. Puis elle perçut un bruit au loin. Au bout d'un moment, elle entendit que quelqu'un approchait. Papa l'avait prévenue qu'elle l'entendrait marcher dans la galerie. Elle se redressa sur le banc, mais se recoucha et cacha sa tête sous la combinaison. Papa marchait toujours d'un pas léger et rapide, comme s'il était pressé ; celui de la galerie paraissait lent et bruyant, comme si quelqu'un traînait des pieds dans les gravillons.

XXII

UN RÉSERVOIR PERCÉ

Samedi 24 février, 6 heures

L'avion-ambulance atterrit à l'aéroport de Longyearbyen à 6 heures du matin, le samedi 24 février. "Alors? Comment s'est passé le voyage?" Jan Melum avait remarqué la mine grincheuse de son chef quand celui-ci avait traversé d'un pas pressé le hall mal éclairé des arrivées avant de rejoindre la voiture du bureau du gouverneur qui l'attendait à l'extérieur. Jonas Lund Hagen avait à peine pris le temps de lui serrer la main, de donner sa valise à Tom Andreassen et s'était engouffré à l'avant, côté passager, en frissonnant de froid.

"Purée, mais qu'est-ce que ça caille! Et laissez-moi vous dire une chose: plus jamais ça. Tu n'es pas d'accord avec moi, Otto?" Il jeta un coup d'œil par-dessus son épaule, vers l'arrière, où le technicien engoncé dans sa grosse canadienne était assis avec Jan Melum.

"Ma foi, ça secouait un peu, mais c'est toujours comme ça dans les petits coucous, tu sais, avec toutes les turbulences. En tout cas, on n'a pas traîné, même si j'aurais aimé avoir un peu plus de temps pour mettre autre chose dans ma valise qu'une brosse à dents, mon rasoir et quelques caleçons longs.

— Je ne te parle pas du trajet en avion, répliqua Lund Hagen, mais de notre présence ici.

— Ça, je n'en crois pas un mot, répondit Otto Karlsen en réprimant un sourire. À mon avis, ce n'est pas ça qui t'embête." Il se tourna vers Jan Melum avec un clin d'œil. "Il a dû utiliser le mot magique, "Kripos", celui qui ouvre toutes les portes, pour qu'on nous laisse monter dans l'avion-ambulance. Sans parler de Gardermoen. Le gyrophare, l'accès VIP, la totale quoi. Mais on n'y serait jamais arrivé autrement. Espérons que vous estimez que ça en vaut la peine." Tom Andreassen croisa son regard dans le rétroviseur.

"Mais est-ce vraiment une question de temps et de ressources ?" Lund Hagen attacha sa ceinture de sécurité.

"On n'en sait rien." Tom Andreassen n'avait dormi que trois heures avant de devoir enfiler ses vêtements à contrecœur et, fatigué, de quitter sa maison sur la pointe des pieds et d'affronter le froid. Il ne parvenait pas à rassembler ses esprits. Il s'était passé trop de choses en l'espace de si peu de temps. "Le fait de rechercher la petite était déjà terrible, mais là on n'y comprend plus rien. Ça fait deux jours qu'on cherche le père et quand, enfin, on le trouve, on ne peut pas lui parler."

Jan Melum lança un regard sombre au technicien. "Nous ne devons pas sous-estimer cette affaire. Cela sera un travail technique difficile. Les voitures sont toujours sur le parking."

Otto Karlsen ne répondit pas. Il ne sous-estimait jamais une affaire. Dans le fauteuil devant lui, Lund Hagen regardait par la fenêtre le fjord couvert de glace.

Une ambulance, qui se dirigeait vers l'aéroport, arrivait à contresens.

"On passe d'abord à l'hôtel?" finit-il par demander.

Ils prirent le petit déjeuner avant de se rendre au bureau du gouverneur. Un serveur à moitié assoupi leur apporta du café. La salle était à peine éclairée et le choix du buffet restreint.

"Il ne doit pas y avoir beaucoup de clients." Lund Hagen regardait l'assiette posée devant lui d'un air affligé. "Tu crois qu'ils cuisent leurs œufs dans l'huile? J'ai horreur de ça.

— Il n'y a pas foule, non. Mais ils attendent beaucoup de monde la semaine prochaine, pour la fête du Soleil. Il semblerait que ce soit un grand événement ici. Le soleil apparaît à l'horizon pour la première fois de l'année. Ils ont prévu un défilé, un carnaval, du théâtre pour les enfants, et cætera. Les festivités attirent plein de touristes et les hôtels sont tous complets." Jan Melum avala d'une seule gorgée un grand verre de jus d'orange et attaqua un pot de yaourt.

Tom Andreassen se balançait avec impatience sur sa chaise. Il ne voulait qu'un café et espérait que les autres allaient se dépêcher un peu de manger leur petit déjeuner, afin qu'ils puissent se mettre au boulot. Mais pour Lund Hagen, ils étaient déjà au travail. C'était ce qu'il se plaisait à appeler "le moment où l'on renifle une affaire". Quand on s'imprègne de celle-ci, qu'on sent l'atmosphère de l'endroit. Il existait maintes façons de décrire cette étape. Il se renversa sur son siège en posant un regard tranquille sur le policier qui dépendait du gouverneur. "Alors comme ça vous manquez de monde?

— Vu le travail, oui. Depuis le retour de Knut, tous les postes de policier sont pourvus, mais le service n'est pas de taille à traiter des affaires aussi graves que celle-là. Cet endroit est tranquille et paisible d'ordinaire.

— Si ça peut te consoler, je crois bien que la plupart des commissariats que le Kripos assiste éprouvent le sentiment d'être en sous-effectif quand une lourde affaire criminelle leur tombe dessus." Lund Hagen se perdit un instant dans la contemplation de sa tasse de café qu'il faisait tourner d'un air absent. "Comment va Knut, du reste ? Que dit-il de tout ça ?"

Tom Andreassen tourna la tête à droite et à gauche, mais personne ne traînait à proximité. Le serveur avait disparu en cuisine. Quoi qu'il en soit, il n'aimait pas parler de ses collègues de bureau.

"C'est un bon policier, intervint Jan Melum, et il a aussi quelques idées intéressantes sur cette affaire.

— Oui, mais il se focalise sur cette piste du voyeur." Tom Andreassen regarda l'heure et se leva. "On y va ? Anne Lise Isaksen nous attend, et Knut aussi. Vous pourrez lui demander vous-mêmes ce qu'il en pense."

Les policiers se répartirent les différentes tâches. Otto Karlsen et Knut Fjeld furent envoyés sur le parking du supermarché. La place semblait déserte dans la lumière froide des nouveaux lampadaires le long du chemin piétonnier. Le périmètre de sécurité était clairement délimité et aucun des véhicules présents au moment de l'incendie n'avait été enlevé. Les deux épaves calcinées se trouvaient toujours devant les fenêtres du Kafé Busen.

"Les pompiers ont-ils déplacé les voitures ? Ou bien étaient-elles à cet endroit-là quand le feu a éclaté ?" demanda Otto Karlsen.

Knut s'était garé près du Næringsbygg et ils arrivèrent à pied par le chemin qui passait devant le jardin d'enfants. Les quelques badauds qui traînaient autour de la rubalise rouge s'éloignèrent en apercevant les deux policiers.

"À ce que j'ai compris, on n'y a pas touché, mais les pompiers ont éteint le feu avec des extincteurs. Leur chef nous a remis un rapport ce matin, à l'aube. C'est un homme extrêmement consciencieux et rigoureux. Tu l'as lu?

— Oui, je l'ai survolé en venant ici. Je le relirai plus attentivement après. Pour l'instant, je veux photographier la scène de crime. Ça t'embêterait de prendre des notes pour moi?"

Ils travaillèrent sans relâche pendant près de deux heures. Knut appréciait chacune des minutes qui le séparait du moment où ils devraient regarder à l'intérieur des véhicules calcinés. Il n'arrivait pas à se défaire du sentiment que quelque chose avait peut-être échappé aux pompiers. Il les soupçonnait sans raison d'avoir oublié d'ouvrir les coffres. Cette conviction était si forte que Knut faillit vomir quand Karlsen eut enfin terminé la fixation des lieux et commença à inspecter les épaves de plus près.

"T'as froid? Une tasse de café serait peut-être la bienvenue avant de nous attaquer aux voitures. On va là-bas?" Le technicien avait levé un regard inquiet sur le visage blême de Knut et faisait un signe de la tête en direction du Kafé Busen.

Ils prirent chacun un sandwich et une grande tasse de café qu'ils emportèrent jusqu'à une table au fond de la salle. Otto Karlsen sortit le rapport. Même si le Busen était à moitié plein, la plupart des clients s'étaient installés près des fenêtres pour mieux voir ce qui se passait sur le parking. Les deux policiers pouvaient par conséquent discuter à voix basse sans être entendus.

Le technicien du Kripos replia le rapport et montra une page à Knut. "Regarde ça. Tu en déduis quoi?"

Knut hocha la tête. "Les vêtements de Steinar Olsen se sont enflammés les premiers. Plusieurs témoins le disent. Il a sautillé en essayant d'étouffer les flammes sur son pantalon, puis il a glissé par terre. Alors, seulement, le feu s'est propagé sur son corps. Puis le break bleu s'est mis à brûler, avant d'exploser quelques minutes plus tard, imité ensuite par la voiture blanche.

— La voiture de Steinar Olsen?

— Oui. La voiture de Steinar Olsen. Une Subaru blanche que nous avons cherchée pendant plus de vingt-quatre heures, mais qui a été aperçue par une seule personne avant de réapparaître sur le parking. Tout cela me semble parfaitement incompréhensible. Et quelle est l'origine de l'incendie?

— Mmm… et vous, qu'avez-vous vu en arrivant sur la scène de crime? Se pourrait-il que Steinar Olsen ait tenu à ce moment-là un bidon ou un récipient contenant un produit inflammable qu'il aurait renversé sur lui par mégarde? Peut-on imaginer qu'il ait envisagé de saboter la voiture bleue? Ce n'est pas moi l'enquêteur dans l'équipe. Parmi les gens présents sur le parking, quelqu'un aurait-il pu emporter un jerrycan ou quelque chose de ce genre hors de la zone qui nous intéresse? Quelqu'un a-t-il vu Steinar Olsen avant que celui-ci ne se mette à brûler?" Il regarda Knut en souriant. "Ça fait beaucoup de questions, hein?"

Knut secoua la tête. "Il faudrait presque que tu demandes aux autres."

Otto Karlsen continua à feuilleter le rapport et pointa un passage du doigt. "Regarde. Regarde ça. L'infirmière est la première personne à être accourue auprès d'Olsen, mais elle n'est pas venue au café après. Quelqu'un l'a interrogée ?

— Je suis allé à l'hôpital pour savoir si, éventuellement, Steinar Olsen avait dit quelque chose à propos de l'endroit où se trouvait sa fille." Knut regarda dans sa tasse. "Elle était sacrément ébranlée. Elle venait de vivre un truc horrible. Elle n'avait rien pu faire avant que le médecin arrive. Elle avait dû rester à écouter les cris, impuissante. Donc, non, je ne l'ai pas interrogée. En tout cas, pas aussi scrupuleusement qu'un témoin." Il soupira. "Il va falloir le faire. J'appelle Tom pour lui dire que je m'en charge.

— Tu ne veux pas attendre de voir s'il y a quelque chose d'intéressant dans les coffres?" Otto Karlsen observait le visage de Knut en haussant les sourcils d'un air légèrement ironique.

Il faisait nettement plus clair quand ils ressortirent sur le parking. Le supermarché avait ouvert et on se pressait autour du périmètre de sécurité. Mais Otto Karlsen ignora la foule. Il était habitué à ce que les scènes de crime sur lesquelles il travaillait attirent les badauds. Le Kripos ne négligeait jamais le fait qu'un criminel pouvait se cacher parmi ces attroupements de curieux. D'ordinaire, on les photographiait, mais cette fois-ci le technicien s'en abstint. Les habitants de Longyearbyen étaient tellement peu nombreux qu'on ne passait jamais inaperçu. Il y avait toujours un voisin qui se souviendrait de vous avoir aperçu.

Il enfila ses gants de travail et commença à étudier méthodiquement les voitures calcinées et à fixer la scène. Mais il ne tenta à aucun moment d'ouvrir les portières. Il finit par se redresser et s'étirer le dos. "Je crois qu'il va falloir les transporter dans un hangar. Il fait trop froid pour ramper à quatre pattes sur cette glace. En plus, j'ai besoin d'outils plus costauds que ça." Il hochait la tête en direction de la valise en cuir noir contenant le matériel technique. "Tu peux appeler les pompiers et leur demander de venir nous aider ?"

Hannah ouvrit la porte en robe de chambre et en chaussons. Elle avait les cheveux attachés à la hâte en queue de cheval et les yeux rouges et gonflés.

"Tiens, tiens ! Voici le policier Fjeld qui vient me rendre visite de bon matin. Aurais-je droit à un traitement de faveur ? Je me demandais quand tu allais venir. Est-ce bien correct, ça ? Vu que nous sortons ensemble.

— Est-ce bien le cas ? rétorqua Knut. Tu ne devais pas te marier avec ce mec de Svea ?

— Personne n'est *de* Svea, on travaille *pour* Svea. En plus, il s'est dégonflé quand il a appris pour nous deux." Elle sourit d'un air moqueur.

"Je vois. Mais je peux entrer ? Il fait un peu frais dans l'escalier. Et oui, puisque tu le demandes, je suis envoyé par le bureau du gouverneur, qui juge intéressant de discuter avec toi en tant que témoin. Et comme personne ne te soupçonne d'avoir mis le feu à Steinar Olsen, on n'a vu aucune objection à ce que ce soit moi qui vienne te voir."

Elle redevint sérieuse. "Oh mon Dieu, oui. C'est horrible ce qui est arrivé. Tone Olsen doit vivre un enfer. D'abord sa fille, puis son mari. Mais dis-moi, il y a quelqu'un qui cherche Ella?

— À peu près toute la ville, probablement." Il se faufila devant elle dans l'embrasure de la porte et se rendit dans la cuisine. Il y avait une tasse de thé sur la table et un cendrier débordant de mégots de cigarettes. "Tu refumes?

— Ça ne te regarde pas."

Ils se dévisagèrent en silence de part et d'autre de la table, puis il se pencha en avant et prit ses mains dans les siennes. "Je sais que c'est pénible de repenser à tout ça, mais il le faut. Tu étais la première sur les lieux, auprès de Steinar Olsen. Tous les témoins ont affirmé que tu étais déjà agenouillée à ses côtés quand ils sont arrivés.

— Non, ce n'est pas vrai. Je n'étais pas la première." Elle écarquillait les yeux de surprise. "Frøydis Hanseid était là avant moi. Elle ne l'a pas dit? Elle était penchée au-dessus de lui, avec la main devant son visage pour se protéger du feu. J'ignore d'où elle venait, car je sortais juste du supermarché pour ma part. Il se roulait sur le sol, mais cela ne faisait qu'empirer les choses. J'ai accouru et j'ai jeté mon manteau sur lui pour étouffer les flammes. Et puis je l'ai écarté des voitures en feu... et alors j'ai retiré mon manteau et... dans la lumière des lampadaires...

— Attends un peu, Hannah. Doucement. Frøydis Hanseid? Mais... que faisait-elle là? Elle t'a dit quelque chose?

— Je ne sais pas. Non, je... tout est allé tellement vite. Elle s'est légèrement reculée, puis elle est restée là, le regard rivé sur lui, complètement tétanisée. On ne peut pas lui en vouloir. Si moi, j'ai réagi comme ça en le voyant alors que je suis infirmière urgentiste, j'imagine le choc que ça a dû être pour elle. Et cette odeur, tu ne peux pas savoir, Knut… quelle horreur, cette odeur!" Elle se détourna.

"J'étais là, moi aussi, murmura-t-il. Tu ne te souviens pas? Je t'ai donné mon blouson pour que tu le mettes sous sa tête."

Tom Andreassen répondit sur son portable. "Knut, je suis désolé, dans le feu de l'action, pour utiliser une expression terriblement malheureuse, j'ai oublié que Frøydis Hanseid se trouvait sur le parking. Erik l'a découverte là-bas, complètement tétanisée, le visage gris, et terrifiée. Je l'ai laissé la reconduire chez elle. À son retour, il a dit qu'elle n'avait rien remarqué de spécial. Elle avait seulement aperçu un homme en feu et avait accouru vers lui, mais Hannah était arrivée à ce moment-là et l'avait repoussée. Elle avait ensuite erré autour de la place, jusqu'à ce que Erik tombe sur elle et la ramène chez eux.

— Je vois." Knut ne savait pas ce qu'il pouvait dire de plus.

"Désolé. Cela aurait dû figurer dans le rapport des témoignages." Ils gardèrent le silence durant quelques secondes. "Bien, si tu n'as pas d'autres questions, alors…

— Mais il faut quand même que quelqu'un l'interroge, non? Elle est apparemment la seule à avoir vu ce que faisait Steinar Olsen avant que ses vêtements ne s'enflamment." Knut ne se souvenait pas s'être senti aussi mal à l'aise. "Je veux dire, parmi les témoins, c'était la première sur place. On ne peut se contenter de sa conversation avec Erik, si?

— Non, mais… comme tu l'as dit toi-même… tu es bien allé parler à Hannah. Or, Frøydis non plus n'est pas soupçonnée de quoi que ce soit." Tom Andreassen trouvait lui aussi la discussion pénible. "Un instant." Knut entendit des voix parler dans le fond. "Tu es là ? Jonas Lund Hagen estime que tu devrais passer chez eux. Erik n'étant pas au bureau, il doit être encore là-bas. Tu lui expliqueras toi-même."

"Pourquoi faut-il toujours que j'intervienne ?" Knut maugréait en parcourant en voiture les quelques centaines de mètres qui séparaient l'appartement de Hannah du logement d'Erik et Frøydis Hanseid. Mais Erik Hanseid ne sembla absolument pas surpris de la visite de Knut et de son souhait de discuter avec Frøydis. "Au contraire", l'assura-t-il en passant devant lui pour le conduire au salon où Frøydis était allongée dans le canapé, soutenue par des coussins et sous une couverture.

Pourquoi culpabilise-t-il à ce point ? s'étonna Knut. Puis il réalisa que Hanseid se sentait probablement fautif d'être encore chez lui et non au travail. "Ça avance ? Il y a du nouveau ?" Il était parti chercher le café dans la cuisine, mais sa tête apparut dans l'embrasure de la porte.

"Rien que tu ne saches déjà. Il faut laisser encore un peu de temps aux gars du Kripos, ils ne sont là que depuis quelques heures. Nous nous sommes réparti les tâches. Je m'occupe des témoins de l'incendie. Je viens de chez Hannah. Je voulais qu'elle essaie de se souvenir de ce à quoi ressemblait la scène de crime quand elle est arrivée sur les lieux."

Hanseid haussa les sourcils. "Scène de crime, tu dis ? C'était un accident, non ?" Il posa une tasse de café devant Knut et s'assit dans l'autre fauteuil. "Tu ne veux toujours pas de café, Frøydis ? Encore un peu de thé ?" Et, s'adressant à Knut : "Tu comprends, elle sort d'une grippe carabinée, et… disons que tu n'avais vraiment pas besoin de ce qui s'est passé hier, n'est-ce pas ma chérie ?"

Knut hocha la tête. "Je serai bref." Il hésitait quand même un peu. La pauvre créature sur le canapé semblait complètement désemparée. Il ne souhaitait surtout pas l'embêter. Elle avait manifestement eu sa dose de tracas depuis son arrivée au Svalbard.

"Frøydis, il semblerait que tu aies été la première à voir Steinar Olsen quand il est arrivé sur le parking. C'est vrai ? Tu l'as vu avant que le feu ne se déclare ?"

Du regard, elle chercha le soutien de son mari. "Je n'ai pratiquement pas la force de songer à tout ça.

— Non, je comprends bien. Mais te souviens-tu d'avoir vu la voiture de Steinar entrer sur le parking et se garer à côté du break bleu ?

— Non, je ne me souviens pas… mais je ne crois pas.

— Où étais-tu ? Je veux dire, que faisais-tu sur le parking ?"

Elle baissa les yeux et resserra la couverture autour d'elle.

"Knut est-ce vraiment bien nécessaire ? Frøydis n'a rien vu d'important." Hanseid avait l'air irrité.

"Je me rendais à une réunion du comité d'organisation de la fête du Soleil et j'étais en retard. Et puis, par hasard, j'ai jeté un coup d'œil sur le parking. Et là…" Frøydis se mit à trembler. "Mais je n'étais pas juste à côté. J'étais loin, près du supermarché." Elle leva les yeux et croisa le regard de Knut.

"Hannah Vibe m'a expliqué que tu étais penchée au-dessus de Steinar quand elle a accouru. T'a-t-il dit ou crié quelque chose ?

— Qu'est-ce que tu entends par là ? Je ne comprends pas." Frøydis ne parlait plus que d'une toute petite voix misérable.

"Knut, tu ne veux pas que je prenne le relais ? murmura Erik Hanseid d'un ton inquiet.

— Mais que faisait Steinar avant que ses vêtements ne s'enflamment ?

— Rien, je crois. En tout cas, je n'ai rien remarqué."

Knut dissimula un soupir. Il avait l'impression d'enlever un sparadrap collé sur une peau à vif. "Il ne s'est pas approché de la voiture bleue, par hasard ?"

Elle leva furtivement les yeux. "La voiture bleue ? N-non. Je ne crois pas avoir remarqué la moindre voiture bleue. Mais comme je t'ai dit, j'étais loin.

— Non, je vois. Bon, eh bien, merci. Si tu repenses à autre chose... Désolé d'avoir dû t'importuner."

Knut se leva et sortit de la maison. Évidemment qu'elle avait reconnu la voiture de Tor Bergerud.

Il trouva Tom Andreassen chez Anne Lise Isaksen, avec Jonas Lund Hagen et Jan Melum. Des piles de papiers et des carnets de notes jonchaient le bureau du gouverneur. Elle avait accroché une grande carte neuve des environs de Longyearbyen sur le mur.

Tom Andreassen écarta rapidement les vagues soupçons de Knut. "Laisse tomber. Frøydis Hanseid est une femme tout à fait ordinaire qui a traversé des temps un peu difficiles dernièrement, mais je crois qu'on peut mettre de côté les affaires privées, Knut."

Lund Hagen leva aussitôt la tête : "Quelles affaires privées ?" Mais il allait devoir attendre l'explication. Otto Karlsen apparut sur le pas de la porte et se fraya un passage devant Tom Andreassen. Ses vêtements, son visage et ses mains étaient noirs de suie.

"Il faut que vous sachiez que, premièrement, il n'y avait aucune dépouille humaine, ni dans les voitures, ni dans les coffres." Il regardait Knut.

Anne Lise Isaksen poussa un ouf de soulagement, un long soupir à peine audible. "Deuxièmement, quelqu'un a percé un trou dans le réservoir d'une des voitures. Un trou assez grand, carré, d'environ un centimètre de large et un et demi de long.

— Sur quelle voiture ? demanda Knut calmement. La bleue ?"

XXIII

L'INTERROGATOIRE

Samedi 24 février, 11 h 30

"Si c'est le réservoir du break bleu qui a été vandalisé, il y a de fortes chances pour que la personne visée soit le propriétaire de celui-ci. Mais pourquoi quelqu'un voudrait-il saboter la voiture du pilote d'hélicoptère ? A-t-on une idée du mobile qui pourrait expliquer un tel geste ?" Le flot de questions traduisait la perplexité de Jan Melum.

Les policiers de Longyearbyen échangèrent un long regard, mais Knut poussa le raisonnement dans une autre direction. "L'important dans tout ça, c'est que l'incendie n'a rien à voir avec Steinar Olsen. Il a manqué de chance, c'est tout, mais ce n'est pas lui qui devait mourir. Et dans ce cas-là, l'enquête autour de l'incendie ne nous aidera pas à retrouver Ella Olsen.

— Il s'agit d'une tentative de meurtre extrêmement maladroite, en tout cas." Otto Karlsen jeta un coup d'œil autour de lui, à la recherche d'une chaise libre. "En fait, l'essence n'a pu prendre feu que par un très fâcheux concours de circonstances. Faire exploser une voiture n'est pas aussi simple que les gens le croient.

— En plus, ce n'est pas Tor Bergerud qui avait la voiture ce soir-là, mais sa femme. Elle participait à une réunion du comité d'organisation de la fête du Soleil, qui se déroulait dans un bureau du Næringsbygg." Tom Andreassen réalisa soudain qu'il n'avait parlé à personne de ce qu'il avait découvert dans la salle de commande du terminal du téléphérique. Il soupira et remarqua que Knut l'observait. Les autres policiers étaient-ils eux aussi au courant de la liaison entre Erik Hanseid et Line Bergerud?

"On l'a interrogée? Je n'ai pas vu son nom sur la liste des témoins." Jan Melum commença à feuilleter les notes posées devant lui.

"Non. Elle n'est sortie de la réunion qu'après, nous avions déjà bloqué l'accès au parking. C'est pareil pour tous les autres membres du comité. Le bureau dans lequel ils se trouvaient donnait de l'autre côté. Ils n'ont appris ce qui se passait que quand on les en a informés."

Le sang de Knut se glaça. Il venait de penser à quelque chose. Et Tom Andreassen ne paraissait-il pas gêné, lui aussi? Un élément dans les témoignages ne collait pas. Il prit une feuille sur la table et commença à esquisser un schéma récapitulatif du déroulement des événements sur le parking, mais garda son travail de réflexion pour lui.

Anne Lise Isaksen avait les yeux posés sur lui. "Knut? Tu as dit un truc tout à l'heure qui m'a rappelé quelque chose.

— Hmm?" Il leva à peine la tête, rechignant à interrompre le cours de sa pensée. "Quoi donc? Que Steinar n'avait rien à voir avec l'incendie, même s'il en était la victime?

— Non, quelque chose à la fin. C'est la formulation d'une de tes phrases. Tu as dit... "qui devait mourir". Tu te souviens des lettres anonymes? Où sont-elles?

— C'est Erik Hanseid qui les a", répondit Tom Andreassen. Il regardait la table.

"Et, où est Erik ?

— Chez lui. Il semblerait que Frøydis ait fait une rechute.

— Tu peux l'appeler et lui demander où il les a mises ?"

La tension dans le bureau d'Anne Lise fut aussitôt perceptible.

"Il les a jetées. Tout le monde s'accordant sur le fait que ces lettres n'étaient qu'une mauvaise blague, il n'y avait aucune raison de les archiver, a-t-il dit.

— Mais quelle était la teneur de ces lettres ? demanda Lund Hagen. En quoi sont-elles importantes dans cette affaire ?"

Knut leva les yeux des feuilles sur lesquelles il écrivait et, de l'index, remonta ses lunettes sur son nez. Son regard était dur et intransigeant. "Tout ce qui concerne l'incendie doit attendre. Il faut impérativement que nous retrouvions Ella Olsen aujourd'hui, ou sinon elle ne sera plus en vie lorsque nous saurons enfin où elle niche. On peut compter sur les doigts de la main les gens susceptibles de nous fournir l'information qui nous manque pour découvrir l'endroit où elle se cache. Il me semble que nous devrions pousser ces personnes dans leurs retranchements quand nous les interrogerons."

Ils devaient faire un choix, mais Lund Hagen éprouvait une certaine réticence à l'idée d'écarter définitivement l'affaire des voitures incendiées. "Je comprends ton point de vue, Knut, mais accorde-nous encore quelques minutes." Il jeta un regard à la ronde. "Donc, récapitulons : on a saboté la voiture bleue. On peut donc imaginer que quelqu'un voulait du mal soit à Tor soit à Line Bergerud. Il se peut aussi que les lettres que vous avez reçues ici aient un rapport avec tout ça. Mais peut-être l'attaque ne visait-elle aucun des deux en particulier. Peut-être même l'identité de la personne dans la voiture n'avait-elle aucune importance ?" Il se tourna de nouveau vers Knut. "Il ne fait aucun doute que la disparition de la petite doit être notre priorité. Apparemment rien ne relie les deux affaires. Là-dessus, nous sommes d'accord. Concernant la petite, cependant, nous avons deux pistes qui nous entraînent dans deux directions différentes. Qui est allé chercher Ella au jardin d'enfants ? Steinar Olsen ou le voyeur ? Nous avons en effet reçu beaucoup d'appels évoquant la présence de cet individu aux abords de Kullungen, et il est effectivement apparu que quelqu'un surveillait le jardin d'enfants. Les gamins ont été en contact avec lui. Il faut trouver cet homme.

— Et l'autre piste ? On en fait quoi ? On n'a toujours pas pu interroger Steinar Olsen." Knut se risquait à poser la question puisque les autres gardaient le silence. Il se sentait épuisé, affamé et découragé.

Lund Hagen le regarda pensivement. "Je croyais que c'était toi qui tenais absolument à découvrir l'identité du voyeur ?" Il poursuivit. "Steinar Olsen. S'il est allé récupérer Ella, que faisait-il sur le parking sans elle ? Ce n'est pas lui que le sabotage visait, et je doute franchement qu'il ait touché à la voiture bleue. Il nous manque toujours le couteau ou le marteau qui a servi à faire le trou dans le réservoir. Otto continue à les chercher sur la scène de crime. Mais supposons que Steinar Olsen ait saboté la voiture bleue, logiquement l'outil aurait dû se trouver par terre. Il a pris feu presque aussitôt après son arrivée – il est descendu de voiture et s'est enflammé –, il n'aurait donc pas eu le temps de cacher un outil. Or nous n'avons trouvé aucun objet de ce type sur les lieux. On est bien d'accord ?"

Jan Melum se pencha en avant. Il commençait malgré lui à s'intéresser à tous les paradoxes soulevés par l'incendie des voitures. "Oui, et quel aurait été le mobile ? Je n'ai pas entendu parler d'un lien quelconque entre Steinar Olsen et le pilote d'hélicoptère ou sa femme."

Lund Hagen hocha la tête. "Supposons maintenant qu'Olsen n'ait pas saboté la voiture, dans ce cas le vrai coupable a dû commettre son délit juste avant qu'il n'arrive. Le réservoir d'essence s'est vidé en l'espace d'une ou deux minutes. Comme l'a dit Otto, l'essence est quasiment ininflammable par -25 degrés, car ce n'est pas le liquide lui-même qui prend feu, mais les éventuelles émanations gazeuses, or il n'y en a pratiquement pas à cette température. Une partie de l'essence avait sans doute déjà commencé à imprégner la neige et même une allumette dans une des flaques sur la glace n'aurait pas permis au carburant de s'enflammer. Selon Otto, l'incendie viendrait plutôt des petites vapeurs d'essence qui ont pu se former si le carburant a giclé en coulant du réservoir. Steinar Olsen n'a vraiment, mais vraiment pas eu de chance de descendre de sa voiture juste au moment où l'essence s'est embrasée. Les témoins sont désormais notre unique chance d'éclaircir tout cela avant que nous puissions parler avec Olsen lui-même.

— Ella ne devait pas être notre priorité ? demanda Knut.

— Si, si. Mais tu vois bien que la réponse à la question sur la raison de la présence de Steinar Olsen sur le parking peut nous donner des indications importantes sur l'endroit où elle se trouve. Je crois que jusqu'à hier soir, Ella Olsen était avec son père. Cela signifie qu'elle est seule depuis un certain temps déjà. Pourquoi n'est-elle pas sortie de sa cachette ? Elle doit bien avoir faim et soif. Se peut-il qu'elle soit morte ? Nous ne devons malheureusement pas exclure cette éventualité."

Tom Andreassen s'impatientait de plus en plus en écoutant la discussion entre les deux enquêteurs du Kripos et Knut. "Et qui va s'occuper du mineur qui attend dans la salle d'interrogatoire ? Vous l'avez oublié ?"

Lund Hagen parut soudain épuisé. Il se frotta le visage. "En plus de la piste du voyeur, il y a aussi ces deux mineurs. Je les crois susceptibles de nous fournir des informations sur la cachette. J'avais pensé à toi et Jan pour interroger le type que nous avons ici. Questionnez-le sans ménagement. Ont-ils aidé Steinar Olsen ? Celui-ci traînait souvent avec eux en dehors du boulot. Que peut-il nous dire des chalets ou des refuges dans lesquels ils partaient le week-end ? Quels étaient les lieux préférés d'Olsen ? Moi pendant ce temps-là, j'appelle la police de Tromsø. Il faut retrouver la trace de notre deuxième bonhomme et l'interroger. Le but est de leur faire cracher une éventuelle cachette où Steinar Olsen aurait pu emmener sa fille. Avant qu'il ne soit trop tard.

— Tu es au courant de cette histoire en janvier, notre expédition en hélicoptère pour surveiller les trafics illicites ? La contrebande dans le détroit de Hinlopen ?

— Oui, on m'a dit, oui." Le chef du Kripos hochait la tête. "Mais ne nous éparpillons pas, concentrons-nous pour le moment sur Ella Olsen ; la contrebande peut attendre." Il se tourna vers Knut. "Toi, tu retournes voir le type qui connaissait l'identité du voyeur. Et tu ne reviens pas tant que tu n'as pas le nom de l'homme qu'on cherche."

Dans la salle d'interrogatoire, le mineur Lars Ove Bekken jetait des regards nerveux par la porte ouverte. Cela faisait un moment qu'il attendait seul dans la pièce. Tassé sur lui-même, il jouait avec son briquet. Il avait enlevé son cuir faussement vieilli doublé de laine de mouton. Au-dessous il portait un T-shirt noir propre qui vantait les mérites de la bière Tuborg. Il avait fait de son mieux pour avoir l'air de l'honnête homme qu'il pensait être. Pourquoi personne ne s'occupait de lui ?

Le bureau du personnel de la Store Norske l'avait appelé de bonne heure le matin même en lui expliquant que l'entretien avec la police concernait Steinar Olsen. Il avait bien sûr entendu dire que Steinar avait pris sa gamine au jardin d'enfants avant de disparaître ; toute la ville était au courant. Mais Lars Ove avait passé le jeudi soir chez lui à regarder des vidéos et s'était couché tôt avec une demi-bouteille de cognac dans le ventre, c'est pourquoi il ignorait tout de l'incendie sur le parking le soir précédent. Le bureau du personnel ne lui en avait pas touché mot. Lars Ove s'était préparé psychologiquement à ce que la police l'interroge sur l'excursion en motoneige dans le détroit de Hinlopen quelques semaines auparavant.

"Si quelqu'un te pose des questions, tu nies en bloc, l'avait sermonné Kristian au téléphone depuis Tromsø.

"N'oublie pas, nous avons dormi dans un refuge du Wijdefjord. Personne ne peut prouver le contraire."

En fait, ils avaient été surpris que personne au bureau du gouverneur ne les ait contactés plus tôt pour leur demander s'ils se trouvaient dans le Sorgfjord durant un certain week-end de janvier. D'autant plus que l'hélicoptère était passé drôlement près d'eux, on les avait peut-être vus. Mais les jours s'étaient écoulés et aucun policier ne les avait contactés.

"Ça signifie, avait dit Kristian en suçant avec satisfaction une de ses incisives, qu'ils ont absolument aucune idée de l'identité des personnes qui étaient à la station suédoise, et qu'ils ont pas non plus vu les crevettiers." Le fait que, plus tard, Harald leur ait confirmé que les marchandises étaient bien arrivées et qu'elles avaient été dispatchées sans encombre, avait confirmé sa théorie. Lars Ove était tout de même inquiet. Et l'attente dans ce bureau aveugle complètement isolé, sans autres meubles qu'une table au centre de la pièce, entourée de chaises en acier, et sans que personne l'ait informé de la raison de sa convocation dans ces lieux, ne faisait qu'accroître son anxiété.

Des policiers apparurent enfin. Tom Andreassen lui apportait une tasse de café, mais celle-ci n'eut aucun effet notoire sur l'état d'esprit de Lars Ove Bekken. Il était si nerveux qu'il faillit la renverser et fît tomber sur sa cuisse quelques gouttes, qu'il tenta maladroitement de balayer de la main. Il avait pensé jouer l'homme fâché, mais les deux policiers qui s'assirent en face de lui semblaient tellement graves qu'aucun mot ne sortit de sa bouche.

"Vous savez pourquoi vous êtes ici ? demanda Jan Melum.

— Non, mais…" Il n'alla pas plus loin.

"Bon, maintenant vous allez être honnête et abattre vos cartes, dit Tom Andreassen.

— Mes cartes…? On me tire du lit à l'aube et en plus il faudrait que je réponde à des devinettes? Quel genre de cartes?" Lars Ove tentait de regagner le terrain perdu, mais au fond de lui il avait comme l'impression d'avoir mangé un truc avarié. Son estomac se tordait et menaçait de se vider d'un tas de saletés.

"Je peux fumer?

— Non, on n'a pas le droit de fumer à l'intérieur." Jan Melum lui lança un regard froid.

"Bien, je…" Il se sentait comme en équilibre, avec le bout des chaussures dans le vide, au-dessus d'un précipice. Que dire? Le moins possible, évidemment. Comment pourrait-il bien détourner leur attention?

"Vous devriez plutôt causer avec Kristian. Il en sait beaucoup plus que moi là-dessus. Oui, et puis aussi l'autre, le policier qui vient de Bergen. Il était là, lui aussi.

— Erik Hanseid?" Tom Andreassen parut désarçonné.

"Ouais, on l'a vu."

Le policier du continent jeta un coup d'œil à Andreassen. Qu'entend-il par là? Puis, s'adressant au mineur : "Qu'est-ce que Hanseid vient faire là-dedans? Vous voulez parler du terminal du téléphérique?"

La voix de Lars Ove partit dans les aigus. "Le terminal du téléphérique? Mais putain…" Il était tombé dans une maison de fous ou quoi? Les hommes du gouverneur avaient complètement perdu la boule? "Mais on n'a jamais planqué de marchandises de contrebande dans le terminal du téléphérique!"

L'espace d'un instant, la confusion fut totale dans la salle d'interrogatoire. Puis Jan Melum éclata de rire, suivi d'Andreassen puis de Lars Ove qui, par précaution, ricana lui aussi bêtement, tout en gardant un œil vigilant sur les policiers. Il valait mieux se méfier, il n'arrivait vraiment pas à les cerner ces deux-là.

"Reprenons tout à zéro", finit par dire Jan Melum en secouant la tête et en continuant à rire dans sa barbe. "Ce que nous voulions savoir c'est si vous, en tant que bon ami de Steinar Olsen, vous auriez une idée de l'endroit où il a pu cacher sa fille. Mais apparemment, vous, vous semblez plus désireux de nous avouer vos activités de contrebande ? Bien, bien. Commençons donc par cela."

Mais cette fois-ci, Lars Ove était à bout de patience. L'œil rond et vitreux, il décocha aux deux policiers un regard de poisson mort. On avait réussi à lui faire cracher quelque chose qu'il ne voulait surtout pas dire et en plus de ça, il craignait beaucoup plus la colère de Kristian que les hommes du gouverneur. Sa bouche se referma dans un claquement net et il ne la rouvrit pas, même pas pour boire une gorgée de café. Aucune question, affable ou menaçante, ne réussit à le faire parler.

Après une heure de tentatives infructueuses, ils prirent une pause.

"Manifestement, il n'est pas au courant pour l'incendie sur le parking hier soir, constata Jan Melum. Il ne sait sans doute pas que Steinar Olsen est grièvement blessé et qu'on l'a transporté à Tromsø en avion-ambulance. Mais je ne vois pas comment utiliser cette information pour le faire parler. Qu'en penses-tu, toi ? Personnellement, j'ai l'impression qu'il ignore complètement où se trouve Ella Olsen.

— Non, ce qu'il ne veut surtout pas c'est qu'on continue à lui tirer les vers du nez à propos de cette histoire de contrebande." Tom Andreassen hocha la tête. "Il a une peur bleue de son copain."

Ils virent Lund Hagen s'avancer vers eux dans le couloir. Il ferma la porte de la salle d'interrogatoire et leur fit signe de le suivre dans la salle de réunion. "Bon, il semblerait que tout arrive en même temps." Il se laissa tomber lourdement sur une des chaises autour de la grande table au centre de la pièce. "L'hôpital de Tromsø a appelé. Steinar Olsen est mort. Le cœur a lâché."

Jan Melum et Tom Andreassen, sans voix, le regardaient fixement dans les yeux.

"Oui, autant vous asseoir. J'ai aussi été en contact avec la police de Tromsø. Ils ont fini par trouver Kristian Ellingsen. Dans une pension du nord de l'île. Après une soirée bien arrosée au pub Skarven, il était loin d'être sobre ce matin. Ils n'ont pas encore pu procéder au moindre interrogatoire. Ils nous en faxeront le compte-rendu une fois qu'ils lui auront parlé."

Lund Hagen se tut. Ce n'était manifestement pas tout, il restait encore une chose et il semblait reculer le moment de la leur annoncer. "Otto a appelé de la scène de crime. Il a probablement trouvé l'outil qui a servi à trouer le réservoir. À l'extérieur du périmètre de sécurité, dans une des poubelles en contrebas du Kafé Busen." Il marqua un arrêt, comme pour souligner la gravité de ce qui allait suivre. "Il s'agit d'un piolet, un petit. Avec un manche noir. Il porte le numéro de code et l'emblème du gouverneur du Svalbard."

L'appartement dans le quartier de Lia s'était transformé en une sorte de logement en colocation. Les collègues de Tone Olsen se relayaient chez elle. Après une seule nuit, il y avait un jus d'orange d'une marque inconnue dans le frigo, une boîte de thé vert sur le plan de travail et des chaussons étrangers dans l'entrée. Sur le canapé, une couette et un oreiller étaient enfouis sous une couverture bleue avec des ours polaires dessus. Aucune d'entre elles n'avait eu le cœur de dormir dans le lit d'Ella.

Dans le séjour, le vendredi soir, elles essayaient de garder courage. Rester seule avec la mère de l'enfant disparue était presque insupportable. Heureusement Anne Lise Isaksen était venue les voir à quelques reprises pour les tenir informées du déroulement des recherches et dans ces moments-là, l'atmosphère semblait un peu plus légère. En tout cas, il se passait quelque chose. Anne Lise fut louée pour sa prévenance et sa présence. C'était cela que l'on attendait d'un gouverneur, estimaient-elles, et c'était bien que ce soit une femme à ce poste, malgré tout ce qui avait pu être dit auparavant.

Le vendredi soir et durant toute la nuit, on avait tu à Tone Olsen l'accident de son mari. Elle dormait au rez-de-chaussée quand le gouverneur avait appelé vers 11 heures. Dès le lendemain, Steinar Olsen avait été évacué au centre hospitalier de Tromsø. Elles prirent alors leur courage à deux mains et lui apprirent la nouvelle. Soudain, ce fut comme si tout l'oxygène de l'air autour de Tone avait disparu. Ses lèvres pâlirent. Des petites taches humides apparurent sur son front. Son visage prit la couleur d'une bouillie de flocons d'avoine froide.

"Pauvre Steinar", furent les seules paroles qu'elle prononça.

Mais elle ne s'évanouit pas. Ne pleura pas. Au bout de quelques minutes, elle leur demanda d'une voix calme d'appeler sa mère et de lui dire de venir au Svalbard. "Je n'en peux plus, mais je resterai ici tant qu'ils n'auront pas trouvé Ella." Bien qu'elle ne l'exprime pas en ces termes, elles avaient l'impression que Tone ne s'attendait pas à revoir sa fille vivante. Elle se préparait à un enterrement.

Mais quand, peu après une heure, un appel du bureau du gouverneur leur annonça que Steinar Olsen était mort de ses brûlures, elle s'effondra lentement sur le sol, où elle se recroquevilla, le front sur les genoux.

Le médecin que l'on fit venir se contenta de secouer la tête. "Je ne peux rien faire contre les événements de la vie, déclara-t-il. Il n'y a aucun remède à ça. Le mieux que vous puissiez faire maintenant est de rester auprès d'elle. Et s'il n'y a pas de changement, nous devrons sans doute l'hospitaliser."

Les deux policiers retournèrent dans la salle d'interrogatoire et, cette fois-ci, quelque chose dans leur expression effraya Lars Ove.

"J'ai faim, se plaignit-il. Je suis là depuis des heures et j'ai toujours rien becqueté, on m'a juste offert un café. J'ai rien fait de mal et je veux sortir d'ici. Je me plaindrai auprès du bureau du personnel de la Store Norske. Nom de Dieu, vous avez pas le droit de me traiter comme ça !"

Mais cette colère obtenue de haute lutte ne les impressionna nullement. "Vous devez nous dire tout ce que vous savez sur Steinar Olsen, lui déclara le policier du continent. Toutes vos activités, où il allait. Était-il en conflit avec un des pilotes d'hélicoptère d'Airlift?" Il regarda le bloc qu'il avait devant lui. "Tor Bergerud?"

Les pensées se bousculaient dans la tête de Lars Ove. Il dévisagea Tom Andreassen d'un air interrogateur. "Steinar? Non, là vous vous trompez de bonhomme. C'est l'autre filou, là, le Erik Hanseid qui a…

— Merci, ça suffit, l'interrompit Andreassen, les joues en feu. C'est Steinar Olsen qui nous intéresse. Il y avait des endroits qu'il aimait particulièrement? Des cabanes ou des refuges, où encore des lieux que personne d'autre ne connaissait…"

Mais tout cela, Lars Ove n'en savait rien, et son silence fut mal interprété. Ils lui apprirent pour l'incendie. Et que Steinar Olsen était mort.

Le choc apparut d'abord dans ses yeux, puis se répandit sur son visage, avant de se figer en un masque de perplexité. Tout en l'homme s'effondra. Il sortit une cigarette roulée de sa poche et l'alluma. Retira la tasse de la soucoupe et donna une chiquenaude sur la cendre. Les minutes s'écoulèrent. Jan Melum avait posé une main sur le bras de son collègue, et les deux policiers gardaient eux aussi le silence.

Puis Lars Ove Bekken finit par avouer. Il raconta l'abattage illicite des rennes, l'achat des marchandises de contrebande via un contact, les expéditions en motoneige vers le nord, le dernier voyage dans le détroit de Hinlopen. Il décrivit la station suédoise, la rencontre avec les pêcheurs, la tempête de neige.

Il leur parla de la cabane en bois délabrée dans la vieille mine, là où les trois copains cachaient l'alcool et le tabac.

Il vida son sac, sans plus se soucier des conséquences. C'est pourquoi il rapporta la discussion que lui et Kristian avaient eue après s'être réfugiés derrière les traîneaux au sommet de l'Heclafjell, le mois précédent. Les yeux rivés sur la table, il leur confia que Kristian piquait des colères redoutables et qu'il avait soupçonné Steinar Olsen de les avoir dénoncés auprès du bureau du gouverneur. Il répéta aussi les propos de Kristian, comme quoi Steinar Olsen allait payer cher son manque de loyauté, sa trahison. Il ne maîtrisait plus les tremblements dans sa voix tandis qu'il balançait son copain.

XXIV

LE RISQUE D'EXPLOSION

> *Qui pense à celui du fond,*
> *sans vie dans la poussière de charbon?*
> *Qui érige une pierre en son nom?*
> *Qui console sa veuve?*

Samedi 24 février, 13 heures

Assis sur le vieux canapé de l'appartement de la rue 232, Knut discutait pêche à la truite. Il était lui-même un grand amateur de pêche à la mouche, mais l'homme avait des théories complètement farfelues, sans parler des leurres en fourrure d'ours qu'il fabriquait et montait. La conversation le barbait tellement qu'il faillit presque en oublier la raison de sa visite.

"Au fait, avant que nous nous écartions complètement du sujet, il faut absolument que vous me donniez le nom du voyeur que vous avez aperçu devant le jardin d'enfants la semaine dernière. Simple formalité."

L'homme leva les yeux de la mouche inachevée, attachée à un morceau de bois par un fil fin noué maladroitement. "Ben c'est Per Leikvik. L'autre crétin qui ne peut pas articuler un mot. Je ne vous l'avais pas dit?"

Lund Hagen était seul dans la salle de réunion quand Knut y entra précipitamment. Peu après, toute l'équipe les avait rejoints. Aucun d'entre eux n'ouvrit la bouche pendant un moment. Per Leikvik était presque trop évident dans le rôle du voyeur. Et en y réfléchissant, les hommes du gouverneur se rappelaient effectivement l'avoir vu à toute heure du jour et de la nuit sillonner les routes de Longyearbyen.

"Il aime les enfants, dit Tom Andreassen. Tout le monde sait qu'il aime les enfants. Il se promène toujours avec des bonbons dans les poches. Mais ce n'est pas… Il ne peut quand même pas…

— Non, et ce n'est pas le cas", rétorqua quelqu'un sur le seuil de la porte. Personne au bureau du gouverneur n'avait encore jamais vu Kjell Lode en colère. Le corps de petite taille du conseiller du patrimoine tremblait, son visage était écarlate. "Ne commettez pas cette erreur ! Tout ça parce qu'un homme est infirme et qu'il ne peut pas parler. Il adore les enfants et jamais il ne s'attaquerait à l'un d'entre eux.

— OK, on se calme, intervint Lund Hagen. Nous avions besoin de connaître l'identité de la personne qui épiait le jardin d'enfants. Maintenant, c'est fait. Par acquit de conscience, nous papoterons un peu avec ce Leikvik, mais il n'est soupçonné de rien, alors mollo quand vous irez le chercher. Il a peut-être vu quelque chose qui pourrait nous être utile, mais ce n'est plus notre piste principale pour retrouver Ella Olsen."

La concentration de gaz avait continué à augmenter à la taille 12 de la Mine 7. Dans l'après-midi, la limite inférieure d'explosivité avait été franchie. Dans les locaux de la Store Norske, toute la direction de la mine était rassemblée dans le spacieux bureau de Robert le Rouge. Chacun avait réussi à se faire une petite place parmi les rapports et les papiers posés en hautes piles instables sur les chaises devant le bureau. Le chef de l'équipe de jour, qui revenait tout juste de la mine, avait encore les yeux cernés de poussière de charbon. Il n'avait pas pris la peine de se changer. Le directeur n'était pas trop à cheval sur les formalités. Les bottes, en revanche, il fallait les retirer au bout du couloir ; celui qui dérogeait à cette règle était immédiatement rappelé à l'ordre.

Le directeur regarda le chef de mine et le porion. "Inutile de retenir votre souffle comme ça, il n'y a personne au fond, les ventilateurs tournent à plein régime et nous savons d'où provient le gaz. Dans un jour ou deux, la concentration de celui-ci aura baissé. Nous pourrons alors regarder de plus près cette faille dans la roche. Vous croyez qu'une pierre coincée dedans la maintient ouverte en supportant toute la pression ?"

Aucun des hommes autour de lui n'avait jamais vu ou entendu parler d'une faille de plus de cinquante centimètres de large maintenue ouverte par une simple pierre. Celle-ci devait être énorme, dans ce cas. Comme le directeur, il pensait que celle-ci finirait par s'affaisser et que la faille pouvait se refermer à tout moment. Entre-temps, elle béait sous leurs yeux, noire comme la porte de l'enfer. Et même s'ils ne croyaient pas aux fantômes, ils devaient bien avouer que cette vue avait quelque chose d'effrayant.

La réunion ne s'éternisa pas. L'activité de la mine restait suspendue jusqu'à nouvel ordre et il fallait placarder plusieurs avertissements sur le carreau. Les hommes, qui s'étaient levés et continuaient à discuter par petits groupes, se dirigeaient doucement vers la sortie quand le téléphone sonna sur le bureau du directeur. Celui-ci saisit l'écouteur et garda une main en l'air pour que les autres fassent moins de bruit. Les discussions se transformèrent en un long murmure.

"Hermansen." Il se détourna à moitié, le nez sur la bibliothèque. Il garda le silence pendant un long moment. "Oh purée! Vous en êtes sûr?" Nouveau silence. "Inutile de vous dire, je pense… Oui, bien sûr. Oui. OK, vous n'avez qu'à monter. Je vous rappelle."

"Eh oh!" Sa voix se répercuta sur les murs. Les employés qui étaient déjà dans le couloir revinrent rapidement sur leurs pas. "Nous avons un problème." À mi-voix et sur un ton neutre, le directeur résuma à ses hommes l'histoire incroyable qu'on venait de lui raconter. Ils commencèrent par se regarder, muets, sans comprendre.

"Ella Olsen? Seule dans la mine?" Le porion écarquillait les yeux. "Dans la vieille mine? La prochaine fois que je croise ce mec, je l'étripe.

— Tu n'en auras malheureusement pas l'occasion, Rolf." Le directeur parlait si bas qu'ils avaient du mal à l'entendre. "Steinar Olsen est mort ce matin. Je propose que nous nous attachions à retrouver la petite.

— Mais le risque d'explosion? Si elle est dans la vieille mine, quel genre d'éclairage utilise-t-elle? Elle ne se promène quand même pas à tâtons dans le noir complet?

— J'en sais aussi peu que vous. Des suggestions?

— Il y avait une boîte de bougies dans le vieux réfectoire, mais…"

Le porion se fraya un passage jusqu'au bureau. "J'ai bien une idée…" Il évitait le regard du directeur. "Mais c'est sacrément dangereux. Comme vous le savez, le risque d'explosion diminue quand la concentration en gaz dépasse un certain niveau. L'explosion n'est possible qu'entre certaines valeurs limites. Et si on coupait la ventilation ? Ou bien est-ce jouer avec le feu ?"

Le directeur s'était levé. Il avait la mâchoire crispée et le visage pâle sous sa frange rousse. "On monte à la mine, mais personne ne met les pieds à l'intérieur et ne passe la porte du carreau tant que je n'ai pas donné le feu vert. Et seuls les volontaires iront au fond. Si nous y allons.

C'était Anne Lise Isaksen elle-même qui avait appelé le directeur de la Store Norske. Après leur conversation, elle resta quelques secondes le regard perdu dans le vide. Lund Hagen, n'y tenant plus, finit par lui demander : "Alors ? Qu'a-t-il dit ? Il accepte d'envoyer quelqu'un au fond pour vérifier si la petite se trouve dans la mine ?

— Manifestement, ce n'est pas aussi simple que ça. Ce réfectoire se situe dans une ancienne galerie qui débouche dans la Mine 7, mais dans une zone dont l'accès, pour l'instant, est barré à cause d'une trop forte concentration de gaz.

— Et il ne peut pas envoyer des pompiers équipés d'une cagoule antifumée ou d'un masque à oxygène ou quelque chose de ce genre ?" Lund Hagen ne connaissait rien à l'exploitation des mines.

Tom Andreassen, qui s'apprêtait à partir chez Per Leikvik, fit demi-tour et revint dans la salle de réunion en entendant ce que la Store Norske avait dit. "La Mine 7 est fermée depuis quelques jours déjà, expliqua-t-il à Lund Hagen. Qui dit forte concentration en gaz, dit sans doute aussi risque d'explosion. Un coup de grisou dans une mine est un véritable enfer, où se mêlent feu et ondes de surpression. Les boules de flamme se propagent dans les galeries à une vitesse démentielle. Le résultat est abominable s'il y a des gens à l'intérieur. Peu en ressortent vivants." Il baissa les yeux. "Mais Steinar Olsen aurait-il pu faire une chose aussi irresponsable que d'amener sa fille au fond de la mine? Et de partir en la laissant seule?

— Il ne pensait peut-être pas s'absenter très longtemps." Jan Melum, qui les avait lui aussi rejoints, était assis au bout de la table. "En plus, rien ne nous assure que Lars Ove Bekken ne mente pas. Tout ça n'est qu'une supposition de notre part, qui s'appuie sur les déclarations de ce Kristian à la police de Tromsø. Cela dit, si vous lisez jusqu'au bout le fax qu'ils nous ont envoyé, il nie toute implication dans des activités de contrebande, affirme n'avoir jamais rencontré le moindre équipage de crevettier et être en froid avec Lars Ove, raison pour laquelle il soupçonne son ex-copain d'avoir inventé cette histoire à dormir debout pour se venger, et cætera. Il n'y a pas grand-chose à tirer de ces deux messieurs, en tout cas rien de bien concret.

— Quoi qu'il en soit, nous devons vérifier cette hypothèse. C'est pour l'instant la seule piste qui nous laisse quelque espoir de retrouver la petite." Lund Hagen jeta un œil autour de lui. "Où est Erik Hanseid?

— Je ne l'ai pas vu aujourd'hui, répondit Anne Lise Isaksen, et j'ai préféré ne pas le déranger tant que nous n'avions pas besoin de lui. Sa femme est malade. A priori, c'est surtout nerveux, d'après Hanseid, mais on ne sait jamais.

— Knut, ce sera donc toi. Tu peux monter à la Mine 7 ? Elle ne doit pas être difficile à trouver.

— Je connais la route." Knut hésita. "Mais on ne ferait pas mieux de mettre la main sur Per Leikvik d'abord ? Je n'étais pas censé continuer à explorer la piste du voyeur ?" Il regardait Lund Hagen en train de compulser sa pile de notes. Il tenta de s'y prendre autrement : "Qui va interroger Leikvik ? Tom ?"

Le chef du Kripos leva la tête et croisa son regard "Exactement. Ça te pose un problème de monter à la mine sur-le-champ ?"

Knut se leva sans broncher et disparut dans le couloir.

Après plusieurs jours de calme plat, les gens défilaient à l'entrée de la Mine 7. Les voitures apparaissaient les unes après les autres au sommet de la route pentue et glissante. Des hommes surgissaient ici et là avant de disparaître dans différentes directions. On avait sorti les tenues ignifugées et les masques respiratoires, le matériel de secours était rangé à sa place dans la Jeep et toute l'équipe de jour se tenait prête à intervenir – et à pénétrer dans la mine si nécessaire. En haut, dans le télévigile, les mineurs pouvaient voir le porion et le chef d'équipe faire les cent pas. Ils ignoraient la raison de l'alerte, ils savaient seulement que des gens se trouvaient peut-être dans les galeries. La tension née de cette soudaine activité contenait à la fois un sentiment d'excitation et d'appréhension. Ils attendaient les ordres, dans le plus grand silence. Papoter n'aurait pas été professionnel alors qu'ils se trouvaient manifestement en pleine crise.

Enfin le directeur arriva. Il monta directement voir le porion dans le télévigile, ce qui ne les surprit aucunement. C'était un homme peu loquace et, quand enfin il redescendit à terre, il lui fallut moins d'une minute pour mettre les mineurs au courant de la situation. Vint ensuite la question que tous attendaient.

"Vous savez comme moi qu'il peut s'avérer dangereux d'aller au fond à l'heure qu'il est, déclara-t-il. Nous avons une trop forte concentration en gaz aux tailles 12 et 13 et dans le travers-banc. Nous avons mis en œuvre tout ce qu'il était envisageable de faire pour extraire le méthane, mais il se dégage toujours plus de gaz que nous ne pouvons en aspirer. Cela signifie donc que nous avons un important risque d'explosion dans cette zone. Malheureusement, c'est là que se trouve l'accès à l'ancienne galerie. En plus, le toit subit de fortes pressions à l'endroit où l'ancienne et la nouvelle galerie se coupent. Autrement dit, ce sauvetage est dangereux. Je n'obligerai personne à aller au fond, mais il y a de grandes chances que la fille de Steinar Olsen se trouve dans le vieux réfectoire. Rendez-vous à la Jeep pour les volontaires. Une dernière chose encore. Un des hommes du bureau du gouverneur doit arriver d'un moment à l'autre. Knut Fjeld. Il accompagnera ceux qui iront chercher la petite.

— Et lui, il y va de son plein gré? Il est conscient du risque?" Le chef d'équipe s'était avancé d'un pas et semblait en colère, mais cela pouvait tout aussi bien être de la peur mal dissimulée.

"Non, mais il est cinglé", murmura un mineur en crachant par terre avec un petit sourire.

Le directeur continua, comme s'il n'avait rien entendu. "Il me faut deux hommes pour accompagner ce policier au fond et quatre autres pour aider à sécuriser le toit."

Durant quelques secondes, le silence régna. Personne n'échangea le moindre mot ou le moindre regard, mais les quatorze mineurs présents se dirigèrent tous vers le véhicule de chantier cabossé. "Six hommes suffiront, dit le directeur. Quelqu'un peut se charger du policier quand il arrivera et l'équiper un minimum ?"

La Jeep qui roulait au ras du sol s'enfonçait en chassant dans les galeries basses. Knut pressait son dos contre le fond de son siège en essayant de regarder autour de lui sans relever la tête. Ils avaient depuis longtemps quitté la grande galerie d'accès bien éclairée de la Mine 7 et se dirigeaient vers le chantier d'exploitation. Lui et le directeur étaient les derniers à être acheminés. Ils avaient attendu des heures avant que ne leur parvienne le message annonçant que la montagne était enfin sécurisée, à l'ancienne, au moyen de poutres de bois encastrées et fixées aux parois. Ils pouvaient désormais rejoindre le vieux réfectoire. La concentration de gaz avait dépassé la limite supérieure d'explosivité.

Les deux mineurs qui devaient l'accompagner à pied dans la vieille mine lui serrèrent la main et se présentèrent, mais il était dans un tel état qu'il ne saisit pas leurs noms. Ils portaient la même tenue, avec un casque jaune et une tonne de matériel accroché à leur ceinture en cuir. La veine luisait sous la lumière des lampes frontales et la paroi scintillait aux endroits lisses où la roche s'était effondrée et où le charbon apparaissait. Le goût amer de l'épaisse couche de poussière de charbon dans les galeries lui donnait la nausée. Il n'avait dit à personne qu'il souffrait de claustrophobie et qu'il n'aimait pas le noir.

"Il faut qu'on entre là-dedans à pied." Le mineur montrait du doigt le boyau devant eux. "Le véhicule reste ici."

L'autre homme passa le premier, mais se retourna dans l'ouverture. "Vous devez marcher comme un vieux patineur. Pensez à Kupper'n*, si vous l'avez vu à la télé. En plus, c'est votre homonyme." Ils se regardèrent en souriant. "La tête penchée en avant. Le bassin fléchi. Faites glisser vos jambes de chaque côté.

— C'est la seule façon d'avancer, confirma en hochant la tête le mineur qui fermait la marche. Sinon votre dos ne va pas tenir le coup. Il n'y a qu'un mètre trente de hauteur sous le toit, et c'est encore plus bas après."

Sans rien ajouter d'autre, ils se mirent en route. Knut n'eut bientôt plus la force de garder la tête levée et le faisceau de sa lampe frontale vint balayer le sol. Les mains dans le dos, il suivait les instructions reçues et avançait en patinant, mais au bout de quelques minutes seulement, les muscles de ses cuisses lui firent mal. Le mineur qui fermait la marche lui fonçait sans arrêt dedans et maugréait. Knut marchait en écoutant le raclement de leurs pieds sur les gravillons et les craquements de la montagne. L'obscurité se refermait sur lui. Il commença à compter ses pas.

Alors qu'il pensait déjà depuis longtemps "cette fois-ci, je n'en peux plus, cette fois-ci il faut que je leur dise qu'ils vont devoir continuer sans moi, que

---

* Knut Johannesen, surnommé Kupper'n, est un célèbre patineur de vitesse norvégien qui a remporté plusieurs titres olympiques et de champion du monde entre la fin des années 1950 et le début des années 1960.

je les retarde", ils atteignirent enfin le travers-banc où se trouvait le vieux réfectoire. À cet endroit-là, le toit était plus haut sur quelques dizaines de mètres. La baraque délabrée paraissait complètement abandonnée. Elle était dans l'ombre de la paroi de la montagne et aucune lumière ne semblait briller à l'intérieur.

Les mineurs s'étaient arrêtés devant la vieille porte sur laquelle pendait un crochet. "Vous voulez probablement entrer le premier?" Knut poussa la porte et pénétra à l'intérieur. L'air de la pièce était étouffant et saturé de silence. Il buta dans un objet qui rebondit sur le sol dans un bruit de ferraille. Il faisait complètement noir. L'obscurité l'aspirait et l'isolait des autres. Il se figea. N'avait-il pas entendu un bruit? Mais la lumière de sa lampe frontale ne révéla rien.

"Vous pouvez entrer, vous aussi", cria-t-il aux deux autres en dissimulant mal sa déception. Elle n'était pas là. Ils s'étaient trompés. Ils auraient dû suivre son idée et commencer par interroger Per Leikvik. Knut voulait quitter cet endroit, il voulait sortir de la mine au plus vite et retourner à l'enquête. Il fit un signe du pouce à l'attention d'un des mineurs.

À ce moment-là, son collègue se pencha et ramassa quelque chose par terre. "Des gens sont venus ici récemment, j'en mettrais ma main à couper." Une montre au bracelet en acier se balançait au bout de ses doigts dans la lumière de leurs trois lampes frontales.

XXV

LA VIEILLE MINE

> *Qui se souvient des gars*
> *luttant vaillamment et sans répit ?*
> *Peu de gens feront mémoire de lui.*
> *L'histoire d'une vie au fond de la mine se*
> *termine.*

Vendredi 23 février, 16 h 30

À grandes enjambées et le dos voûté, l'homme cheminait dans la montagne d'un pas traînant. Il portait un vieil anorak fourré gris-jaune tellement usé que sa couleur d'origine était difficile à deviner. Il était coiffé d'une grosse chapka et chaussé d'énormes godillots, eux aussi très usés. Plusieurs couches de chaussettes de laine dépassaient de la tige de ses brodequins. Des gants de laine rustiques recouverts de moufles en cuir protégeaient ses mains. Il était chaudement vêtu et même dans ce froid âpre, il transpirait dans la montée escarpée.

De loin, il pouvait donner l'impression d'avancer au hasard sur le terrain de pierre pentu, en décrivant de grands lacets et en faisant quelques petits crochets, comme s'il cherchait un autre chemin pour atteindre le sommet. Mais il savait où il allait. L'itinéraire choisi suivait une sorte de sentier où de courtes poutres de bois, servant de marches dans les endroits les plus raides, étaient encore visibles dans la neige sur la montagne battue par les vents.

Il ne cherchait pas à se cacher. L'après-midi était déjà bien entamé et il faisait sombre, comme toujours à cette période de l'année – un crépuscule gris argenté. Et puis personne ne le traquait. Si par un quelconque hasard des gens s'aventuraient en voiture dans l'Adventdal, pourquoi lèveraient-ils les yeux sur le terrain accidenté avec l'idée de découvrir quelqu'un en train de monter à flanc de montagne dans la neige? Été comme hiver, rares étaient ceux qui grimpaient par ici, car malgré tout, rares aussi étaient ceux qui avaient à faire dans ce qu'il restait des installations à l'entrée de la vieille mine.

De toutes les mines de Longyearbyen, elle était la seule à ne pas porter de numéro. On avait d'abord supposé que l'ouverture dans la montagne était une exploitation expérimentale datant des premières tentatives d'extraction du charbon sur l'archipel et qu'elle remontait peut-être à 1916. Dans ce cas, elle aurait été de la même époque que la Mine 1A, que l'on considérait comme la première mine de Longyearbyen. L'entrée principale de cette dernière se trouvait juste au-dessus de l'église et il n'en restait rien d'autre aujourd'hui que le silo à charbon et une vieille structure en bois sur pilotis complètement délabrée.

Deux ou trois ans auparavant, cependant, ils avaient reçu la visite d'un groupe d'archéologues de diverses nationalités. Ces derniers, surtout intéressés par l'ancien cimetière de 1917, souhaitaient aussi étudier de vieilles tombes éparpillées aux alentours. Le dimanche, une canadienne énergique avait réussi à convaincre Kjell Lode, le conseiller du patrimoine qui travaillait au bureau du gouverneur, de l'accompagner à la vieille mine et de grimper avec elle jusqu'à ce qui ressemblait à un vieil échafaudage en bois gris et abîmé par les intempéries. Le conseiller du patrimoine, épuisé par la montée abrupte, dut reconnaître que les installations ne ressemblaient pas à celles de la mine des Américains, comme on appelait communément la Mine 1A. L'endroit, manifestement, avait été exploité par d'autres gens.

Ensuite, de nouvelles découvertes faites sur la structure en partie effondrée révélèrent que certains outils dataient probablement de 1899 – le nom des propriétaires était en effet gravé dessus, avec la date et l'année. Peut-être cette année correspondait-elle à celle où le mineur, depuis longtemps décédé, s'était vu remettre l'outil ? Et ne pouvait-on pas, dans ce cas, imaginer qu'il s'agissait là d'une prospection entreprise par le premier Norvégien qui s'était lancé dans l'extraction du charbon au Svalbard ? Ces installations étaient-elles les vestiges de l'exploitation expérimentale du fameux Søren Zakariassen, un homme de Tromsø dont le bateau entra dans l'Isfjord en 1899 ?

Cette activité mystérieuse ne figurait dans les annales d'aucune compagnie minière, que ce soit dans celles de la Kulkompagniet Isefjord Spitsbergen, de la compagnie d'État A/S Adventdalens Kullfelt ou encore celles de la société américaine Arctic Coal Company. Après un bref engouement pour les vestiges de cette très vieille exploitation de charbon, les recherches archéologiques cessèrent brusquement quand un historien de Trondheim manqua se casser le cou en dévalant la montagne. Ils le retrouvèrent en train d'errer au fond de la vallée de Bolterdal, le corps en sang et tout écorché, mais avec un sourire triomphant aux lèvres. "J'ai découvert une vieille voie ferrée ensevelie sous la terre, cria-t-il, aux anges, à l'équipe de sauveteurs. Vous imaginez ça ? Une voie ferrée !"

Après cet accident, le gouverneur échaudé décida d'interdire l'accès à toute la zone autour de la vieille mine. Il s'avéra par la suite, à en juger par les photos détaillées que l'historien avait prises, qu'il ne s'agissait pas d'une voie ferrée, mais plutôt de traverses installées là probablement afin de faciliter le transport des brouettes de bois dans lesquelles le charbon était acheminé jusqu'au bas de la pente raide.

De nombreuses années plus tard, on découvrit qu'un travers-banc de la vieille mine rejoignait une des tailles de la Mine 7. L'entrée de celui-ci fut dégagée, mais personne n'osa jamais s'aventurer bien loin dans les vieilles galeries presque impraticables tellement elles étaient basses.

L'homme poursuivait son ascension et escaladait les éboulis de pierres verglacés. Il se plaisait dans la vieille mine, car là au moins on lui fichait la paix. Il sourit tout seul. Personne d'autre que lui n'avait exploré mètre par mètre ces galeries basses, dont certaines n'étaient guère plus que des brèches entre le toit et le mur. Avec les années, en grattant et en piochant, il avait réussi à ouvrir des passages là où il était autrefois même impossible de se faufiler. Il avait creusé des galeries qu'il avait consolidées avec un soutènement à l'ancienne.

La prospection était si vieille qu'il n'y avait jamais eu l'électricité dans la mine, mais il avait pris soin du matériel vieillot trouvé ici et là et l'avait stocké dans des endroits bien précis. Il disposait ainsi de plusieurs lampes à acétylène, si nécessaire. Il avait aussi déposé quelques vieilles pioches et une pelle près du travers-banc de la taille 12 afin que les gars de la Mine 7 tombent dessus. Le matériel avait rapidement disparu, pour réapparaître quelques jours plus tard dans le vieux réfectoire.

Il savait bien quel autre usage était fait de cette pièce. Il arrivait que des caisses pleines d'alcool et de tabac y soient empilées jusqu'au plafond. Mais ce n'étaient pas ses oignons. Lui se promenait au fond des galeries, invisible aux yeux de la plupart. Il surveillait les allées et venues des uns, des autres, mais surtout pour éviter qu'ils se perdent.

Le sol de la vieille construction en bois à l'entrée de la mine n'était pas sûr. Le vieux tas de planches perché sur de longs pilotis semblait presque se cramponner à la montagne. Il vérifiait à chaque pas que le plancher était en mesure de supporter son poids, mais ses pieds passèrent quand même à travers. Dans le trou, il apercevait la montagne pentue à plusieurs mètres au-dessous de lui. Enfin, il atteignit l'entrée même de la mine. Il tira rapidement sur la porte en bois pour la refermer.

L'ouverture de la vieille mine se trouvait devant lui, noire comme un puits profond. L'obscurité se pressait autour de ses yeux et de son front. Il attendit de voir apparaître les petits rais de lumière grise qui venaient de l'extérieur puis tâtonna autour d'un gros bloc de pierre à l'entrée. Sa main buta sur quelques lampes à acétylène. Il en alluma une en faisant tomber quelques gouttes d'eau sur le carbure qui produisait le gaz.

Il gardait toujours plusieurs boîtes d'allumettes dans les grandes poches de son anorak. La petite flamme jaillit en grésillant et son reflet projeta une lumière dure et pâle dans la galerie.

Il se changea et, même si celle-ci était vieillotte et usée, il fut bientôt équipé de toute la panoplie du mineur. L'autosauveteur attaché à sa ceinture de cuir était le même que celui qu'il avait utilisé pendant des années. Il avait fixé la lampe frontale sur son casque, mais la gardait éteinte afin d'économiser les piles. Le casque, autrefois blanc, était désormais tout taché et fêlé. Il allait falloir qu'il s'en cherche un nouveau, même s'il préférait l'ancien matériel. Grâce à celui-ci, il pouvait repartir dans le passé et rêver à des temps meilleurs, quand lui et ses camarades, après avoir abattu une quantité record de charbon dans la Mine 3, avaient reçu les félicitations du directeur en personne. Ou encore quand il était assis à sa place habituelle devant la longue table au Huset où il buvait une bière avec son équipe à la fin de la journée de travail. Il soupira. Ce n'était plus comme ça de nos jours.

Il inspira profondément et s'engagea dans la galerie en effectuant de longs pas de patineur, le dos voûté. Ce labyrinthe noir plein d'ombres, c'était son monde. Personne d'autre n'osait s'y aventurer, mais lui en connaissait tous les coins et recoins, chaque bloc de pierre instable au-dessus de sa tête, chaque bruit sec émis par la montagne écrasante et menaçante. Il était ici chez lui. Et seul.

Aujourd'hui il avait décidé de trouver un passage pour remonter de la vieille mine jusqu'aux galeries tout au fond de la Mine 7. Il avait depuis longtemps exploré tous les travers-bancs et toutes les galeries derrière les tailles 12 et 13 – là où les énormes haveuses modernes s'enfonçaient dans les couches de charbon comme dans du beurre –, mais de l'ancienne galerie qui débouchait dans la Mine 7, jamais il n'avait réussi à rejoindre l'entrée de la vieille mine. Cette fois-ci, il ne lâcherait pas l'affaire tant qu'il n'aurait pas atteint son but, et il partirait de la vieille mine.

Le temps passait lentement dans la montagne. Il n'avait pas de montre, il pouvait donc difficilement savoir si c'était déjà le soir. Il gisait à plat ventre, la joue posée sur les graviers et les morceaux de charbon. Il respirait lourdement dans le masque qu'il avait enfilé en arrivant devant l'éboulis. Aspirer l'air à travers la toile épaisse était pénible. Mais pourquoi se sentait-il aussi fatigué ? Était-ce l'oxyde de carbone ? Il portait à la ceinture l'autosauveteur qu'il avait volé dans le vestiaire de la Mine 7, peut-être devrait-il songer à le mettre ? Ou était-il simplement épuisé d'avoir crapahuté pendant des heures dans des galeries si basses qu'il pouvait à peine lever la tête sans cogner son casque dans le toit. Il poussa la lampe devant lui et rampa encore quelques mètres.

Il avait dû s'endormir, car quand il se réveilla, il faisait si noir autour de lui qu'il douta un instant d'avoir les yeux ouverts. Peut-être dormait-il et cela n'était-il qu'un rêve ? Peut-être était-il ce mineur expérimenté et reconnu de la Mine 3 au Svalbard, un jeune homme apprécié de ses camarades de travail et des chefs de la Store Norske. Immobile, il repensa à son rêve. Il sentait bien qu'il était devenu vieux, que de nombreuses années auparavant il avait été à deux doigts de mourir dans un incendie et un éboulement et qu'il en était ressorti tordu, amoché, laid et plein de vilaines cicatrices. Et il était tout à fait conscient d'être devenu un type bizarre et solitaire qui se promenait en catimini dans des galeries de mine désaffectées où il espionnait les gens. Dans cette obscurité opaque, il était difficile de dire ce qui tenait du rêve ou de la réalité.

Couché, la tête contre les cailloux et les morceaux de charbon, il prenait plaisir à songer qu'il était peut-être dans le lit de sa chambre de la baraque 107. En tendant un peu l'oreille, il aurait probablement pu entendre le ronflement de son camarade de chambrée. Mais il réalisa que ce camarade était enfoui depuis de nombreuses années sous plusieurs tonnes de pierres au fond d'une taille désaffectée de la Mine 3. Immobile toujours, les yeux grands ouverts, il repensait avec regret à ce passé. Comme il avait été bon d'être jeune et fort – et de l'autre côté de l'éboulis.

La lampe s'était éteinte. Il le comprit quand un mouvement convulsif projeta son genou droit dans une pierre pointue. L'obscurité était bien réelle – épaisse comme une purée de pois, moite et dangereuse. Il valait sans doute mieux ramper lentement à reculons vers l'entrée de la vieille mine, où il pourrait récupérer une des lampes à acétylène qu'il avait cachées là.

Mais il avait déjà parcouru un bon bout de chemin et il y avait passé tellement d'heures. Il serait dommage d'abandonner. Continuer encore un peu ne pourrait pas lui faire de mal. Mieux valait économiser la lampe frontale. Le boyau était tellement exigu qu'il ne servait à rien de l'allumer. Que chercherait-il donc à voir qu'il ne sentait déjà contre son corps? C'était comme si la montagne se contorsionnait, attrapait ses vêtements et l'agrippait tellement fort qu'il pouvait à peine respirer.

Le casque buta dans la pierre juste devant lui. Il était temps de repartir en arrière. Malgré tout, il s'arc-bouta contre le mur, dans une dernière tentative. Il poussa sur la pierre de toutes les forces qui lui restaient. Et soudain elle céda. Il dévala un tas de cailloux. Il ne devait pas y avoir plus d'un mètre jusqu'au sol, mais il se fit quand même mal à la poitrine. Une douleur fulgurante se répandit dans son flanc droit.

La pièce de l'autre côté de l'éboulis était moins basse que la galerie dont il était tombé, mais la hauteur entre le mur et le toit ne dépassait guère un mètre cinquante. Cette fois-ci, il alluma sa lampe frontale. La lumière jaune tomba sur des parois grossièrement taillées, sans aucun poteau ni aucune autre forme de soutènement, mais on avait passé des fils électriques au plafond. Des panonceaux de métal où figuraient des chiffres et des lettres pendaient à un câble. Il sourit : il savait où il était.

D'où il se trouvait, il ne lui fallut que quelques minutes pour rejoindre à une allure à peu près correcte le début de la grande galerie d'accès. À la taille 13, la grosse haveuse inactive et ses cylindres à l'arrêt occupaient tout l'espace. Aucun autre bruit que ceux de la montagne elle-même ne lui parvenait de la grande mine. Ce n'est pas normal, pensa-t-il en se faufilant devant la machine, les épaules et la tête penchées. Il dépassa la taille 12, entra dans le travers-banc et arriva dans une zone non sécurisée. Les graviers et le charbon craquaient sous ses pieds.

Le toit fut de nouveau si bas qu'il dut se plier en deux. Quelque part au fond, dans l'obscurité, il entendait de l'eau couler le long du front de taille. C'était là que le méthane s'échappait en trop grande quantité. L'air frais ne circulait pas par ici, on était trop loin dans la mine. La moindre étincelle pouvait enflammer le gaz explosible. C'était là qu'il avait trouvé une faille dans la roche, la plus grande qu'il ait jamais vue. Elle faisait peut-être quarante ou cinquante centimètres de large et s'enfonçait profondément dans la montagne. Il se demanda si elle menait quelque part ou si elle ne faisait que se rétrécir avant de finir en cul-de-sac. Mais il verrait cela plus tard. Il lui suffisait amplement pour aujourd'hui d'avoir enfin trouvé un chemin reliant l'entrée de la vieille mine à la Mine 7. Il avait la carte des galeries dans la tête, les anciennes comme les nouvelles, et il savait qu'il approchait maintenant du vieux réfectoire. Soudain, il s'arrêta net. Y aurait-il de la lumière dans la pièce ? Il colla son œil contre une fente dans le mur de planches sales. Et à l'intérieur, sur la table, il aperçut une bougie presque entièrement consumée, ainsi qu'un petit tas de vêtements sur le banc en bois contre la paroi rocheuse. Les vêtements auraient-ils bougé ? Au même instant, il entendit des bruits. De la montagne cette fois-ci. Un crépitement, un peu comme une feuille d'aluminium que l'on agite. Suivi d'un bruit sec, cadencé. Il se figea, puis se glissa dans la pénombre, avança doucement vers la galerie de l'autre côté de la vieille cabane, celle qui ramenait à la Mine 7.

La peur lui donnait une vue perçante. Il vit les fissures étroites courir sur la roche et former comme une toile d'araignée. Le toit pouvait s'effondrer d'une seconde à l'autre.

XXVI

LE JOURNAL INTIME

Samedi 24 février, 17 heures

"Jonas ? Dis-moi, qu'est-ce qu'on fait maintenant ?"
Jan Melum, assis au bord de la table de la salle de réunion, n'arrêtait pas de balancer un pied dans le vide. On était déjà samedi après-midi et il était arrivé au Svalbard depuis un peu plus de vingt-quatre heures. "Dois-je te faire un résumé de l'avancement de l'enquête ? C'est vite vu. Nous sommes dans un sale pétrin. Ella Olsen est toujours seule quelque part derrière ces fenêtres, dans la nuit et le froid."

Jonas Lund Hagen, qui rédigeait une liste, ne daigna pas lever les yeux de sa feuille. Il semblait épuisé. Jan Melum observait son chef par en dessous, l'air impatient. "Aucun commentaire ? Donc je continue. Voici la situation telle qu'elle est à l'heure actuelle. Knut est en train de redescendre de la montagne. Il a trouvé une montre, mais pas la petite. Erik Hanseid est dans son bureau, pâle comme un linge. Il a commencé à me parler de sa femme et de sa situation familiale. Comme tu peux l'imaginer, j'ai quitté la pièce illico."

Il jeta un coup d'œil à Lund Hagen qui, imperturbablement, continuait à écrire. "Et le gouverneur

Isaksen, qui a craqué, est en train de procéder à un discret ravalement de façade dans le bureau d'un de ses employés avant d'être interviewée pour le journal télévisé. Elle en est au rouge à lèvres. Pendant ce temps-là, un grand technicien mollasson arpente à quatre pattes le sol de son bureau afin d'installer une caméra pour un direct. Tom Andreassen est le seul ici à se rendre utile : il cherche Per Leikvik, la troisième personne de Longyearbyen à s'être volatilisée sans laisser de trace.

— Te voilà bien injuste envers toi-même." Lund Hagen leva la tête. "Tu es utile, toi aussi. Regarde-toi, assis sur ta table à m'engueuler.

— Mais nom de Dieu, Jonas ! Il faut faire quelque chose…" Jan Melum se leva et se dirigea vers la fenêtre. "Tom dit que toute la ville sait très bien ce qui se passe, les recherches infructueuses, qu'on a fait chou blanc dans la Mine 7, que Steinar Olsen est mort… Et si c'était Per Leikvik qui avait la gamine, malgré tout ? Et s'il prenait peur en entendant tout ce qui se raconte et que, dans un accès de panique, il commettait une bêtise ?" Il se retourna vers le chef du Kripos. "Et le piolet qui appartient au bureau du gouverneur ? Ça ne te paraît pas un peu bizarre ?"

Lund Hagen se décida enfin à répondre. "Il a sûrement été volé. Otto affirme qu'il y a des empreintes dessus, mais qu'elles sont mauvaises. Et à quelles autres empreintes digitales les comparerions-nous ? On ne peut quand même pas prendre celles de tous les gens qui habitent cette ville."

La porte s'ouvrit et Knut entra dans la salle de réunion. Il avait le visage et les vêtements tachés de poussière de charbon. "Elle n'était pas là-bas.

— Non, je sais." Lund Hagen hocha la tête. "Vous n'avez rien découvert d'autre ? Se pourrait-il qu'elle ait été là avant ?

— Impossible à dire. Je suis passé chez la femme de Steinar Olsen pour qu'elle jette un coup d'œil à la montre. C'est bien la sienne."

Il s'ensuivit un silence. Knut passa la main dans sa frange. Ses yeux clignaient nerveusement derrière les verres de ses lunettes. "Dis-moi, j'ai pensé…

— Il était temps, ma foi !" Lund Hagen avait recommencé à écrire.

— Aurait-il pu la cacher ailleurs dans la Mine 7 ? Je crois me souvenir… où sont les notes de l'interrogatoire de Lars Ove Bekken ? Je sais que ça peut paraître aberrant, mais j'ai quand même le sentiment qu'elle s'est trouvée là-bas à un moment ou un autre. Dans la cabane en bois, je veux dire. Il y avait plein d'emballages de chocolats par terre."

Lund Hagen posa ses deux mains à plat sur la table et se leva. "Je vais me chercher un café. Quelqu'un en veut ?" Et en passant devant Knut : "Nous devons tout tenter. Ce ne serait pas la première fois que tu as raison."

Knut le suivit des yeux. "Qu'est-ce qu'il a ?"

Jan Melum secoua la tête d'un air dépité. "En fait, je crois qu'il a peur. Nous avons des pistes qui partent dans tous les sens. Les gens qui vivent à Longyearbyen forment une drôle de communauté et rien de ce que nos expériences passées nous ont enseigné ne peut être appliqué ici. Et pourtant, nous devons absolument résoudre cette affaire." Il se leva et s'avança vers la porte. "Les notes de l'interrogatoire sont dans le bureau d'Erik Hanseid. Je vais les chercher."

Mais Knut fut plus rapide que lui. Il disparut dans le couloir et se dirigea vers le bureau de Hanseid. La porte était entrouverte et le bureau vide. Il s'arrêta sur le seuil, ne sachant trop quoi faire. Puis il entra. Seule la lampe de bureau était allumée et Knut découvrit le bloc avec les notes près du téléphone. Il s'assit dans le fauteuil de bureau et commença à le feuilleter, mais sans dénicher les informations souhaitées. Quand Lars Ove avait décrit le premier jour de travail de Steinar, n'avait-il pas mentionné un travers-banc au fond de la vieille mine où ils avaient failli rester coincés avec la Jeep?

Il reprit au début et compulsa les notes plus lentement, en prenant soin de déchiffrer les phrases sous forme de mots clés que Hanseid avait griffonnées à la hâte. Mais les informations, peu nombreuses, manquaient de substance et de précision. Lars Ove n'avait pas dit grand-chose à propos du travers-banc de la vieille mine. Était-ce lui qui en avait parlé ou Kristian, d'ailleurs? Il trouverait peut-être ce qu'il cherchait dans le fax envoyé par la police de Tromsø. Celui-ci devait sûrement être rangé parmi les papiers de Lund Hagen dans la salle de réunion.

Knut resta un instant assis dans la pénombre et se laissa gagner par la fatigue. C'était comme si un brouillard s'était posé sur l'enquête. En même temps, il n'y avait pas une seconde à perdre. Ils tâtonnaient en plein cauchemar, comme s'ils étaient condamnés à arriver trop tard parce que quelque chose de parfaitement évident leur avait échappé. Ils devaient néanmoins commencer par écarter toutes les pistes sans importance. Comme cette histoire de contrebande qui, comme ils avaient pu le constater, ne leur avait absolument rien apporté dans l'enquête sur Ella. L'idée de se venger de Steinar Olsen avait sans doute pu effleurer l'esprit de Kristian Ellingsen, mais ce dernier n'était même pas à Longyearbyen quand les voitures avaient pris feu devant le supermarché.

Le bureau de Hanseid était couvert de dossiers et de rapports. Knut n'avait aucunement l'intention de fouiller, mais son regard fut attiré par un petit carnet ouvert sur la table, entre les piles de documents. Machinalement, il le ramena vers lui et jeta un coup d'œil à l'écriture qui remplissait les plages – d'abord avec indifférence, puis avec une inquiétude croissante.

Mercredi 17 janvier

Le temps est couvert, mais il fait tellement sombre que ça ne change pas grand-chose. J'ai emprunté à la bibliothèque un livre sur les meurtriers célèbres. Je croyais que c'était un roman policier. Hier soir, j'ai lu que poignarder quelqu'un était le crime le plus affreux que l'on puisse commettre. Le meurtrier est en effet tout près de sa victime. Si seulement j'étais capable d'inventer des histoires, j'en écrirais de ces polars ! Et je connais quelqu'un qui mérite de mourir. Je plongerais volontiers mon regard dans ses yeux stupéfaits. J'ai une phrase dans la tête : "Quelqu'un doit mourir." Bon titre pour un livre.

La dernière phrase sonnait comme quelque chose de connu à l'oreille de Knut, quelque chose de déjà entendu. Il ignorait pourquoi ce carnet se trouvait sur le bureau de Hanseid, et à qui il appartenait. Il s'agissait manifestement d'un journal intime. Il voulait le reposer, mais ne put s'empêcher de continuer à le feuilleter.

Vendredi 19 janvier

Le temps s'est éclairci pendant la nuit et des étoiles sont apparues. Presque pas de lune. Je me sens tellement seule ici, au Svalbard. Ça ne se passe pas du tout comme j'avais imaginé. Erik n'est jamais à la maison. Personne ne me voit. En fait, je pourrais tuer quelqu'un si je voulais, personne ne me soupçonnerait. Bien sûr, je ne suis pas un assassin, ce n'est que le fruit de mon imagination. Mais je veux qu'elle souffre, comme moi. Disons que je ne pleurerais pas si elle se faisait écraser par une voiture dans la nuit hivernale.

Knut ferma les yeux. Pourquoi Hanseid n'avait-il parlé de ce journal à qui que ce soit? Il avait cependant une petite idée de l'identité de l'auteur de ces phrases – et alors le silence de Hanseid ne le surprenait plus tant que ça. Il feuilleta rapidement le carnet pour arriver aux dernières pages, couvertes d'une écriture serrée. Mais seuls quelques passages se révélèrent être intéressants.

Jeudi 22 février

Le froid s'accroche et pénètre dans les murs. Grâce à lui, le temps est plus clair et l'air plus léger. J'ai du mal à respirer. Hier soir, j'ai trouvé des informations sur l'arsenic, sur la façon dont meurt la victime... et puis aussi sur le thallium et le cyanure – les crampes, les yeux révulsés. Personne ne peut remonter jusqu'à toi si tu es assez intelligent et prépares bien ton coup. Je crois vraiment que j'aurais pu écrire un bon polar. Mais je doute qu'il soit possible de trouver de l'arsenic au Svalbard.

Vendredi 23 février

Toujours froid, mais plus aussi sombre. Je voudrais tant faire quelque chose, j'en deviens presque folle. Ça me fait mal à chaque fois que je pense à elle. ~~J'ai tellement envie de faire quelque chose qui~~ Elle sera à la réunion ce soir. Et si sa voiture ne démarrait pas et qu'elle devait rester à geler dehors pendant des heures ? ~~J'ai une petite idée qui~~

Knut se sentait mal. L'inquiétude et l'agitation lui bloquaient le sternum. Il continua néanmoins à feuilleter le carnet et arriva à la fin. La dernière page était elle aussi couverte d'une écriture serrée. Et là, il sut avec certitude à qui appartenait ce carnet.

Samedi 24 février

J'ai fait une bêtise hier soir, mais personne ne sait que c'est moi. J'ai emprunté un petit piolet accroché dans l'entrée et puis je suis descendue sur le parking alors que la réunion du comité d'organisation de la fête du Soleil avait déjà commencé. Je suis restée dans l'ombre derrière le café et j'ai attendu. Je n'ai eu aucun mal à trouver le réservoir et j'ai bien visé dès le premier coup, mais j'ai eu du mal à ressortir le piolet et de l'essence a giclé sur mon manteau. Pendant que je m'activais, une voiture blanche est arrivée. Elle est venue se garer juste à côté. J'ai couru me cacher derrière le break. Il ne m'a pas vue, mais il a jeté une cigarette en plein dans la flaque d'essence et ça s'est mis à brûler. J'ai réussi de justesse à m'écarter mais ses vêtements à lui ont pris feu. Il a tourné sur lui-même et glissé sur la neige. Il m'a crié quelque chose. Quelque chose à propos de la mine qui était vieille et quelque chose qui ressemblait à "réfectoire". Par la suite, j'ai compris qu'il s'agissait du père de la petite fille qui a disparu. J'aurais dû en parler, mais je ne peux pas, car alors tout le monde devinera que c'est moi qui ai percé le réservoir. Et en plus, je n'ai pas bien entendu ce qu'il criait. Cela aurait pu être n'importe quoi. En tout cas je ne dirai rien à Erik. Il est si gentil et aux petits soins avec moi ces derniers temps. On est tellement bien tous les deux maintenant.

Et puis de toute façon, ils finiront sûrement par la retrouver, cette gamine.

Knut remarqua soudain Hanseid sur le pas de la porte, le visage figé, le regard suppliant. "Je vois que tu as fini par tomber dessus." Il se pouvait fort bien qu'il soit là à l'observer depuis un moment déjà.

"Je ne v-voulais pas f-fouiner, tu sais. J'étais seulement venu chercher les notes de l'interrogatoire de Lars Ove B-b-bekken. Et p-p-puis, par hasard j'ai lu q-quelques lignes." Knut détourna les yeux, honteux de son bégaiement.

Erik Hanseid était immobile dans l'embrasure de la porte, comme s'il voulait garder la possibilité de s'enfuir. Le silence qui grandissait entre eux devenait lourd et embarrassant.

"Tu vas vouloir l'interroger?

— On n'a pas le choix, Erik. Il faut qu'on sache ex-x-xactement ce que Steinar Olsen a dit à propos de sa fille.
— Frøydis est malade, Knut. Je veux dire gravement malade. J'en ai discuté avec le médecin. Il me conseille de prendre rendez-vous avec un spécialiste à Tromsø. Il est sans doute mieux pour elle de repartir sur le continent pour un petit moment." Ses épaules s'affaissèrent. "Je ne peux pas nier que j'ai certainement une part de responsabilité dans tout ça. Mais ces trucs déments qu'elle a écrits dans son journal… Tu as compris, je pense, que tout ça c'est dans sa tête ? Un pur délire. Elle n'a jamais eu l'intention de tuer quelqu'un, évidemment. C'était plutôt une sorte de fuite, d'évasion. Je veux dire… durant la période où Line Bergerud et moi… mais tu es au courant ? Tout le monde au bureau le sait, non ? Tom vous a sûrement raconté ce qu'il avait découvert au terminal du téléphérique." Il regarda ailleurs, le visage rouge, une mauvaise copie de lui-même. Il ne restait plus aucune trace de son assurance. Il n'avait toujours pas quitté le pas de la porte et ne semblait pas décidé à entrer dans la pièce.

Le terminal du téléphérique ? Knut ne voyait pas de quoi il parlait. Tom leur avait seulement annoncé qu'ils avaient trouvé le nounours d'Ella Olsen. Les yeux rivés sur le journal intime, il essayait de réfléchir. "Je crains bien qu'on ne soit obligé de montrer ça au Kripos.
— Non, non, Knut. S'il te plaît. Je raconterai tout à Anne Lise moi-même. Laisse-moi faire." L'instant d'après, il se trouvait à côté de Knut, mais ce dernier tenait fermement le journal et refusait de le lâcher. Ils

se toisèrent. Knut ne vit rien d'autre qu'un homme brisé qui ne voulait pas être humilié. Et pourtant, il ne céda pas.

"Erik. Je ne peux pas te le donner. Son contenu n'est plus d'ordre privé, avec ce qu'il y a de marqué à propos de Steinar Olsen. Tout le reste n'a aucune importance, c'est personnel, mais la description des causes à l'origine de l'incendie concerne la police.

— Fais ce que tu peux alors, Knut. Pour Frøydis. Tu reconnais que le feu était un accident, n'est-ce pas ? Si elle commence à se reprocher la mort de Steinar Olsen, je ne sais pas comment tout ça va se terminer."

À sa grande consternation, Knut s'entendit répondre : "Écoute, je te donne deux ou trois heures. Moi, je retourne à la mine chercher Ella Olsen. Je suis sûr qu'elle se trouve quelque part là-dedans. Entre-temps, tu racontes tout à Anne Lise et aux enquêteurs du Kripos. C'est la seule chance que toi et Frøydis ayez de vous extirper de ce bourbier, mais vous n'êtes pas sortis de l'auberge."

Erik Hanseid se redressa. "Merci, Knut. Tu es un chic type. Merci beaucoup. En mon nom et celui de Frøydis."

Depuis le début, elle nous ment, songea Knut qui regrettait déjà sa proposition. Mais il était trop tard. Il détourna le visage en passant devant Erik Hanseid et glissa le journal intime dans la poche de son blouson.

Le gouverneur fit tout ce qu'elle put pour que l'interrogatoire de Frøydis Hanseid soit le moins pénible possible. Elle mit à disposition son propre bureau, avec son coin canapé confortable. Elle alla même chercher du café et une assiette de biscuits, avant d'entraîner

Erik Hanseid dans la salle de réunion et de laisser aux enquêteurs du Kripos le soin de mener l'interrogatoire.

Ces derniers n'étaient même pas sûrs que la femme en sanglots et à moitié hystérique devant eux comprenne qu'elle bénéficiait d'un traitement de faveur. Lund Hagen ne se rappelait pas avoir déjà dû interroger une personne à ce point incapable de s'exprimer. Une telle démarche était presque inadmissible, mais ils devaient faire toute la lumière sur cette étrange histoire de journal intime que Hanseid, hésitant et à contrecœur, leur avait confiée. Lund Hagen réprima une bouffée de colère à la pensée de Knut qui avait embarqué le carnet et qui, cette tête de pioche, était retourné à la mine sans les avoir consultés.

Jan Melum servait le café et offrait des biscuits en parlant d'une voix douce et compatissante. "Nous savons que vous avez traversé des moments affreux." Elle hoqueta et s'essuya le nez avec un mouchoir tout tortillé et roulé en boule. "Nous n'avons malheureusement pas le choix et devons vous importuner avec toute cette histoire. Croyez-nous, si nous avions pu, nous aurions amplement préféré vous laisser en paix." Elle poussa un long soupir tremblant. Ses yeux apparurent sous la longue frange mal peignée qui pendouillait autour de son visage. "Vous comprenez sans doute que vous êtes le seul témoin d'un événement d'une extrême gravité ?" Elle esquissa un hochement de tête presque imperceptible.

Ils avaient convenu à l'avance de tenter la méthode douce pour commencer. Jan Melum jouerait le rôle du policier sympathique. "Tu verras un peu ce que c'est, pour changer, avait plaisanté Lund Hagen avant d'entrer dans le bureau. Honnêtement, moi je ne peux pas.

Je n'ai qu'une envie avec cette bonne femme égocentrique, c'est de la terroriser pour la faire parler.

— Tu n'es pas un peu trop dur, là?" Jan Melum avait subitement retrouvé son calme. Toute trace de son impatience passée semblait effacée. Il arborait maintenant le visage impassible d'un chirurgien avant une opération et un regard détaché.

Frøydis se réjouissait de pouvoir enfin parler à quelqu'un qui la comprenait et qui voyait ce qu'avaient pu être ses tourments. "C'était tellement dur, dit-elle d'une voix mal assurée. Je ne savais absolument pas quoi faire, quelle était la bonne décision à prendre…"

Je vais vomir, songea Lund Hagen en baissant les yeux pour dissimuler son aversion. Essaie un peu de nier ne serait-ce que le détail le plus infime et je t'attrape par les pieds pour te balancer contre le mur.

Jan, quant à lui, avait l'air méditatif.

"Oui, j'imagine, acquiesça-t-il doucement. Vous souhaitiez seulement donner une petite leçon à Mme Bergerud, c'est ça?

— Oui." Était-ce l'ombre d'un sourire sur ses lèvres? "Nous faisons toutes les deux partie du comité d'organisation de la fête du Soleil. Nous avions une réunion au Næringsbygg. Je pensais seulement lui causer une petite frayeur, lui donner une sorte d'avertissement… Je veux dire, si elle avait trouvé le réservoir vide au moment de démarrer la voiture.

— Mm-mm." Jan Melum ronronnait comme un chat. Il se pencha en avant, vers la malheureuse créature tassée sur elle-même de l'autre côté de la table. "Et puis ça a mal tourné, terriblement mal tourné. Ça, vous ne pouviez pas le prévoir. Mais la seule personne à qui Steinar Olsen ait parlé, c'est vous et nous brûlons d'entendre ce que vous avez à nous dire. Vous êtes la seule à pouvoir nous aider.

— À vous dire ? Mais que voulez-vous que je vous dise de plus ?" Elle avait relevé la tête et les regardait en face. Les sanglots et la voix tremblante avaient disparu.

"On souhaiterait que vous nous en disiez un peu plus que ce qui est écrit dans votre journal", précisa Jan Melum en la fixant d'un œil scrutateur. Il prit sa main, mais elle la retira vivement. "Vous avez lu mon journal intime ?"

L'alarme sonna dans la tête de Lund Hagen. Ça y est, on la perd, pensa-t-il.

Frøydis Hanseid se figea un instant avant de déclarer d'une voix ferme : "Mais ce qu'il y a d'écrit dans le journal, ce ne sont que des bêtises. Un rêve éveillé. Je suis malade, vous comprenez. Je veux me rendre intéressante aux yeux d'Erik. De façon à ce qu'il m'aime de nouveau. À regagner un peu de son estime. J'étais loin quand Steinar Olsen s'est enflammé." Et alors qu'elle les dévisageait sans ciller, les larmes se mirent à couler sur ses joues, son visage s'empourpra et elle se mit à pousser de longs gémissements qui augmentèrent en puissance. Anne Lise Isaksen et Erik Hanseid accoururent dans le bureau et coupèrent court à l'interrogatoire.

Melum et Lund Hagen n'avaient pas bougé et se regardaient, stupéfaits. Les cris désagréables résonnaient encore entre les murs. Dans le couloir, Frøydis se dirigeait vers la réception, soutenue par Anne Lise Isaksen et Erik Hanseid.

"Jonas, il faut que tu l'arrêtes. On ne peut pas la laisser sortir d'ici avant de savoir exactement ce que Steinar Olsen a dit." Jan Melum s'était levé.

Lund Hagen secoua la tête, sous le choc. "C'est absolument abominable. Elle détient certainement plusieurs informations, mais…

— Pas de mais. Cours et arrête-les !"

Lund Hagen se précipita hors de la pièce. Le silence tomba dans le bureau. Jan Melum se laissa choir dans son fauteuil. Il pouvait entendre une violente discussion dans le couloir. Des sanglots plaintifs bruyants et des voix en colère. Des pas rapides se rapprochèrent. Anne Lise Isaksen entra la première, suivie de près par Lund Hagen et Tom Andreassen.

"Tu l'as laissée partir ?" C'était à Lund Hagen qu'il s'adressait.

"Je vous rappelle que le responsable officiel ici, c'est le gouverneur. Vous êtes devenus complètement fous ou quoi ? On ne torture tout de même pas des gens souffrant de déséquilibre psychique !" Des taches écarlates étaient apparues sur les joues d'Anne Lise Isaksen. Sur son visage, une colère blanche le disputait à une froideur de façade.

Lund Hagen, qui se tenait derrière elle, secoua la tête pour mettre Jan Melum en garde, mais celui-ci n'avait aucunement l'intention d'en rester là. "Vous l'avez laissée partir ? Répondez-moi !

— Oh, oh ! Et si on se calmait un peu ?" Tom Andreassen se glissa entre le gouverneur et Jan Melum. "Jonas a tellement insisté qu'Erik a fini par amener Frøydis dans la salle de réunion. Mais, dites-moi, ça va vous mener à quoi au juste ? Personnellement, je pense qu'elle est gravement malade. Elle est carrément paumée et hystérique. Je n'ai jamais entendu de pires cris de ma vie. On ne peut pas tolérer ce boucan au bureau. Aucun d'entre nous ne peut bosser dans ces conditions." Il se tourna vers le gouverneur. "Anne Lise, assieds-toi une minute, qu'on règle ça. Nous sommes épuisés, tous autant que nous sommes, mais on ne va quand même pas commencer à se battre!"

Lund Hagen ferma la porte du bureau. "Nous ne harcelons pas les gens pour le plaisir au Kripos, mais la situation est grave. Un peu de patience, et écoutez-moi tous les deux. Frøydis Hanseid est la dernière personne à avoir parlé à Steinar Olsen. Malgré une souffrance intolérable, il a puisé dans ses ultimes forces pour dire à quelqu'un qu'il avait pris sa fille et qu'il l'avait cachée dans la vieille mine. C'est la dernière chose qu'il a faite de son vivant : il a essayé de sauver la vie de sa fille. Malheureusement, c'est à Frøydis Hanseid qu'il s'est confié et celle-ci a tu cette information pendant près de vingt-quatre heures – tout ça parce qu'elle ne voulait pas révéler que c'était elle qui avait percé le réservoir. Vous comprenez maintenant ? Cette personne qui vous fait tant pitié est prête à laisser une petite fille mourir pour se protéger.

— Non, là je proteste. Ce genre de discours est bien le signe que cette enquête part complètement en vrille !" Anne Lise Isaksen s'était relevée. "Vous ne voyez pas que Frøydis Hanseid est malade? Elle ne sait rien. S'acharner comme ça sur elle, c'est absolument n'importe quoi. En tant que gouverneur et responsable de la police, je ne peux pas permettre que l'on continue à l'interroger. Elle va maintenant rentrer chez elle et être placée sous surveillance médicale. Sinon, tout cela risque de très mal se terminer.

— S'il y a un sens quelconque à notre travail de policier, Frøydis Hanseid doit être au moins poursuivie pour homicide par imprudence." Le visage de Jan Melum était impassible. Immobile sur sa chaise, il parlait bas mais d'un ton ferme et sans appel.

"Il n'est absolument pas question d'homicide ici. C'était un accident. Si Steinar Olsen était arrivé ne serait-ce qu'une minute plus tard, le réservoir de la voiture de Bergerud se serait vidé dans la neige et la braise de sa cigarette n'aurait probablement pas mis le feu à l'essence. C'est Otto Karlsen lui-même qui l'a dit, vous lui faites confiance à lui? En plus, Frøydis Hanseid connaissait à peine Steinar Olsen. Elle ne pouvait pas se douter qu'il allait venir se garer juste à côté!"

Lund Hagen se passa les deux mains dans les cheveux et lança un regard suppliant au gouverneur. "Laisse-nous lui parler encore une fois. Si nous ne trouvons pas Ella Olsen d'ici peu, il risque d'être trop tard. Depuis combien de temps est-elle seule? Bientôt vingt-quatre heures. Dans une mine désaffectée.

— Il y a qui avec eux dans la salle de réunion? Personne?" Jan Melum fixait Lund Hagen, la mine calme, mais l'œil noir.

La tête de Tom Andreassen pivota vers l'un, puis vers l'autre. "Vous ne pensez quand même pas que... Je vous rappelle qu'Erik est un policier, lui aussi.

— Je refuse qu'on interroge Frøydis Hanseid tant qu'un médecin n'aura pas donné son aval." Anne Lise Isaksen avait pris sa décision. Elle ouvrit la porte du bureau, puis se retourna, la main sur la poignée. "Knut est parti à la Mine 7. Il a emporté le journal. Si Ella Olsen est vraiment dans la mine, il la trouvera. Il n'est pas du genre à renoncer, ce garçon."

Lund Hagen s'assit lourdement sur une chaise et reporta toute son attention sur ses mains. "Knut Fjeld est un bon policier, nous avons pu le constater par le passé. Et courageux. Je crois que tu as raison, il peut la trouver. Mais arrivera-t-il à temps ?

— Si Ella Olsen meurt, Frøydis Hanseid aura tué deux personnes en moins d'une semaine. Elle n'est ni aussi malade, ni aussi hystérique ou inoffensive que vous semblez le croire. Elle avait choisi Line Bergerud comme victime. C'est une autre personne qui est morte. N'empêche qu'elle s'est comportée comme un meurtrier, a pensé comme un meurtrier. C'est ça que j'essaie de vous dire. Si on la laisse s'en sortir comme ça..." La voix de Jan Melum se perdit dans un marmottement résigné.

Sur le carreau de la Mine 7, tout le monde s'apprêtait à partir. Devant les énormes portes, moteur en marche, le bus attendait les mineurs qu'il devait ramener en ville. À l'intérieur, à côté de la Jeep, le directeur faisait les cent pas en parlant au téléphone. Il adressa un bref hochement de tête à Knut quand celui-ci arriva en courant. "Je sais pourquoi vous êtes ici. Tom Andreassen m'a appelé il y a un petit moment. Il m'a demandé de vous informer qu'ils étaient en train d'interroger Frøydis Hanseid." Il s'interrompit et dévisagea Knut. "Dites-moi..." Puis il se reprit. "Je sais, c'est votre problème, et pas le mien, mais ça ne me plaît pas que vous retourniez au fond. Pas du tout même, pour être franc."

Knut croisa son regard et le soutint. "Je suis convaincu qu'elle est dedans. Nous n'aurions pas dû renoncer aussi vite tout à l'heure. Mais je... C'est moi qui ai suspendu les recherches."

Le directeur hocha la tête. "Il n'y a aucune raison d'avoir honte. La montagne fait parfois cet effet. Et elle est dangereuse. Personne ne devrait y entrer par bravade et affirmer qu'il n'a pas peur. Il nous est arrivé à tous d'éprouver ce sentiment, et plus d'une fois.

— Vous me laissez entrer donc ?

— Ne restez pas là. Filez au vestiaire et équipez-vous. Vous croyez peut-être qu'on a toute la journée devant nous ? On est samedi soir, je vous le rappelle."

Les mêmes mineurs le raccompagnèrent jusqu'au réfectoire. La répulsion se lisait sur leurs visages renfrognés, mais ils ne lui adressèrent aucun reproche. Devant la vieille cabane en bois, ils s'arrêtèrent. "Qu'est-ce que vous voulez voir ? Vous voulez retourner à l'intérieur ? Dans ce cas-là, il va falloir qu'on mette un peu plus de lumière." Celui qui tenait ces propos leva la main et montra deux lampes frontales supplémentaires.

Mais Knut n'eut pas le temps de répondre. Un grondement lointain, qui rappelait un peu le tonnerre, roula dans la vieille taille. "Encore un autre bloc de pierre qui vient de tomber du toit", constata l'autre mineur. Puis à l'intention de Knut, l'air tendu : "Faut se dépêcher maintenant, sinon il se pourrait bien que nous ne sortions pas d'ici."

XXVII

LE SIXIÈME HOMME

> *Dans les montagnes, tout au fond,*
> *là où le soleil ne pénètre jamais,*
> *il a laissé une trace*
> *que seuls ses camarades verront.*

Samedi 24 février, 18 h 20

Le toit avait cédé à l'endroit où la Mine 7 et la vieille mine se rejoignaient. Cela ne surprit personne à la Store Norske. L'entrée était barrée depuis qu'un éboulement l'avait révélée quelques années auparavant. Cette fois-ci, en se détachant un bloc avait emporté des pierres de toutes tailles qui s'étaient entassées devant l'ouverture. Il était néanmoins encore possible de passer d'un côté, en se faufilant entre la paroi et le tas de cailloux.

"La teneur en gaz, qu'est-ce qu'elle dit?" Le porion avait rejoint le chef d'équipe, un ancien qui était arrivé de la Mine 3 quelques semaines auparavant seulement. Il avait l'avantage de bien connaître l'exploitation du charbon telle qu'elle était pratiquée autrefois. Ils n'avaient pas le temps d'aller chercher les machines qui permettraient d'installer les étançons hydrauliques pour le soutènement de la vieille galerie. Et cela n'avait aucun intérêt, selon le chef d'équipe, car la montagne s'effritait comme un sablé.

"Juste en dessous de la limite. Plutôt stable." Il adressa un hochement de tête au porion. "On va les chercher?

— C'est sûr?

— Sûr?" Le chef d'équipe lâcha un rire creux, dénué d'humour. "Aussi sûr que la première putain que tu croises dans un port."

Le porion réfléchit. "C'est à toi de voir.

— Tant qu'il y a du monde à l'intérieur... Il faut bien les prévenir..." Il s'excusait presque de devoir prendre un aussi grand risque. "C'est moi qui y vais. Y a besoin que d'une personne."

Peu après, il se dirigeait vers le vieux réfectoire. Sa lampe frontale balayait la roche d'un côté, puis de l'autre. Des galeries dont le toit et le mur se trouvaient presque au même niveau disparaissaient dans l'obscurité derrière lui. Bientôt la montagne s'affaisserait complètement. La vieille mine serait alors perdue pour toujours. Il ne servait à rien de renforcer ces galeries, car la veine était mince et entrecoupée de nerfs stériles. Le site n'était pas rentable, telle avait aussi été la conclusion de ceux qui avaient prospecté cet endroit près d'un siècle auparavant.

Il était rare qu'un mineur soit seul au fond. Il savourait l'étrange sentiment que procurait cette solitude tout en luttant contre une vague peur du noir, de tout ce qu'il ne pouvait pas voir et qui se cachait hors du rayon éclairé par sa lampe frontale. La montagne craquait. La pression autour des blocs de roche était colossale. Quelque chose ne tarderait pas à se produire. Une pierre qui, imperceptiblement, se positionnait autrement, un éboulement subit un peu plus loin ; un changement qui commençait par un bruit sec et qui pouvait se terminer par la chute de plusieurs milliers de tonnes de pierres qui les enseveliraient tous. Il accéléra le pas.

Il les découvrit au vieux réfectoire. Il cria en agitant le bras. Un des mineurs – il reconnaissait ses hommes grâce à leurs casques jaunes – le rejoignit.

"Faut qu'on sorte ?

— Oui, et tout de suite ! Va chercher le policier et…" Il regarda autour de lui, mais ne vit pas le casque bleu que l'on donnait toujours aux visiteurs pour les identifier au premier coup d'œil. "Il est où ?

— Lui et Petit-Jon sont allés vérifier du côté de l'ancien front de taille. Je peux pas m'empêcher d'avoir mal pour lui. Il était tellement sûr de retrouver la trace de la petite. Mais bon, Steinar Olsen était quand même pas complètement idiot non plus. Personne aurait l'idée d'amener un gamin ici, non ?"

Le chef d'équipe haussa les épaules. Son principal souci était de les faire sortir tous de là. "Ils sont partis depuis longtemps ?

— Non, cinq minutes peut-être. Il avance pas vite, le bonhomme bleu. Ils doivent pas être bien loin.

— Cours les chercher. Magne-toi. Faut qu'on se casse d'ici." Le chef d'équipe sentait des démangeaisons au bas de sa colonne vertébrale. Il n'aimait pas le bruit de la montagne, mais pas du tout. Le mineur avait à peine disparu dans l'ombre du vieux réfectoire qu'une autre personne arriva vers lui, tête baissée et en avançant rapidement, comme un patineur. Un casque jaune, lui aussi. "Il faut qu'on sorte d'ici. Sur-le-champ !" Soudain, cela se mit à tonner tout près d'eux, et d'épais nuages de poussière s'échappèrent d'entre les pierres d'une des galeries secondaires qui venait de s'effondrer.

Brusquement, le chef d'équipe ne pouvait plus voir qu'à quelques mètres devant lui. Il entraperçut une silhouette qui se précipitait vers lui et une autre qui passa en courant devant la cabane en bois. Il attrapa celle qui se trouvait à portée de main. "Tout le monde est informé? Ils ont fait demi-tour et se dirigent vers la Mine 7?" L'homme s'arrêta à peine. "Oui, j'ai vu quelqu'un partir du côté où le bonhomme bleu avait disparu. Y a un des chefs dans la mine? En tout cas, je l'ai appelé. Il est prévenu."

L'un après l'autre, ils déboulèrent en titubant de l'étroite ouverture au niveau de la Mine 7, leurs combinaisons couvertes de poussière de charbon, le visage strié de noir et les lunettes de protection complètement barbouillées. Ils arrachèrent en haletant leur masque lui aussi noir de poussière. Le porion les attendait près de la Jeep. Il les compta. Regarda autour de lui et recompta. "Il est où le policier?

— Il arrive. Petit-Jon est parti le prévenir. Ils vont nous rejoindre.

— Petit-Jon est là-bas.

— Mais j'ai pourtant bien vu… au fond, derrière le réfectoire… y avait quelqu'un derrière le policier. Et puis j'ai vu une personne avec un casque blanc qui…" Le chef d'équipe regarda autour de lui, perplexe.

"Personne de la direction n'est entré dans la vieille mine, intervint le porion, et tous ceux que j'ai envoyés à l'intérieur sont ressortis. Sauf Knut Fjeld." Il sentit sa peau se tendre sur son visage.

"Mais c'était qui alors derrière le policier?" demanda le chef d'équipe. Un pressentiment glaçant se répandit dans son corps.

Ils ne purent en dire davantage. Au même instant, le toit de la vieille galerie se détacha. Les poteaux de bois encastrés peu de temps auparavant sous la montagne se brisèrent comme des allumettes. Le fracas fut assourdissant et de gros nuages de poussière s'échappèrent de l'ouverture de la vieille mine. L'écho se répercuta dans les galeries, le travers-banc, les tailles et jusque dans la grande galerie d'accès. Et puis ce fut le silence. Le chemin d'accès à la vieille mine était fermé à jamais.

Au moment de l'éboulement, Knut gisait à plat ventre à l'intérieur d'une des vieilles galeries au niveau du travers-banc ; il était seul. Il avait surmonté sa claustrophobie et rampé jusqu'au bout du boyau pour s'assurer qu'Ella Olsen ne se trouvait pas à l'intérieur. Les galeries secondaires, peu profondes, ne s'étendaient guère que sur quelques dizaines de mètres. Knut avait rapidement pu constater qu'elles étaient vides. Pas de petit corps mort. Pas d'affreuse nouvelle à annoncer à la mère à son retour. Et maintenant, il lui restait encore cette dernière galerie.

Il ne pouvait pas quitter la mine sans s'être assuré qu'Ella n'y était pas, bien qu'une silhouette arrivée en courant du réfectoire lui ait crié qu'il fallait absolument sortir d'ici. Le bout de la taille ne pouvait pas être loin. Ils n'étaient quand même pas à quelques secondes près.

Devant lui, la galerie se rétrécissait et se terminait en cul-de-sac. Elle était vide. Avant qu'il ait réussi à s'en extraire, une sorte de grondement emplit l'air d'un amas de poussière, puis plusieurs détonations secouèrent la montagne, comme si plusieurs bombes avaient explosé. Il abattit ses mains sur son casque, mais sans réussir à se protéger les oreilles, et pressa sa tête sur le mur sans se soucier des pierres tranchantes qui pourraient lui couper le visage. Et puis ce fut terminé.

Le toit ne s'était pas effondré à l'endroit où il se trouvait, mais la poussière l'empêchait de voir, même avec sa lampe frontale. Il rampa lentement à reculons, en s'aidant de ses coudes et de ses hanches, et réussit à grand-peine à parcourir les derniers mètres qui le sépareraient du travers-banc. Là, il put se mettre à genoux, mais il n'arrivait pas à respirer. Il tira sur son foulard, essaya d'ouvrir les boutons de sa combinaison.

Une main se posa sur son épaule et des doigts détachèrent son masque. Il aspira profondément l'air plein de poussière et dut immédiatement se pencher en avant pour recracher une pâte de glaires noires. Knut n'avait pas le souvenir de s'être jamais senti aussi soulagé de sa vie, depuis qu'il était adulte tout au moins. Les larmes lui montèrent aux yeux. Il aurait pu prendre dans ses bras le mineur qui l'avait attendu, mais il ne voyait pas qui c'était. Le casque de l'homme lui tombait sur les yeux et un masque antipoussière propre, le même que celui qu'il tendait à Knut, dissimulait son visage.

L'homme pointa de l'index la galerie devant lui. Ils se mirent en route, penchés en avant et lentement. De gros morceaux de charbon et de pierre jonchaient le mur : Knut trébucha, se cognant les genoux à plusieurs reprises. Près du réfectoire, l'air était tellement saturé de poussière que Knut, au début, ne vit pas la vieille cabane en bois. Puis il l'aperçut : après l'éboulement, il ne restait plus de celle-ci qu'un tas de planches et de pierres.

L'homme fit signe à Knut de ne pas bouger et partit examiner le chemin pour sortir de là et rejoindre la Mine 7. Au bout d'un moment il revint, secoua la tête et d'un geste de la main lui manifesta que la galerie avait été bouchée par l'éboulement.

Knut ne put s'empêcher de demander : "Qu'est-ce qu'on fait ?" Ses oreilles bourdonnaient et il n'entendait presque pas sa voix à travers le masque. "On attend jusqu'à ce qu'ils creusent de l'autre côté pour venir nous chercher ? Car ils savent bien que nous sommes ici, non ?"

Le mineur secoua de nouveau la tête et, avec son énorme gant de travail, lui indiqua la direction d'où ils venaient. Knut n'eut pas le temps de protester, l'homme avait déjà tourné les talons et s'éloignait dans la galerie, une énorme silhouette recroquevillée sur elle-même qui avançait en se balançant de droite et de gauche. Knut n'avait pas le choix, il devait le suivre. Mais pourquoi continuer à s'enfoncer dans ce boyau ? Ils ne tarderaient guère à buter contre le bout de celui-ci.

L'homme se dépêchait maintenant. De temps en temps, il s'arrêtait et écoutait, puis reprenait sa marche rapide. Knut avait du mal à le suivre et haletait bruyamment. Son dos lui faisait mal, mais à chaque fois qu'il se redressait, il cognait son casque dans le toit. Du charbon et des pierres lui tombaient dans le cou et se glissaient entre son col et sa nuque. Petit à petit, son nouveau masque se couvrait de poussière et il respirait de plus en plus péniblement. Le mineur avait lui aussi ralenti. Un peu plus loin devant lui dans la galerie, Knut pouvait voir le casque blanc dodeliner d'un côté, puis de l'autre, et la distance n'augmentait pas.

Knut fut soudain tiré de sa léthargie. Le casque blanc… Les deux mineurs qui l'avaient accompagné portaient des casques jaunes. Mais qui était donc la personne qui marchait devant lui ?

Les longs hurlements de l'alarme se mirent à résonner dans toute la Mine 7. Les mineurs et les sauveteurs se précipitèrent dans la grande galerie d'accès sans même attendre que la Jeep vienne les chercher.

"Qu'est-ce qui se passe maintenant ? Nom de Dieu, y a pourtant pas de danger que ça s'effondre ici !

— La teneur en gaz. Les valeurs maximales sont atteintes. Il faut qu'on sorte au jour.

— Mais le policier ?

— On ira le chercher après." Le mineur détourna les yeux. Tout le monde savait que les chances de retrouver Knut Fjeld vivant étaient infimes. Cela prendrait des jours et des jours avant que la concentration en gaz ne redescende, et plus longtemps encore pour dégager le passage jusqu'à la vieille mine.

Ils se regroupèrent sur le carreau ; avec les mineurs, le casque à la main, le porion et le directeur discutant tête nue, on aurait dit un enterrement. "Il ne faut pas perdre courage, sermonna le directeur en lançant un regard sévère à tous ceux devant lesquels il passait. Pour l'instant, la concentration en gaz a dépassé l'intervalle d'explosivité. Le risque d'explosion est donc moindre, comme vous le savez. Nous devons cependant attendre que le méthane s'évapore et nous irons ensuite au fond avec un excavateur pour dégager les pierres."

Personne n'aurait pensé à le contredire. Dans de telles situations, l'espoir était un devoir, et non un privilège. "Pourvu seulement que ça n'explose pas", murmura le directeur, malgré lui. Il avait peur, lui aussi, mais ne s'autorisait pas à le montrer.

Ella était couchée derrière des grosses pierres sur un tas de vieux vêtements ; un anorak sale gris-jaune lui servait de couverture et une énorme chapka d'oreiller. La paroi de la montagne formait comme une petite corniche au-dessus de sa tête. La vieille galerie s'arrêtait au niveau d'un éboulis de pierres. Au-dessus de celui-ci, Knut pouvait entrapercevoir une ouverture étroite. Mais celle-ci était sûrement trop petite pour que quelqu'un puisse s'y introduire !

À cause de l'éboulement, le toit était plus haut à cet endroit-là. Les deux hommes purent redresser leurs dos endoloris et se tenir droits. L'air était moins opaque, même si un léger nuage de poussière de charbon flottait encore dans la lumière de leurs lampes frontales. L'homme de la mine retira son casque blanc et son masque. C'était Per Leikvik.

J'aurais pu la trouver tout seul, pensa Knut, et le premier sentiment qu'il éprouva fut de l'étonnement. Si seulement j'avais eu un peu plus de temps pour continuer à la chercher, je l'aurais trouvée.

On aurait dit une poupée que quelqu'un aurait oubliée dans cet endroit improbable. Son visage était excessivement blanc et ses cils ressemblaient à deux coups de pinceau sur ses joues.

Immobile, Knut sentait la déception l'envahir lentement et le paralyser. La peur oppressante qui ne le quittait plus depuis plusieurs heures était devenue réalité. Il était arrivé trop tard. Il se laissa tomba sur une pierre et enleva son casque. Comment avait-il pu être aussi bête ? Pourquoi n'avait-il pas insisté auprès du Kripos pour que tous les moyens possibles soient mis en œuvre pour trouver le voyeur ? Depuis le début, c'était Per Leikvik qui l'avait.

Mais il pouvait encore sortir Ella Olsen de la montagne et la ramener à sa mère, ça au moins il pouvait le faire. Si seulement il savait comment. Il fallait qu'ils retournent sur leurs pas, c'était la seule solution. L'ouverture au-dessus d'eux était bien trop petite pour qu'ils s'y engagent et le dernier endroit où les gens de la Store Norske les avaient aperçus, c'était près du vieux réfectoire. Or la consigne à observer en cas de catastrophe était toujours la même : il fallait rester là où l'on avait été vu pour la dernière fois. Il puisa dans des forces qu'il ignorait avoir, se leva et s'apprêta à soulever le petit corps emmitouflé dans tous les vêtements. Le vieux mineur l'observait attentivement.

Ella bougea une main et soupira doucement, comme si elle faisait un rêve agréable. Knut se jeta à genoux et posa sa joue contre sa bouche.

"Elle respire !" Il fixait Per Leikvik d'un air incrédule. "Mais elle vit. Vous ne pouviez pas me le dire plus tôt ?"

Le mineur leva les yeux au ciel et cracha par terre avec colère.

Ella Olsen était en vie, mais en très mauvais état, c'était évident. Knut ne parvint pas à la réveiller. Ses yeux roulaient sous ses paupières entrouvertes. En tout cas, elle n'était pas blessée, à ce que Knut pouvait voir. Aucune plaie, aucun bleu, pas de sang dans les cheveux.

Per Leikvik toucha l'épaule de Knut et mit sa main en entonnoir devant sa bouche tout en rejetant la tête en arrière.

"Elle a soif?"

Per Leikvik acquiesça silencieusement.

"Déshydratée?" Évidemment. Ella était restée seule dans la mine pendant plus de vingt-quatre heures et Knut n'avait rien repéré dans le réfectoire qui eut pu contenir de l'eau.

"Eau… eau." Per Leikvik montra du doigt un point derrière le tas de pierres qui gisait devant eux puis leva l'index vers le trou.

"Vous savez où trouver de l'eau?"

Per Leikvik hocha la tête et souleva avec précaution le petit corps couché sur le sol.

Ils réussirent à se faufiler dans l'ouverture étroite et à pénétrer dans une vieille galerie grossièrement taillée. Ils durent s'y mettre à deux pour soulever Ella jusque là-haut et la glisser dans la faille étroite. L'effort requis pour protéger le visage de la petite des pierres tranchantes, des gravillons et de la poussière de charbon épuisait Knut. De l'autre côté de l'ouverture, la galerie était si basse qu'ils durent parcourir un premier bout de chemin en rampant à genoux, avec Ella entre eux, qu'ils déplaçaient mètre par mètre. Parfois, elle bougeait légèrement la tête, agitait une main, mais ne se réveillait pas. Ils purent ensuite se redresser un peu.

Ils découvrirent un filet d'eau qui coulait de la montagne. Ils humectèrent les lèvres d'Ella et essayèrent de la forcer à avaler quelques gouttes, mais elle refusait de se réveiller et détournait la tête. Ils continuèrent à avancer. Knut avait cessé de se demander où ils allaient et suivait docilement Per Leikvik. De temps en temps, il leur fallait s'asseoir pour souffler un peu.

"Vous l'avez trouvée dans le vieux réfectoire ?"

Per Leikvik hocha la tête, mais posa un doigt sur sa bouche pour que Knut parle plus bas.

"Hier ?"

Il hocha de nouveau la tête.

Knut avait envie de lui demander pourquoi il n'avait pas sorti Ella par la galerie qui débouchait sur la Mine 7, tout simplement. Per Leikvik dut lire dans ses pensées, car il montra le toit du doigt et abaissa ses mains.

"L'éboulement ? Vous avez compris que la galerie était dangereuse ?"

Per Leikvik hocha la tête et regarda ailleurs. Il craignait les éboulements.

"Et Steinar Olsen, vous l'avez vu ?"

Ella geignit. Per Leikvik tourna vers Knut des yeux pleins de colère. Il secoua la tête et refusa de répondre à d'autres questions. Il y en avait pourtant une que Knut brûlait de lui poser mais dont il redoutait la réponse : Per Leikvik savait-il où la vieille galerie les menait ? Existait-il une sortie ?

Le temps passait lentement à l'intérieur de la montagne. Depuis combien de temps erraient-ils là-dedans ? Cent nuits ? Ou bien cent ans, peut-être ? Per Leikvik marchait devant et portait infatigablement Ella – parfois sur le dos, parfois dans les bras.

Ils passèrent de gros tas de pierres qui scintillaient comme du métal dans la lumière de leurs lampes frontales. Ce n'était pourtant que du charbon. Ils étaient trempés jusqu'aux os par toute l'eau qui coulait le long des parois, qui gouttait du toit ou qui formait des petites rigoles sur le mur. À un moment donné, ils s'introduisirent dans une faille si étroite que Knut ne put plus inspirer par le ventre. C'était un cauchemar, le pire pour lui depuis des années – la peur de rester coincé au fond sans que personne ne les trouve.

Malgré tout, ils continuaient à avancer, en rampant dans des galeries où la montagne, peu à peu, était en train de fermer le passage. Ils marchaient depuis si longtemps que Knut avait fini par oublier le monde extérieur et ne gardait plus en tête que cet univers de roche, l'odeur du charbon, le goût âpre dans la bouche et les craquements menaçants des tonnes de pierres au-dessus d'eux. Au bout de ce qui lui sembla être une éternité, cependant, ils débouchèrent sur une grande construction de bois grisâtre et poussiéreux.

Per Leikvik posa délicatement Ella sur des caisses, plaça sa chapka sous sa tête et l'emmitoufla bien soigneusement dans son anorak, puis il se dirigea vers une vieille porte qu'il poussa. Les battants s'ouvrirent sur le froid et la lumière bleue de l'aurore.

Knut s'avança prudemment jusqu'au bord de la plate-forme instable et contempla l'Adventdal. Dans la vallée au loin, il aperçut Longyearbyen et les lumières qui brillaient dans chaque maison, comme des perles de verre au fond d'un océan. Autour d'eux, le blanc des glaciers se détachait sur le paysage et, derrière les sommets, les crêtes étaient désormais bordées de rouge et de jaune. C'était le petit matin, le dimanche 25 février, et ils étaient sortis de la montagne.

LA CHANSON DE LA MINE

Texte du menuisier Tiller, de Namsos, qui travailla à Longyearbyen en 1947. Publié dans *Svalbardposten*, n° 10, 1950/1951.

> Dans les mines noires du Spitzberg,
> là où le soleil ne pénètre jamais,
> là où seule règne l'écrasante obscurité
> installée là pour l'éternité,
> les gueules noires s'échinent,
> les travailleurs acharnés de la mine.
> Dans les montagnes tout au fond,
> ils affrontent mille dangers pour extraire le charbon,
> ils s'épuisent à la tâche pour gagner leur vie,
> mais bien souvent aussi,
> c'est ici qu'ils la perdent,
> fauchés par une mort brutale.
>
> Dans la salle des pendus,
> chaque jour ils enfilent leur tenue.
> Ni repassée,
> ni raffinée,
> elle n'a rien d'extraordinaire
> et pourtant ils en sont fiers.
> Ils ne passent pas des heures à louvoyer

en pensant à la mort et aux dangers de leur éreintant gagne-pain.
Ils suivent la routine de la mine,
exécutent les mêmes gestes au quotidien.
Dans les montagnes tout au fond,
ils marchent à quatre pattes,
mais sans craindre pour leur peau
car en leur étoile ils croient.

Qui pense à celui du fond,
sans vie dans la poussière de charbon ?
Qui érige une pierre en son nom ?
Qui console sa veuve ?
Qui se souvient du gars
luttant vaillamment et sans répit ?
Peu de gens feront mémoire de lui.
L'histoire d'une vie au fond de la mine se termine.
Dans les montagnes, tout au fond,
là où le soleil ne pénètre jamais,
il a laissé une trace
que seuls ses camarades verront.

ÉPILOGUE

Note à l'attention de : Jan Melum, Brigade des homicides, KRIPOS
De la part de : Jonas Lund Hagen, Brigade des homicides, KRIPOS
Date : 17 février 2001

Jan,
Regarde cette coupure de presse extraite du quotidien suédois *Nya Wermlands-Tidningen*. Il aura fallu presque cinq ans pour que les événements nous donnent raison.

UNE NORVÉGIENNE CONDAMNÉE
À DIX ANS DE RÉCLUSION POUR MEURTRE

Dix ans d'emprisonnement, c'est la condamnation prononcée à l'encontre de la Norvégienne qui, en novembre dernier, avait poignardé son mari avant de mettre le feu à leur maison dans les environs de Sysslebäck.

Le couple vivait en Suède depuis trois ans. Le mari, ancien policier au Svalbard, travaillait pour les douanes suédoises. Le jury n'a pas cru à la version des faits donnée par l'épouse. Celle-ci affirmait en effet qu'un cambrioleur s'était introduit chez eux et qu'elle avait réussi à lui échapper en se cachant dans la cave.

L'avocat de la défense a déjà annoncé que sa cliente ferait appel.

REMERCIEMENTS

Je dois un grand merci aux nombreuses personnes qui m'ont aidée à écrire ce livre et à l'améliorer : ma mère, Ragnhild, pour son soutien indéfectible, Pernille et ses collègues du jardin d'enfants de Kullungen à Longyearbyen, Robert, Dag Ivar, Atle, ainsi que plusieurs autres employés de la Store Norske Spitsbergen Kulkompani au Svalbard, Lisbeth, Morten Kaare, Birger, Arne et Emma. Un grand merci enfin à toute l'équipe de ma sympathique et patiente maison d'édition.

TABLE

Avant-propos 7
Cartes 8

I. Des pas dans la neige 11
II. Portée disparue 25
III. Les ombres de la mine 37
IV. Les recherches 55
V. Une femme de caractère 65
VI. Le déploiement des secours 75
VII. En catimini 85
VIII. Nuit blanche 97
IX. Des rennes abattus illicitement 109
X. Le terminal du téléphérique 123
XI. Invisible 141
XII. L'embouchure de Nordporten 155
XIII. Des témoins 165
XIV. Le Sorgfjord 183
XV. La petite chérie à son papa 197
XVI. La tempête 211
XVII. Les lettres 221
XVIII. À travers la glace 235
XIX. Dans la montagne 247
XX. Un homme en feu 261
XXI. Seule 275
XXII. Un réservoir percé 281

XXIII. L'interrogatoire 295
XXIV. Le risque d'explosion 311
XXV. La vieille mine 323
XXVI. Le journal intime 333
XXVII. Le sixième homme 351

La chanson de la mine 365
Épilogue 367
Remerciements 369

BABEL NOIR

Catalogue

1. FIRMIN MUSSARD
   Fausse passe

2. ALAIN WAGNEUR
   Terminus Plage

3. PHILIPPE COLIN-OLIVIER
   Festival de came

4. PASCALE FERROUL
   David sur ordonnance

5. MAURICE ATTIA
   Alger la Noire

6. PATRICK DELPERDANGE
   Coup de froid

7. MICHEL MAISONNEUVE
   Le Chien tchéchène

8. DOMINIQUE SIGAUD
   L'Inconfort des ordures

9. PETER MAY
   Meurtres à Pékin

10. KERSTIN EKMAN
    Crimes au bord de l'eau

11. LUIZ ALFREDO GARCIA-ROZA
    Le Silence de la pluie

12. HERVÉ CLAUDE
    Mort d'une drag-queen

13. MAURICE ATTIA
    Pointe Rouge

14. ALAIN WAGNEUR
    Hécatombe-les-Bains

15. PETER MAY
    Le Quatrième Sacrifice

16. MICHÈLE LESBRE
    Une simple chute

17. MICHÈLE LESBRE
    Que la nuit demeure

18. ANDREW MCGAHAN
    Derniers verres

19. PETER MAY
    Les Disparues de Shanghai

20. JEAN-FRANÇOIS VILAR
    C'est toujours les autres qui meurent

21. FRÉDÉRIC H. FAJARDIE
    Gentil, Faty !

22. A. D. G.
    J'ai déjà donné...

23. FRANÇOIS MURATET
    Stoppez les machines

24. LEIF DAVIDSEN
    L'Épouse inconnue

25. ANDREA MARIA SCHENKEL
    La Ferme du crime

26. PETER MAY
    Cadavres chinois à Houston

27. LUIZ ALFREDO GARCIA-ROZA
    Objets trouvés

28. MAURICE ATTIA
   Paris blues

29. FRANCIS ZAMPONI
   In nomine patris

30. JEAN-PAUL JODY
   Stringer

31. ANNE SECRET
   La Mort à Lubeck

32. SERGE QUADRUPPANI
   Colchiques dans les prés

33. KJELL ERIKSSON
   Le Cercueil de pierre

34. PETER MAY
   Jeux mortels à Pékin

35. LUIZ ALFREDO GARCIA-ROZA
   Bon anniversaire, Gabriel !

36. JULIA LATYNINA
   La Chasse au renne de Sibérie

37. STIEG LARSSON
   Millénium I – Les hommes qui n'aimaient pas les femmes

38. CARLOS SALEM
   Aller simple

39. JÓN HALLUR STEFÁNSSON
   Brouillages

40. KJELL ERIKSSON
   La terre peut bien se fissurer

41. HERVÉ CLAUDE
   Nickel chrome

42. ANDREW MCGAHAN
   Australia Underground

43. FRANÇOIS WEERTS
   Les Sirènes d'Alexandrie

44. PETER MAY
   L'Éventreur de Pékin

45. LEIF DAVIDSEN
   La Chanteuse russe

46. CORNELIA READ
   Champs d'ombres

47. SIMON LEWIS
   Trafic sordide

48. CARLOS SALEM
   Nager sans se mouiller

49. KJELL ERIKSSON
   La Princesse du Burundi

50. KEIGO HIGASHINO
   La Maison où je suis mort autrefois

51. PETER MAY
   L'Île des chasseurs d'oiseaux

52. STIEG LARSSON
   Millénium II – La fille qui rêvait d'un bidon d'essence et d'une allumette

53. BEN PASTOR
   Lumen

54. LUIZ ALFREDO GARCIA-ROZA
   Une fenêtre à Copacabana

55. LALIE WALKER
   Les Survivantes

56. LEIF DAVIDSEN
   Un Russe candide

57. DAN WADDELL
   Code 1879

58. PASCAL VATINEL
    Parce que le sang n'oublie pas

59. SÉBASTIEN LAPAQUE
    Les Barricades mystérieuses

60. LOTTE ET SØREN HAMMER
    Morte la bête

61. CAMILLA LÄCKBERG
    La Princesse des glaces

62. MORLEY TORGOV
    Meurtre en *la* majeur

63. KYLIE FITZPATRICK
    La Neuvième Pierre

64. LOUISE PENNY
    Nature morte

65. SEICHÔ MATSUMOTO
    Un endroit discret

66. NELE NEUHAUS
    Flétrissure

67. JÓN HALLUR STEFÁNSSON
    L'Incendiaire

68. JAN COSTIN WAGNER
    Lune de glace

69. HERVÉ CLAUDE
    Les ours s'embrassent pour mourir

70. KEIGO HIGASHINO
    Le Dévouement du suspect X

71. CAMILLA LÄCKBERG
    Cyanure

72. STIEG LARSSON
    Millénium III – La reine dans le palais des courants d'air

79. JEAN-PAUL JODY
   Parcours santé

80. CORNELIA READ
   L'École des dingues

81. PETER GUTTRIDGE
   Promenade du crime

82. OLIVIER BARDE-CABUÇON
   Casanova et la femme sans visage

83. LEIF DAVIDSEN
   À la recherche d'Hemingway

84. LARS KEPLER
   L'Hypnotiseur

85. CAMILLA LÄCKBERG
   Le Prédicateur

86. JAHN, RYAN DAVID
   De bons voisins

COÉDITION ACTES SUD – LEMÉAC

Ouvrage réalisé
par l'atelier graphique Actes Sud
reproduit et achevé d'imprimer
en avril 2013
par Normandie Roto Impression s.a.s.
61250 Lonrai
sur papier fabriqué à partir de bois provenant
de forêts gérées durablement (www.fsc.org)
pour le compte des éditions
Actes Sud
Le Méjan
Place Nina-Berberova
13200 Arles

Dépôt légal
1re édition : mai 2013
N° d'impression : 131435
(Imprimé en France)